Panna Clara i markiz

Regencyjny romans o sekretach, skandalach i drugich szansach

Catherine Bilson

Shenanigans Press

Spis treści

Rozdział pierwszy

CZERWIEC 1812

Co ROKU, OD DZIEWIĘCIU lat, książę Allanworth pakował kufry i wyjeżdżał z rodowej siedziby w Allanworth Abbey na dwa tygodnie w środku czerwca. Nie było nic szczególnie zaskakującego w tym, że książę czasem musiał podróżować; był przecież człowiekiem niemałej wagi, z interesami i majątkami rozciągającymi się w poprzek całej Anglii. To, że ojciec znikał co lata na równo odliczone dwa tygodnie, aż do niedawna wydawało się Matthew Whitmore'owi, markizowi Whitmore, jedynemu synowi i spadkobiercy księcia, sprawą drobnej wagi.

Jedyną osobliwością było to, że książę zawsze odmawiał ujawnienia celu i miejsca tej podróży, poprzestając na mglistym mruknięciu o „sprawach osobistych". Nie było to do niego podobne, bo na ogół był człowiekiem otwartym, który uważał, że nie powinien mieć tajemnic przed synem i dziedzicem, skoro Matthew miał pewnego dnia odziedziczyć księstwo i musiał znać każdy szczegół jego spraw i posiadłości.

Dopiero w ostatnich dziesięciu miesiącach, od śmierci matki, Matthew zaczął się zastanawiać nad regularnością tej szczególnej podróży. Księżna nigdy nie powiedziała o niej ani słowa, oświadczyła, że nic nie wie i nic jej to nie obchodzi, gdy Matthew raz zapytał, dokąd mógł udać się ojciec. Jej wyraz twarzy był jednak ściągnięty dezaprobatą i Matthew nawet się zastanowił, czy ojciec nie odwiedza kochanki. Małżeństwo jego rodziców można by chyba najtrafniej określić jako chłodne: związek z rozsądku dwojga ludzi, którzy zdawali się nie mieć ze sobą wiele wspólnego poza urodzeniem w skrajnie arystokratycznych rodzinach, a który przyniósł tylko jedno dziecko. Książę i księżna odnosili się do siebie z nienaganną grzecznością, lecz na tym koniec.

Matthew zauważył subtelne zmiany u ojca po śmierci księżnej. Książę wydawał się mniej sztywny, jakby uwolniony od gorsetu surowych standardów przyzwoitości, których przestrzegała jego żona. Nie, żeby stał się w jakikolwiek sposób nieobyczajny, ale w jego postawie pojawiła się swoboda, której Matthew nigdy dotąd u niego nie widział. I gdy książę szykował się do corocznej Tajemniczej Wyprawy, jak Matthew ochrzcił ją w myślach dawno temu, ta swoboda wyraźnie się nasiliła, a wraz z nią — ciekawość Matthew.

I tak oto Matthew stanął przed komnatami ojca w ciepły czerwcowy poranek, wahając się zaledwie chwilę, nim zastukał kostkami w wypolerowane dębowe drzwi.

— Proszę — rozległ się głos księcia, spokojny i władczy jak zawsze.

Matthew pchnął drzwi i ujrzał ojca stojącego przy otwartej skrzyni, dyrygującego kamerdynerem przy starannym pakowaniu kilku sztuk garderoby. Komnaty księcia wyglądały jak zawsze: gustownie urządzone w głębokich błękitach i bogatym mahoniu. W pokoju unosił się zapach sandałowca i skóry — woń, którą Matthew od zawsze kojarzył z ojcem.

— Ach, Matthew — skinął mu książę, zerkając krótko, po czym znów skupił uwagę na kufrze. — Czy czegoś Pan potrzebuje?

Matthew wszedł głębiej do pokoju, obserwując metodyczny sposób, w jaki kamerdyner ojca składał każde ubranie, nim ułożył je w skrzyni. — Chciałem jedynie zapytać o podróż, Ojcze. Rozumiem, że wyjeżdża Pan dziś.

Książę skinął głową, a jego ciemne włosy ze srebrnymi pasmami pochwyciły poranne światło wpadające przez wysokie okna. W wieku pięćdziesięciu pięciu lat William, książę Allanworth, wciąż był postacią imponującą — wysoki i wyprostowany, o tych samych ciemnobrązowych oczach, które odziedziczył Matthew. — Istotnie. Właściwie w ciągu godziny. Brighton został poinformowany, że będzie Pan doglądał spraw podczas mojej nieobecności.

Brighton, zarządca księcia, od dziesięcioleci sprawnie zarządzał majątkami Allanworthów i Whitmore'ów, a Matthew doskonale wiedział, że jego własny nadzór ma charakter w dużej mierze ceremonialny. Niemniej skinął głową. — Oczywiście. Zastanawiałem się jednak, czy zechciałby Pan podzielić się istotą tej corocznej podróży. Nigdy Pan o niej nie wspominał.

Wyraz twarzy ojca pozostał nieprzenikniony, lecz Matthew dostrzegł lekkie usztywnienie ramion. — To sprawa prywatna — odparł książę, sięgając do szuflady po parę rękawiczek do jazdy konnej. — Nic, co powinno Pana niepokoić.

— Ale jako Pański spadkobierca powinienem być przecież dopuszczony do wszystkich spraw rodziny — nie odpuszczał Matthew, podchodząc do okna. Stąd widział dziedziniec poniżej, gdzie szykowano podróżną karetę ojca. — Zwłaszcza do spraw, które wracają z taką regularnością.

Książę zawahał się, mierząc syna uważnym spojrzeniem. — Nie wszystkie sprawy mężczyzny są sprawami księstwa, Matthew. Niektóre są osobiste.

— Osobiste — powtórzył Matthew, starając się utrzymać frustrację na wodzy. — Od niemal dekady co lato odbywa Pan tę samą podróż. Z pewnością chodzi o jakąś kwestię rodzinną.

— Chodzi o zobowiązanie, które postanowiłem wypełniać — odparł książę chłodniejszym tonem. — I to wszystko, co musi Pan wiedzieć.

Matthew obserwował, jak ojciec wybiera z półki kilka książek i podaje je kamerdynerowi. Nie były to ciężkie tomy prawne ani rolnicze, które książę zazwyczaj preferował, lecz raczej powieści, jakie Matthew widywał czasem w ręku ojca, gdy ten późno w nocy czytał w zaciszu gabinetu.

— Chodzi o kobietę? — zapytał Matthew, sam zaskoczony własną śmiałością.

Przez twarz ojca przemknęło coś — gniew? ból? — zanim znikło za zwyczajową, władczą maską. — Nie zamierzam zaszczycać tej kwestii odpowiedzią.

— Proszę o wybaczenie — powiedział Matthew, natychmiast żałując swojej zuchwałości. — Pomyślałem tylko, skoro Matki nie ma już prawie rok...

— Pomyślał Pan błędnie — uciął stanowczo książę. Złagodniał nieco na widok miny Matthew. — Rozumiem Pana ciekawość, ale część mojego życia pozostaje moja. Zrozumie Pan, gdy będzie starszy.

Matthew bardzo w to wątpił. W wieku dwudziestu pięciu lat czuł się dostatecznie dorosły, by zostać dopuszczonym do tajemnic ojca, jednak książę wciąż traktował go chwilami jak zielonego szesnastolatka.

— Przynajmniej powinienem wiedzieć, gdzie można się z Panem skontaktować? — spróbował.

Książę westchnął i skinieniem palców odprawił kamerdynera. Sługa skłonił się i wyszedł, cicho domykając drzwi.

— Matthew — powiedział ojciec, odwracając się do niego wprost — są w życiu sprawy, które pozostają prywatne, nawet między ojcem a synem. Ta podróż należy do takich. Nie dotyczy spraw majątku ani niczego, co kiedykolwiek będzie Pana dotyczyło jako mojego spadkobiercy. To po prostu osobiste zobowiązanie, które wypełniam każdego lata, i byłbym wdzięczny za uszanowanie mojej prywatności. Brighton wie, jak się ze mną skontaktować, gdyby w mojej nieobecności wydarzyło się jakieś nieszczęście — choć nie sądzę, by miało. Pan i on doskonale dacie sobie radę.

— Nie miałem zamiaru okazać braku szacunku — odparł ostrożnie Matthew. — Pomyślałem tylko, że skoro dorastam, zechciałby Pan wziąć mnie w takie sprawy w zaufanie.

Wyraz twarzy księcia nieco złagodniał. — To nie kwestia zaufania, Matthew. Po prostu są części życia mężczyzny, które pozostają jego własne. A teraz, jeśli Pan pozwoli, muszę dokończyć przygotowania. Zamierzam dotrzeć do Watford przed zmrokiem.

Watford. Przynajmniej jakaś lokalizacja, choć niewiele to Matthew mówiło. Miasteczko leżało zbyt daleko na zachód, by celem ojca był Londyn, jeśli wyruszał z ich posiadłości w Cambridgeshire. Cóż takiego mogło tam ojca sprowadzać, że wymagało takiej tajemnicy? A może to tylko nocleg po drodze dokąd indziej?

— Oczywiście — odrzekł Matthew, skłaniając lekko głowę. — Życzę Panu bezpiecznej podróży, Ojcze.

Książę skinął i znów zwrócił się ku kufrowi. — Wrócę za dwa tygodnie, jak zawsze. Gdyby zaszły pilne sprawy, proszę radzić się Brightona. Choć ufam Pańskiemu osądowi w większości kwestii.

W większości, lecz najwyraźniej nie we wszystkich. Matthew skłonił się lekko i wyszedł, może zamykając drzwi nieco mocniej, niż wymagała tego grzeczność.

W korytarzu przystanął, zamyślony. Powściągliwość ojca nie była niczym niezwykłym, ale w tej konkretnej tajemnicy było coś, co podsycało ciekawość Matthew ponad miarę. Po latach wychowywania na wzorowego spadkobiercę, nauki każdego aspektu majątków i tytułu, który miał kiedyś objąć, celowe wyłączenie go z jakiejkolwiek sfery życia ojca smakowało niespodziewanym odrzuceniem.

Matthew udał się do własnych komnat, rozważając problem. Gdy wszedł do pokoju, jego kamerdyner uniósł wzrok znad krawata, który właśnie prasował.

— Czy Jego Lordowska Mość będzie dziś czegoś szczególnego potrzebował? — zapytał mężczyzna.

Matthew zawahał się, gdy w głowie zaczęła kiełkować myśl. — Tak, Simmons. Wydaje mi się, że dziś wyruszę w podróż. Proszę spakować się na czas nieokreślony, ale nie krótszy niż trzy dni. Przede wszystkim ubrania do jazdy, nic formalnego. Tylko lekka torba; pojadę sam, konno.

— Bardzo dobrze, milordzie. Czy mogę zapytać o cel podróży?

Matthew podszedł do okna i spojrzał, jak na dziedzińcu ładują karetę ojca. — Na południe — odparł wymijająco. — Może w stronę Hampshire. Jeszcze nie zdecydowałem.

Nigdy nie był człowiekiem impulsywnym. Odpowiedzialność wpajano mu od dziecka, wraz z nią — pewną rozważną ostrożność. A jednak teraz, patrząc na przygotowania ojca, Matthew poczuł niecharakterystyczny przymus działania.

Co za szkoda mogłoby wyniknąć z poznania natury corocznej pielgrzymki ojca? Zachowa dyskretny dystans, będzie jedynie obserwował i może wreszcie zaspokoi ciekawość, która w nim narastała. Jeśli nic innego, da mu to wgląd w człowieka, który był dla niego częściej księciem niż ojcem.

A jeśli podróż dotyczyła jakiegoś aspektu majątku, którym miał kiedyś zarządzać, czyż nie był jego obowiązek to zrozumieć? Matthew zignorował głos w głowie, który wytykał kruchość tej racjonalizacji. Miał dwadzieścia pięć lat, nie był dzieckiem trzymanym w nieświadomości. Cokolwiek ojciec skrywał, z pewnością miał prawo to wiedzieć.

Podjąwszy decyzję, Matthew odwrócił się, by wydać kamerdynerowi konkretne polecenia. Będzie jechał w odstępie, dyskretnie, i odkryje raz na zawsze, co co roku zabiera ojca.

Do czasu, gdy karetę ojca potoczono w dół długiej alei opactwa, Matthew zdążył już polecić stajennemu przygotowanie ulubionego wierzchowca. Zamierzał podróżować lekko i szybko, trzymając książęcą karetę w zasięgu wzroku, lecz nie tak blisko, by go zauważono. A może u kresu tej drogi wreszcie zrozumie coś z człowieka, który go spłodził, a jednak w wielu względach pozostawał obcy.

Pierwszy dzień pościgu Matthew minął bez zdarzeń. Trzymał karetę ojca w zasięgu wzroku, zachowując dystans co najmniej pół mili — dość blisko, by przy odpowiednim padaniu światła dostrzec charakterystyczny herb na drzwiach. Książęcy pojazd nie mógł się z niczym pomylić: lakierowany na głęboki granat, z herbem Allanworthów w złocie i srebrze na panelach.

Letnie słońce prażyło bez litości, gdy Matthew prowadził wierzchowca traktem. Po obu stronach ciągnęły się złote łany dojrzewającej pszenicy, poprzetykane tu i ówdzie kępami dębów i wiązów. Sam trakt był w całkiem przyzwoitym stanie, choć Matthew był wdzięczny za pewny krok konia, gdy trafiali na odcinki z koleinami po ostatnich deszczach.

Jego folblut, Ajax, był wspaniałym zwierzęciem o wytrzymałości równej szybkości, ale nawet tak znakomity koń wymagał regularnego odpoczynku. Matthew pilnował, by zatrzymywać się zawsze, gdy karetę ojca widział przed zajazdem, choć świadomie wybierał inne gospody albo czekał, aż książę odjedzie, po czym wchodził do tej samej, by później nadrobić dystans szybkością konia. Nie wypadało dać się przyłapać na tak niegodnej akcie szpiegowania, a przecież wiedział, że ojciec planuje zakończyć dzień w Watford. Dobrze, że w Watford było więcej niż jedno gospody, inaczej musiałby chyba szukać stodoły z sianem na nocleg!

Lekki wietrzyk niósł zapach polnych kwiatów i świeżo skoszonego siana, przyjemny kontrapunkt dla narastającego skwaru. Matthew poluzował nieco fular, już czując się nieco zaniedbany. Nie był przyzwyczajony do podróżowania bez kamerdynera, a praktyczne utrzymanie nienagannego wyglądu dżentelmena podczas śledzenia ojca okazało się trudniejsze, niż przewidywał.

— To doprawdy absurd — mruknął do siebie. — Człowiek mojego stanu skradający się jak pospolity szpieg.

Nikt nie słyszał jego samonapomnienia poza Ajaxem, który tylko poruszył uchem na dźwięk głosu pana. Matthew poklepał roztargnionym gestem końską szyję, zafrasowany myślami.

Co pomyślałby ojciec, gdyby odkrył podstęp syna? Książę nie był skory do wybuchów gniewu, ale jego zawód potrafił przygnieść cichą intensywnością. Matthew rzadko tego doświadczał, na ogół starając się sprostać wyśrubowanym standardom, które mu stawiano. To, co robił teraz, z pewnością nie zyskałoby aprobaty.

A jednak nie potrafił porzucić przedsięwzięcia. Tajemnica corocznej podróży ojca zapuściła w nim korzeń i domagała się rozwiązania. Nie była to zwykła próżna ciekawość; działało tu coś głębszego — pragnienie zrozumienia człowieka, który ukształtował jego życie, a wciąż w wielu aspektach pozostawał zagadką.

Słońce stało jeszcze wysoko, kiedy dotarli do Watford, idąc dobrym tempem, i Matthew zastanawiał się, czy książę będzie jechał dalej, lecz kareta zajechała do solidnej stacji dyliżansowej, a stajennym polecono wyprząc i odstawić konie. Przybytek wyglądał porządnie — bielone ściany i łupkowy dach świadczyły o powodzeniu. Patrząc z dystansu, jak ojciec wkracza do środka z pewnością człowieka doskonale z miejscem obeznanego, Matthew uznał, że książę rzeczywiście zamierza zostać, i rozejrzał się za inną gospodą. Druga była zaledwie ćwierć mili dalej przy drodze — skromniejsza, lecz oferująca czyste, choć proste kwatery.

Ku własnemu zaskoczeniu Matthew czerpał przyjemność z anonimowości. Tu był po prostu podróżującym dżentelmenem, nie markizem Whitmore, dziedzicem jednego z najstarszych księstw Anglii. Żona karczmarza podała mu solidny posiłek: barani gulasz i świeży chleb, a on jadł z apetytem zaostrzonym trudem podróży.

Sen przyszedł tej nocy łatwo z powodu zmęczenia, mimo obcego otoczenia i natrętnego głosu sumienia, który kwestionował jego postępowanie. Matthew wstał przed świtem, zdeterminowany, by wyruszyć dostatecznie wcześnie i wznowić obserwację.

Drugi dzień okazał się znacznie mniej komfortowy niż pierwszy. Letni upał przybrał na sile, powietrze było gęste i duszne nawet w porannych godzinach. W południe lniana koszula przylepiała mu się do pleców, a on dawno zaniechał pozorów wiązania krawata. Twarz czuł jak wypaloną mimo osłony kapelusza i wyobrażał sobie, że cera przybiera nieelegancką czerwoną barwę.

— Wyglądam bardziej jak rolnik niż markiz — burknął, zerkając w swoje odbicie w strumieniu, gdy zatrzymał się, by pozwolić Ajaxowi pić. Koń wydawał się równie znużony upałem, jego ciemna sierść lśniła od potu.

Minęli południe i zachód od Londynu, przejeżdżając przez Slough, Camberwell i Basingstoke, i byli już głęboko w Hampshire, choć Matthew nie sądził, by zmierzali do Winchester. Zjechali z głównej drogi za Basingstoke i teraz podążali coraz bardziej wiejskimi dróżkami. Kareta księcia utrzymywała równe tempo, woźnica ani przez moment nie wahał się na kolejnych rozwidleniach. Wtedy przyszło Matthew do głowy, że może wcale nie musiał podejmować tej wyprawy; oczywiście James, woźnica ojca, doskonale wiedziałby, dokąd jeżdżą, tak samo jak stajenny i lokaj, którzy mu towarzyszyli! Któryś z nich mógłby łatwo puścić parę z ust przy kuflu lub dwóch ale.

Cóż, zaszedł już tak daleko. Skoro tak, mógł równie dobrze jechać dalej; nie mogło być już dużo dalej. Jeszcze dziesięć mil, pomyślał, a skończy się ląd, więc chyba że jego ojciec planował wsiąść na statek na Isle of Wight, cel księcia musiał być blisko.

Okolica była tu szczególnie urokliwa, mimo morderczego upału. Łąki usiane polnymi kwiatami przechodziły w gęste lasy, dając krótkie chwile wytchnienia w cieniu, gdy droga prowadziła pod wiekowymi dębami i bukami. W jednym z takich zacienionych miejsc, gdzie wzdłuż drogi szemrał strumień, Matthew zsiadł z konia, by pozwolić spragnionemu wierzchowcowi napić się, obserwując, jak kareta jego ojca niezmiennie posuwa się naprzód krętą drogą.

Gdy pozwolił Ajaxowi napić się do syta, Matthew znów zaczął rozmyślać o celu podróży ojca. Książę wspominał o zobowiązaniu, o powinności, którą postanowił wypełnić. Jaki rodzaj zobowiązania wymagałby takiej tajemnicy? Czy możliwe, że jego surowy ojciec utrzymywał jakiś potajemny związek? Myśl ta wydawała się niemal śmieszna, a jednak Matthew nie potrafił znaleźć innego wyjaśnienia dla tak regularnych, prywatnych wizyt.

— Choć dlaczego w tym celu miałby jeździć aż do Hampshire, nie pojmuję — powiedział Matthew na głos, zyskując kolejne poruszenie uszu Ajaxa. — Londyn oferuje aż nadto sposobności do dyskrecji w takich sprawach.

Nie żeby kiedykolwiek wiedział, by ojciec dopuszczał się takich zachowań, choć u panów jego sfery nie należało to do rzadkości. Książę Allanworth był słynny z wierności księżnej, nawet gdy taka wierność uchodziła w śmietance towarzyskiej za niemodną, i choć w ich małżeństwie zdawało się brakować czułości. Nawet w roku, który upłynął od jej śmierci, Matthew nie zauważył najmniejszego znaku, by ojciec poszukiwał kobiecego towarzystwa jakiegokolwiek rodzaju.

— Cóż więc? — spytał pustego powietrza. — Co przywodzi Pana tutaj rok po roku?

Odpowiedź nie nadeszła, a Matthew dosiadł znów konia, popędzając Ajaxa do kłusa, by zmniejszyć dystans do teraz już dalekiej karety. Pojazd był ledwie widoczny przed nim, właśnie znikał za zakrętem drogi.

Do połowy popołudnia upał stał się niemal nie do zniesienia. Gardło Matthew wyschło na wiór, a nawet miarowy chód Ajaxa nabrał pewnej ociężałości, która sugerowała, że koń także odczuwa skutki pogody. Kiedy dotarli do wioski z porządną, na oko przyzwoitą gospodą, Matthew zdecydował się zatrzymać na krótki odpoczynek.

— Ledwie kwadrans — powiedział do siebie, zsiadając i oddając wodze Ajaxa stajennemu chłopakowi, nakazując mu, by dał koniowi dużo wody, ale nie lodowatej, żeby się nie załamał. — Kareta ojca jedzie dość wolno, żebym ją dogonił.

Wnętrze gospody było chłodne i mroczne po oślepiającym blasku słońca na zewnątrz. Matthew zamówił piwo i zimny mięsny placek, zasiadając przy stoliku przy oknie, skąd mógł mieć oko na drogę. Piwo, gdy je podano, okazało się zaskakująco dobre i pił łapczywie, czując, jak kurz z drogi spłukiwany jest mu z gardła.

— Przejazdem, panie? — zagadnął karczmarz, stawiając placek.

— Tak — odparł Matthew, nie chcąc zachęcać do rozmowy. — Tylko krótki postój.

— Mądrze na chwilę uciec przed tym skwarem — ciągnął niewzruszenie mężczyzna. — Mówią, że to najgorętszy czerwiec, odkąd kto pamięta.

Matthew skończył posiłek z większym pośpiechem, niż przystało dżentelmenowi, zapłacił rachunek z hojnym napiwkiem i odebrał Ajaxa ze stajni. Koń, pokrzepiony krótkim odpoczynkiem i wodą, rwał się do drogi, a Matthew pogonił go do cwału, gdy opuszczali wioskę.

Lecz gdy zaledwie sto jardów za wioską dotarli do rozwidlenia drogi, Matthew gwałtownie się zatrzymał. Nie było śladu karetki ojca w żadnym kierunku, a zakurzona powierzchnia drogi nie dawała jasnych wskazówek, w którą stronę pojazd skręcił.

— A niech to — mruknął Matthew, lustrując obie drogi. Jedna prowadziła dalej na południe, ku wybrzeżu, druga zaś zakręcała na wschód. Obie wyglądały na równie uczęszczane.

Postanowił jechać dalej na południe, rozumując, że ojciec konsekwentnie zmierzał w tym kierunku. Jednak po blisko godzinie coraz bardziej nerwowej jazdy nie zauważył żadnego śladu charakterystycznej, książęcej karety. Niechętnie zawrócił, dotarł z powrotem do rozwidlenia i tym razem wybrał drogę wschodnią.

Ścieżka ta zaprowadziła go późnym popołudniem do kolejnej małej wioski. Upał nieco zelżał, lecz humor Matthew wcale się nie poprawił. Stracił cenny czas i istniała spora szansa, że ojciec zyskał taką przewagę, iż dogonienie go będzie niemożliwe.

Zatrzymał się na małym wiejskim skwerze, gdzie zebrało się kilku mieszkańców. Starszy mężczyzna siedział na ławce pod rozłożystym kasztanem, dwie kobiety rozmawiały przy studni. Grupa dzieci bawiła się jakąś zabawą z obręczą i kijem.

— Wybacza Pan — zawołał Matthew do starca. — Gdzie ja jestem?

— King's Somborne, chłopcze. Zgubiłeś się, co?

— Nie do końca. Szukam niebieskiej karety, która mogła tędy dziś przejeżdżać. Na drzwiach miała herb: lwa i trzy gwiazdy.

Starzec zmrużył oczy, zadzierając głowę. — A i owszem, widziałem taką. Przejechała, rzekłbym, nie dalej jak godzinę temu.

Matthew poczuł przypływ nadziei. — W którą stronę pojechała?

— Prosto przez wioskę, na południe, ku Timsbury.

Jedna z kobiet przy studni odwróciła się. — Ależ skąd, Thomasie, znów ci się wszystko miesza. Ta wytworna kareta pojechała na północ, ku Andover. Widziałam jak wół, prosto z okna mojej chaty.

— A gdzież tam — uparł się starzec. — Pojechała prościutko przed siebie.

— Ty byś prostej nawet nie poznał, gdyby cię w twarz trzasnęła, staruszku — odcięła kobieta. — Nic prostego nie widziałeś, odkąd król był młody.

Sprzeczka trwała, a Matthew stłumił westchnienie frustracji. Zwrócił się do młodego mężczyzny prowadzącego konia zaprzęgowego obok skweru. — Czy przypadkiem nie widział Pan dziś wcześniej przejeżdżającej niebieskiej karety? Z herbem na drzwiach?

— Widziałem, proszę Pana — odparł młodzieniec, dotykając z szacunkiem czapki. — Skręciła w drogę na Horsebridge. Na zachód.

Matthew wpatrzył się w niego. — Na zachód? Jest Pan pewien?

— Tak jest, proszę Pana. Mój brat pracuje przy mycie na tej drodze, na moście przez River Test. Mówił, że przejechała wystawna kareta, a dżentelmen w środku zapłacił złotym sovereignem i nie chciał reszty!

To brzmiało jak jego ojciec, który zawsze był hojny dla niższych stanów, mimo formalnych manier. Ale na zachód? To przeczyło zarówno relacji starca, jak i kobiety.

Czwarty mieszkaniec, słysząc rozmowę, dorzucił jeszcze inny kierunek, zapewniając z wielką pewnością, że niebieska kareta pojechała wschodnią drogą na Winchester, co w ogóle nie miało sensu, skoro właśnie tą drogą Matthew przed chwilą przybył!

Słońce zaczynało chylić się ku zachodowi, rzucając długie cienie na wiejski skwer. Matthew przeczesał dłonią włosy, potargane podróżą i frustracją. Ajax stał cierpliwie u jego boku, ale opuszczona głowa konia sugerowała, że był tak samo zmęczony jak pan.

— No cóż, stary przyjacielu — powiedział cicho, głaszcząc koński pysk — wygląda na to, że go zgubiliśmy.

W tym uświadomieniu kryła się osobliwa mieszanina rozczarowania i ulgi. Podróż była niewygodna, oszustwo — niesmaczne, a teraz, gdy sposobność odkrycia tajemnicy ojca wymknęła mu się z rąk, Matthew zaczął się zastanawiać, czy nie wyszło to na lepsze.

Być może niektóre sekrety powinny takimi pozostać. Jego ojciec był człowiekiem skrytym i cokolwiek przyciągało go co lato do Hampshire, najwyraźniej pragnął wypełniać to bez świadków. Czy Matthew nie był mu winien tego szacunku?

— Chodź, Ajaxie — powiedział, ujmując wodze zmęczonego konia. — Myślę, że pora porzucić tę głupią misję i wracać do domu. Ojciec byłby śmiertelnie zawstydzony, gdyby wiedział, co wyprawiam, i słusznie. Znajdźmy gospodę na noc, a jutro ruszymy z powrotem.

Nie było sensu kontynuować pościgu, skoro nie miał pojęcia, w którą stronę jechać. Lepiej przyznać się do porażki i wrócić do Allanworth Abbey, gdzie czekały obowiązki o wiele stosowniejsze dla markiza Whitmore niż ten niegodny pościg przez wieś.

Na szczęście była gospoda, w której pościel była czysta, a jedzenie proste, ale obfite. Materac był wyboisty, lecz Matthew był zbyt zmęczony, by się tym przejmować, i spał całkiem dobrze. Rankiem, wstawszy, rozważył możliwe drogi powrotu i postanowił przynajmniej przez chwilę jechać drogą na zachód. Opowieść o ojcu, który przepłacił przy mycie, wydała mu się najbardziej prawdopodobna z wszystkich, i zamierzał wypytać poborcę.

Nie miał jednak szczęścia, bo poborca zaprzeczył, jakoby książęca kareta przejeżdżała tędy poprzedniego dnia, a Matthew westchnął, godząc się z porażką. Uiszczając własne myto, przekroczył rzekę i skręcił na północ, wiedząc, że ta droga zaprowadzi go do Andover, skąd będzie mógł wjechać na trakt do Londynu i odtworzyć trasę do domu.

River Test nie była w tym miejscu szczególnie szeroka, ale jej przejrzyste wody płynęły między trawiastymi brzegami usianymi wierzbami, a droga przez większość czasu biegła wzdłuż rzeki; woda i miejscami padający cień drzew dawały pewną ulgę od uporczywego, wyczerpującego upału. Ajax kroczył niespiesznie, jakby cieszył się łagodniejszą wędrówką teraz, gdy nie ścigali już książęcej karety. Sam Matthew czuł osobliwe pomieszanie zawodu i ulgi. Jego porywna wyprawa spełzła na niczym, ale może ta porażka oszczędziła mu niezręcznej konfrontacji z ojcem.

— Co miałbym powiedzieć, gdyby przyłapał mnie na śledzeniu go? — zapytał Matthew Ajaxa, który poruszył uchem z pozornym zainteresowaniem. — — Dzień dobry, Ojcze, postanowiłem podążyć za Panem przez pół Anglii, bo nie potrafię uszanować Pańskiej prywatności? — Z pewnością przyjąłby to z zachwytem.

Rzeka łagodnie zakręcała przed nimi, nieco się rozszerzając, gdzie łączyła się z małym dopływem. Ścieżka podążała za jej linią, czasem lekko się wznosząc, by zaraz opaść i biec niemal równolegle do wody. W oddali Matthew dostrzegł wieżę wiejskiego kościoła, wznoszącą się ponad kępą drzew, co sugerowało, że niedaleko leży osada.

Może zatrzyma się tam na południowy posiłek, zanim ruszy dalej na północ. Gospoda w King's Somborne podała marne śniadanie, a żołądek zaczął mu przypominać, że panowie w wieku dwudziestu pięciu lat, zwłaszcza tacy, którzy spędzili kilka dni w siodle, wymagają regularnego posiłku.

Rozważał właśnie, jaki prosty wiejski jadłospis może być dostępny, gdy ponad wodą poniósł się dźwięk, słaby, ale nie do pomylenia. Ludzki głos, podniesiony jakby w alarmie lub wysiłku. Matthew ściągnął wodze, zatrzymując Ajaxa, i wytężył słuch.

Odezwał się ponownie, okrzyk z nutą desperacji. Matthew popędził Ajaxa, rozglądając się po brzegu przed sobą w poszukiwaniu źródła niepokoju.

Młoda kobieta płynęła w nurcie, mniej więcej na środku rzeki, jej suknia falowała wokół niej w wodzie. Ściskała coś przy piersi, starając się utrzymać to ponad powierzchnią, i krzyczała nie o ratunek, lecz najwyraźniej na kogoś po przeciwnej stronie brzegu.

— Ty bezduszny potworze! Jak śmiesz robić coś takiego!

Matthew podążył za jej spojrzeniem i dostrzegł postać w zgrzebnych, chłopskich ubraniach, oddalającą się od brzegu z wyraźnie udawaną obojętnością na krzyki kobiety. Mężczyzna ani nie obejrzał się, ani nie zwolnił kroku, znikając w kępie drzew.

— Panno! — zawołał Matthew, wprowadzając Ajaxa na płyciznę. — Czy potrzebuje Pani pomocy?

Odwróciła głowę na jego zbliżenie i zobaczył, że jej twarz płonie gniewem, nie trwogą. — Ten łotr wrzucił do rzeki worek ze szczeniętami!

Matthew szybko ocenił sytuację. Kobieta najwyraźniej była sprawną pływaczką, bo bez trudu utrzymywała pozycję w wodzie, ale ciężar mokrego worka i jego cennej zawartości czynił dopłynięcie do brzegu niemal niemożliwym. Brzeg po jej stronie był stromy i zabłocony, dając marne oparcie do wspinaczki.

— Proszę się trzymać — zawołał i wprowadził Ajaxa do wody.

Koń wszedł w nurt ze stoicką rezygnacją zwierzęcia przywykłego do okazjonalnych ekscentrycznych wymagań pana. Prąd był silniejszy, niż się wydawało, szarpał nogami Ajaxa i wymagał ostrożnej nawigacji, by ominąć głębsze rynny. Matthew prowadził konia pewnie ku kobiecie, obliczając najlepszy kąt podejścia.

Kobieta była młodsza, niż początkowo sądził, uświadomił sobie, gdy podjechał bliżej i dobrze przyjrzał się jej twarzy. Właściwie ledwie dziewczyna; jasne loki, upięte na czubku głowy, rozplatały się od wysiłku i mokre opadały na ramiona.

— Podniosę Panią — zawołał, gdy Ajax zrównał się z nią. — Da Pani radę utrzymać worek?

— Jestem całkowicie zdolna sobie poradzić — odparła z godnością nieco podważoną faktem, że musiała zadzierać głowę, by na niego spojrzeć. — Choć przyznaję, że pomoc będzie mile widziana.

Matthew pochylił się z siodła, wyciągając ramię. — Proszę ująć moją dłoń.

To, co nastąpiło, było może najbardziej niegodną upiększeń akcją ratunkową w dziejach rycerskich przedsięwzięć. Kobieta okazała się cięższa, niż sugerowała jej drobna figura, gdy była nasiąknięta wodą i obciążona szczeniętami. Matthew musiał dosłownie ją wciągnąć; wylądowała na kłębie Ajaxa z gracją worka zboża, w plątaninie mokrych fałd materiału i oburzonych protestów.

— Doprawdy, z pewnością istniała metoda bardziej elegancka! — wydyszała. — Nie jestem bagażem, by mnie tak dźwigać!

— Najmocniej przepraszam — odparł Matthew, choć nie zdołał całkiem stłumić rozbawienia jej oburzeniem. — W tych okolicznościach elegancja zdała się mniej ważna niż skuteczność.

Odwróciła się, by na niego spojrzeć, woda kapała z jej włosów, a on znalazł się naprzeciw najbardziej niezwykłej pary zielonych oczu, jakie kiedykolwiek widział. Lśniły inteligencją i niemałą irytacją, i uświadomił sobie, że być może patrzy na najpiękniejszą kobietę, jaką kiedykolwiek spotkał — nawet w tym obecnym, żałośnie zmokłym stanie.

— Radziłam sobie doskonale — oznajmiła z niemałą godnością. — Potrzebowałam jedynie pomocy przy dotarciu do brzegu, nie kompletnego ratunku.

— Oczywiście — zgodził się poważnie Matthew, ostrożnie kierując Ajaxa ku brzegowi. — Widzę, że miała Pani sytuację całkowicie pod kontrolą.

— Owszem! — upierała się, po czym zdawała się dostrzec łagodną drwinę w jego tonie. — No dobrze, może nie całkowicie pod kontrolą, ale wcale nie groziło mi utonięcie. Pływam w tej rzece, odkąd byłam dzieckiem.

Worek w jej ramionach znów wydał chór cichych skowytów, a ona spojrzała na zawartość z tak tkliwą troską, że Matthew poczuł, jak coś mu drgnęło w piersi. Każda kobieta, która gotowa narazić własne bezpieczeństwo, by ratować niechciane szczenięta przed utopieniem, z pewnością miała charakter godny podziwu.

— Była Pani bardzo dzielna — powiedział cicho, a w odpowiedzi ujrzał zdumione spojrzenie, jakby nie była przyzwyczajona do takich pochwał.

Gdy Ajax bezpiecznie wynosił ich na brzeg, Matthew stał się boleśnie świadom bliskości kobiety. Była do niego przyciśnięta z konieczności, mokre ubranie zostawiało wilgotne plamy na jego kamizelce, a on wyczuwał pod zapachem rzeki ledwie uchwytną woń lawendy. Była to sytuacja do cna nieprzyzwoita i wiedział, że powinien jak najszybciej wymyślić sposób, by ją naprawić.

Zamiast tego złapał się na tym, że życzy sobie, by ta krótka droga do brzegu potrwała choć odrobinę dłużej.

Rozdział drugi

Clara Bell nie uważała się za kobietę skłonną do bujania w obłokach, ale przerzucenie przez kłąb koński jak worek kartofli mogłoby skłonić nawet najrozsądniejszą pannę do snucia planów morderstwa. Silne dłonie nieznajomego mocno obejmowały ją w pasie, gdy zbliżali się do brzegu; dotyk był, jak na okoliczności, wystarczająco przyzwoity, a jednak stanowczo zbyt poufały, by mogła czuć się swobodnie. Woda ściekała strumieniami z jej przemoczonej sukni, włosy rozpadły się w sposób doprawdy upokarzający, a co gorsza, na brzegu rzeki stały jej siostry, z minami balansującymi gdzieś między troską a niepohamowaną wesołością.

— Mógł pan zapytać o pozwolenie, zanim zabrał się pan do szarpania mnie — mruknęła Clara, przyciskając do piersi wiercący się worek ze szczeniętami. Ich ciche popiskiwania były jedynym powodem, dla którego nie zsunęła się z powrotem do wody i nie dopłynęła sama do brzegu, z honorem nienaruszonym.

— A panna mogła się utopić, podczas gdy ja bym pytał — odparł nieznajomy tonem irytująco spokojnym i podszytym rozbawieniem.

Clara boleśnie odczuwała, jak suknia przylega do każdej krągłości jej ciała w sposób, który skłoniłby nawet jej niezwykle rozsądną matkę do sięgnięcia po sole trzeźwiące. Cienka muślinowa tkanina, tak lekka i przewiewna, gdy sucha, teraz kleiła się do niej niczym druga skóra. Zimne strużki rzecznej wody spływały jej po kręgosłupie, sprawiając, że dygotała mimo letniego upału.

Gdy koń dotarł do brzegu, Clara dostrzegła Annę i Elizę wyraźniej. Stały ramię w ramię; na delikatnych rysach Anny malowała się troska, podczas gdy Eliza wcale nie siliła się, by ukryć uśmiech. Jakim cudem zdołały zjawić się dokładnie w najgorszym możliwym momencie, przekraczało pojmowanie Clary, choć podejrzewała, że miało to coś wspólnego z zadziwiającą umiejętnością Elizy do wynajdywania wszelkich potencjalnych źródeł kompromitacji starszej siostry.

— Clara! — zawołała Anna, podbiegając, gdy koń stanął na twardym gruncie. — Nic ci nie jest? Usłyszałyśmy krzyki i przybiegłyśmy.

— Czuję się doskonale — odparła Clara z taką godnością, na jaką stać kogoś, kto ocieka wodą, niepewnie balansując na ostrym kłębie wielkiego konia pełnej krwi, podczas gdy zupełnie obcy mężczyzna trzyma go mocno za talię. — Parobek wrzucił te szczenięta do rzeki, więc wskoczyłam po nie.

— Jakie bohaterstwo — rzuciła Eliza, a jej ciemne oczy błyszczały figlarnie. — Muszę jednak przyznać, że akcja ratunkowa wypadła nieco bardziej dramatycznie, niż sytuacja tego wymagała.

Nieznajomy zsunął się z konia z płynną gracją, po czym wyciągnął ręce, by pomóc Clarze zsiąść. Jego dłonie znów objęły ją w pasie i przez moment zawisła w powietrzu, zanim jej stopy dotknęły ziemi. Było to doznanie wielce krępujące.

— Proszę pozwolić, że się przedstawię — rzekł, skłaniając się lekko. — Matthew Whitmore, do usług.

Clara cofnęła się o krok, a z jej mokrych trzewików dobiegł nieprzyjemny chlupot. Błoto oblepiało brzeg niegdyś białej sukni, a włosy czuła przyklejone do karku i ramion w nad wyraz niekształtny sposób. Nie miała ochoty na uprzejmości.

— Dziękuję panu za pomoc, choć była niepotrzebna. Doskonale pływam.

— Doprawdy? Muszę wyznać, że nie wpadłem na to, by zapytać o pannine zdolności pływackie, zanim ruszyłem z pomocą. — Kąciki jego ust uniosły się w półuśmiechu, który Clara uznała za wyjątkowo drażniący.

— Moja siostra pływa w tej rzece, odkąd nauczyła się chodzić — wtrąciła pomocnie Eliza. — Raz uratowała psa naszej przyjaciółki, kiedy wpadł pod lód zimą.

— Elizo — ucięła ostro Clara, rozpaczliwie próbując przerwać, nim siostra powie o nich za dużo — szczenięta potrzebują naszej uwagi.

Pan Whitmore spojrzał na nią pytająco ciemnymi oczami, wyraźnie czekając na przedstawienie, którego Clara nie zamierzała uczynić. Aż do bólu czuła swoją niestosowną prezencję i im prędzej zniknie z towarzystwa tego mężczyzny, tym lepiej.

— A panna to...? — podsunął, gdy zaproszenie do przedstawienia się nie padło.

— W pośpiechu — odparła krótko Clara. — Te zwierzęta wymagają natychmiastowej opieki.

Byłaby przysięgła, że niemal parsknął śmiechem, choć zdołał zachować pozór uprzejmości. — Oczywiście. Zatem może innym razem.

Clara podała wiercący się worek Annie, która zajrzała do środka z cichym okrzykiem zgrozy. — Jest ich pięć i są takie maleńkie! Jeszcze nie mają otwartych oczu.

— Tego gbura, który je wrzucił, należałoby wychłostać — powiedziała Clara, jak mogła wyżymając wodę ze spódnic. Daremny trud; przeczuwała, że pozostanie przesiąknięta do suchej nitki, dopóki się nie przebierze.

— Zgadzam się całkowicie — rzekł pan Whitmore. — Gdybym zjawił się wcześniej, być może zamieniłbym z tym osobnikiem parę słów.

Clara uniosła gwałtownie wzrok, słysząc w jego tonie coś, co sugerowało, że owe „słowa" mogłyby być wsparte czymś bardziej fizycznym. Przez ułamek chwili pozwoliła sobie wyobrazić tego rosłego, dobrze ubranego nieznajomego, jak staje naprzeciw burkliwego parobka — i uznała, że to wcale nie był obraz niemiły.

— Powinnyśmy zabrać te maleństwa do domu — powiedziała jak zawsze praktyczna Anna. — Potrzebują mleka i ciepła.

— Pozwolą panie, że panie odprowadzę — zaproponował pan Whitmore, gestem wskazując konia. — Ajax bez trudu uniesie dwie osoby, a panie mieszkają zapewne niedaleko.

— Nie ma takiej potrzeby — odparła stanowczo Clara. — Mieszkamy bardzo blisko, a spacer pomoże mi wyschnąć.

Był to jawny fałsz, bo Belle Haven leżało w odległości znacznie większej niż mila, ale Clara wolałaby przejść i dziesięć mil w przemoczonych ubraniach, niż spędzić jeszcze choćby chwilę w towarzystwie tego mężczyzny — zwłaszcza w siodle jego konia.

— Jak pani sobie życzy — odrzekł z lekkim ukłonem. — Choć mam nadzieję, że pozwoli mi pani jutro złożyć wizytę i zapytać o zdrowie szczeniąt. Pani dom...?

— Nie ma potrzeby okazywać aż takiej troski. — Clara otuliła się godnością niczym płaszczem, boleśnie świadoma swego żałosnego wyglądu. — Do widzenia, panie Whitmore. Dziękuję za pomoc, jakkolwiek zbędna by nie była.

Odwróciła się, plecy proste, podbródek dumnie uniesiony, choć woda nadal kapała z włosów, a nasiąknięty brzeg sukni wleczał się po ziemi. Anna i Eliza zrównały z nią krok, Anna ostrożnie kołysząc szczenięta w objęciach, a Eliza posłała nieznajomemu ostatnie spojrzenie przez ramię.

— Patrzy na ciebie — szepnęła Eliza z nieukrywaną uciechą.

— Niech patrzy — odrzekła Clara, uparcie nie oglądając się. — Zobaczy tylko trzy panny, które zajmują się swoimi sprawami.

A jednak czuła jego wzrok na plecach tak wyraźnie, jakby wyciągnął rękę i jej dotknął, i to wrażenie nie minęło długo po tym, jak wspięły się na wzgórze i zostawiły go za sobą.

Letnie słońce prażyło w ramiona Clary, gdy maszerowała przez pola Belle Haven, a jej suknia stopniowo sztywniała, wysychając. Szczenięta kwiliły w ramionach Anny, maleńkie różowe pyszczki otwierały się i zamykały w poszukiwaniu pożywienia, którego najwyraźniej dawno im odmówiono. Irytacja Clary wcale nie malała wraz z odległością; przeciwnie — skrystalizowała się w coś twardszego i bardziej określonego, jak cukier przemieniający się w bryłkę karmelu. Jakież to bezczelne z jego strony traktować ją jak bezradną panienkę z powieści gotyckiej, skoro doskonale radziła sobie sama!

— Mają ledwie tydzień — powiedziała Anna, z troską zaglądając do worka. — Szacuję, że przez najbliższe dwa tygodnie trzeba je będzie karmić co dwie godziny. Potem stopniowo wydłużymy odstępy do trzech, potem czterech, aż do stałego pokarmu około czwartego tygodnia.

Clara zerknęła na siostrę, na moment zapominając o oburzeniu. Umysł Anny stale coś obliczał — czy to dawki paszy dla koni, czy domowe rachunki.

— Musimy przygotować mleko z miodem i wodą — odparła Clara, a jej praktyczna natura przebiła się przez złość. — I znaleźć coś, z czego będą mogły ssać.

— Wyobrażam sobie, że pan Whitmore chętnie zaoferowałby swoje usługi, gdyby go poprosić — zauważyła Eliza z szelmowskim uśmiechem. — Wyglądał na niezwykle skorego do pomocy tobie, Claro.

Clara posłała najmłodszej siostrze mrożące spojrzenie. — Pan Whitmore może swoje usługi nieść gdzie indziej. Nie potrzebowałam jego wtrącania się i na pewno nie będę go w przyszłości szukać.

— Daj spokój — nie ustępowała Eliza, podskoczyła kilka kroków naprzód, po czym odwróciła się i zaczęła iść tyłem, twarzą do sióstr. — Był niezwykle przystojny, nie sądzisz? Te oczy! I takie szerokie ramiona. Zauważyłaś, z jaką łatwością cię uniósł?

— Zauważyłam, że potraktował mnie jak worek zboża — odcięła się Clara. — Nie ma w tym nic godnego podziwu.

— Elizo, przestań droczyć się — rzekła łagodnie Anna. — Clara miała dziś aż nadto wrażeń.

— Ciekawe, czy mieszka w okolicy? — zamyśliła się Eliza. — Może wuj William go zna?

— Elizo, książę przyjechał dopiero wczoraj, nie zawracaj mu głowy. Chce spędzić czas z Laurą i Charlotte. — Anna rzuciła spojrzenie Clarze. — I sądzę, że najlepiej, żeby nigdy nie dowiedział się o tej eskapadzie. Jest bardzo życzliwy i pobłażliwy, ale... to raczej nie przystoi damie.

Suknia Clary zaczynała nieprzyjemnie obcierać, gdy wysychała, sztywniejąc od rzecznej wody i klejąc się do skóry w najbardziej dokuczliwy sposób. Włosy, starannie upięte tego ranka, teraz wisiały w wilgotnych, skołtunionych pasmach na plecach, a między palcami stóp w trzewikach czuła, jak zasycha błoto. Każdy krok wydawał z siebie cichy chlupot, który w innych okolicznościach mógłby być zabawny.

Ścieżka, którą kroczyły, wiodła przez jedne z najpiękniejszych krajobrazów Hampshire. Po obu stronach rozciągały się łagodnie falujące, zielone wzgórza, jak okiem sięgnąć, a na każdym pastwisku pasły się klacze ze źrebiętami — skarb i przyszłość Belle Haven. Lekki wietrzyk niósł z żywopłotów słodką woń wiciokrzewu, a w oddali pieśń skowronka wzbierała i opadała w delikatnych arpeggiach. Uroda tego wszystkiego jakby naigrywała się z żałosnego stanu Clary i jej popsutego nastroju.

— Nie rozumiem, czemu jesteś taka rozdrażniona — powiedziała Eliza, zrównując krok z Clarą. — Większość panien byłaby zachwycona, że przystojny dżentelmen ją ratuje.

— Nie jestem „większością panien" — odparła godnie Clara. — I nie potrzebowałam ratunku. Spokojnie dopłynęłabym do brzegu.

— Oczywiście, że tak — przytaknęła łagodząco Anna. — Ale z tymi maleństwami mogło być trudno. A nurt dziś dość silny po nocnej ulewie.

Clara westchnęła, a część złości z niej uszła. — Wiem, że mówisz to z troski, Anno, ale nie znoszę, gdy traktuje się mnie jak niezaradną. Pływam w tej rzece od dziecka i nie potrzebowałam niczyjej pomocy.

— Cóż, stało się — podsumowała praktycznie Anna. — A my mamy teraz na głowie te maluchy.

Clara skinęła głową i wyciągnęła palec, by pogłaskać jedno z maleńkich szczeniąt. Futro wciąż było wilgotne, ale drobne ciałko — ciepłe, co uznała za dobry znak. Złość, która ją niosła, zaczęła ustępować pilniejszej trosce: co powie Theresa, gdy wrócą do domu w takim stanie?

Ich przybrana matka była najszlachetniejszą z kobiet, lecz w ostatnim czasie coraz częściej i z łagodnością przypominała Clarze, że w wieku osiemnastu lat powinna zachowywać się z większą ogładą. Zbliżająca się wyprawa do Londynu na Mały Sezon spędzała Theresie sen z powiek, a co za tym idzie — także Clarze.

— Mama będzie się martwiła, jeśli zaraz nie wrócimy — powiedziała Clara, przyspieszając nieco kroku. — I powinnam się przebrać, nim się przeziębię.

— W samym środku lata? — roześmiała się Eliza. — Mało prawdopodobne. Ale zgodzę się, że mama będzie niespokojna. Myślała, że idziemy na zwyczajny spacer, a nie na wyprawę ratowniczą po szczenięta.

Wspięły się na niewielkie wzgórze i w dolinie ukazało się Belle Haven. Dom nie był tak okazały jak niektóre wielkie angielskie posiadłości, ale prezentował się okazale: piękna, złocista kamienica o trzech kondygnacjach, z wielkimi oknami, w których odbijało się popołudniowe słońce. Dookoła rozciągały się padoki i stajnie pełne koni, które przyniosły sir Richardowi Bellowi sławę i majątek jednego z najlepszych hodowców w kraju.

W jednym z bliższych wybiegów Clara dojrzała bladą sylwetkę Snowstara, siwego wałacha, którego szkoliła z taką pieczołowitością. Koń uosabiał wszystkie jej nadzieje na nadchodzący sezon w Londynie — był kluczowym elementem Planu, który miała, by przezwyciężyć niekorzyść swego nieprawego pochodzenia.

Żwir na podjeździe chrzęścił pod ich trzewikami, gdy zbliżały się do domu. Clara próbowała wygładzić rozszalałe włosy i wyprostować pogniecioną suknię — gesty daremne, lecz odruchowe. Gdy docierały do stopni, drzwi otworzyły się i wyszła Theresa, Lady Bell; jej słodka, okrągła twarz natychmiast wyraziła niepokój na widok żałosnego stanu Clary.

— Na miłość boską! — zawołała Theresa, zbiegając po schodach. — Co tu się wydarzyło? Claro, jesteś przemoczoną do nitki!

Clara otworzyła usta, by wyjaśnić, lecz nagle zabrakło jej słów. Jak opowiedzieć upokarzające spotkanie z panem Whitmore'em w sposób, który nie zabrzmi całkiem niestosownie?

— Clara uratowała szczenięta z rzeki — wyjaśniła Anna, unosząc zawiniątko, by Theresa mogła je zobaczyć. — Ktoś wrzucił je, żeby utonęły.

— Och, biedne stworzonka — westchnęła Theresa, a jej życzliwa twarz złagodniała, gdy zajrzała do środka. Potem spojrzenie wróciło do Clary, obejmując przesiąkniętą odzież, zabłocony brzeg sukni i skołtunione włosy. — I wskoczyłaś po nie do rzeki? W ubraniu?

Clara skinęła głową, gotowa na łagodne napomnienie o stosownym zachowaniu. Zamiast tego wargi Theresy drgnęły, jakby tłumiła uśmiech.

— Cóż — powiedziała z westchnieniem, które nie do końca skryło rozbawienie — w takim razie musimy cię wprowadzić do środka i wysuszyć. I znaleźć tym maleństwom coś do jedzenia.

Clara poczuła przypływ czułości do matki. Jakiekolwiek kazanie miało nadejść później, pierwszą troską Theresy zawsze było ich dobro — tak ludzi, jak i zwierząt.

— Anno, Elizo, zanieście szczenięta do kuchni i zorganizujcie dla nich jedzenie — zarządziła Theresa, ruszając ku schodom. — I poproście pokojówki, by napełniły balię. Claro, musisz wziąć kąpiel. Ta rzeczna woda nie może zostać w twoich włosach.

— Tak jest, mamo — odpowiedziały chórem Anna i Eliza, a Anna posłała Clarze współczujące spojrzenie, nim skierowały się do kuchni.

Za Clarą na wypolerowanej posadzce pozostał ślad wody; skrzywiła się na myśl o minach służących. Theresa jednak wyglądała na bardziej rozbawioną niż rozgniewaną, gdy zamknęła drzwi sypialni i ogarnęła wzrokiem jej niechlujny stan z rezygnowaną czułością kobiety, która przywykła do podobnych przygód.

— Przypuszczam, że pytanie, co cię podkusiło, by wskakiwać w pełnym ubraniu do rzeki, byłoby bezcelowe — powiedziała, sięgając po czysty ręcznik z bieliźniarki. — Muszę jednak przyznać, że ta konkretna eskapada przyniosła szczególnie imponujący nieład.

Clara wdzięcznie przyjęła ręcznik, dociskając go do mokrych włosów. — Nie mogłam po prostu stać i patrzeć, jak te szczenięta toną po tym, jak ten podły parobek je wrzucił.

— Oczywiście, że nie — przyznała Theresa, a jej brązowe oczy rozjaśniło zrozumienie. Stanęła za Clarą i zaczęła pomagać przy przemoczonych sznurowaniach sukni. — Ktokolwiek cię zna, nie spodziewałby się inaczej. A jednak sądzę, że dało się to załatwić bez aż takiej... dramaturgii?

— Doskonale poradziłabym sobie sama — odparła Clara, czując, jak znów buzuje w niej wcześniejsza złość. — Już miałam szczenięta i płynęłam do brzegu, kiedy zjawił się pewien dżentelmen i uparł się, by mnie „ratować". Jakbym była bezradnym stworzeniem niezdolnym przepłynąć kilku jardów!

Palce Theresy na moment zastygły. — Dżentelmen? W pobliżu ścieżki nad rzeką? To dość niezwykłe.

— Usłyszał, jak krzyczę, i nadjechał od strony drogi z Arundel — odparła Clara, wysuwając się z sukni, którą Theresa poluzowała. Mokra tkanina uparcie kleiła się do skóry i trzeba było niemało wysiłku, by ją zdjąć. — Wciągnął mnie na konia jak worek zboża. To było doprawdy żenujące.

Usta Theresy drgnęły. — Domyślam się, że tak. Choć można zauważyć, iż dżentelmen spieszący damie z pomocą nie powinien być powodem aż takiej konsternacji.

— Nie potrzebowałam pomocy — upierała się Clara, choć w jej głosie było już mniej żaru. W suchszym odzieniu trudniej było podsycać święte oburzenie.

Theresa wyjęła z kieszeni czystą chusteczkę i delikatnie starła plamkę błota z policzka Clary. — Być może. Ale musisz przyznać, Claro, że tego rodzaju przygody powinny stawać się rzadsze. Masz osiemnaście lat, nie jesteś już dzieckiem, któremu wybacza się każdy poryw.

Clara westchnęła, wiedząc, że Theresa ma rację. — Wiem. Ale nie mogłam pozwolić, by te szczenięta utonęły.

— Nikt nie sugeruje, że powinnaś była — odparła łagodnie Theresa. — Jedynie, że mogły istnieć inne rozwiązania. Zawołać kogoś na pomoc, na przykład?

— Nie było kogo zawołać — odpowiedziała Clara. — A nim pomoc by nadeszła, byłoby za późno.

Theresa skinęła głową, uznając słuszność. — Cóż, stało się. Ale postaraj się pamiętać, że wyjeżdżamy do Londynu już za parę tygodni. Mały Sezon będzie twoim pierwszym wprowadzeniem do towarzystwa i pierwsze wrażenie ma znaczenie najważniejsze.

— Nie zapomniałam! Wszystko od tego zależy.

— Nie wszystko — poprawiła łagodnie Theresa, pomagając jej włożyć suchy szlafrok. — Choć rozumiem, czemu to właśnie tak odczuwasz.

Sezon w Londynie był dla Clary najlepszą szansą na zabezpieczenie przyszłości. Jako nieślubna córka zmarłej siostry sir Richarda Bella, Clara nie miała posagu ani prawdziwego miejsca w towarzystwie. Ojciec przyjął ją nieformalnie, wychowując razem z Anną i Elizą, zapewnił wszelkie wygody i naukę, lecz okoliczności jej urodzenia pozostawały przeszkodą, której nie dało się całkiem usunąć.

Chyba że Plan się powiedzie.

— Trening Snowstara idzie znakomicie — powiedziała Clara, a na myśl o pięknym siwym wałachu duch jej się podniósł. — Wczoraj wykonał idealny kapriol, wszystkie cztery kopyta jednocześnie w powietrzu. Nawet ojciec był pod wrażeniem.

Theresa uśmiechnęła się. — Twój ojciec zachwyca się twoimi umiejętnościami przy koniach, odkąd miałaś dziewięć lat i postanowiłaś sama ujeździć swojego nowego kuca, zanim zdążył znaleźć dżokeja dość małego, by zrobił to za ciebie.

Clara roześmiała się, wspomnienie było miłe. — Pepper był świetnym kucykiem! Jak większość stworzeń, dobrze reagował na szacunek, a nie na strach.

— I sądzisz, że księciu regentowi równie zaimponuje klasyczne szkolenie Snowstara? — spytała Theresa.

— Jakże mogłoby nie zaimponować? — odparła z przekonaniem Clara. — Książę uwielbia widowiska, a nic nie dorównuje widokowi prawidłowo wyszkolonego konia ujeżdżeniowego.

To był fundament Planu Clary: podarować księciu regentowi Snowstara, doskonale wyćwiczonego w klasycznych figurach. Taki dar z pewnością zjednałby jej jego względy, a wraz z nimi stopień akceptacji w towarzystwie, który w innym razie byłby dla młodej kobiety o takim pochodzeniu nieosiągalny.

— Rozsądna strategia — przyznała Theresa. — Choć mam nadzieję, że nie ulokujesz w niej wszystkich nadziei. Istnieją i inne drogi do szczęścia, Claro.

— Być może — pozwoliła Clara, choć nie była przekonana. Patrzyła na świat trzeźwo i wiedziała, że bez fortuny albo sprzyjających koneksji jej możliwości są bardzo ograniczone. — Ale to ścieżka, którą wybrałam, i zamierzam nią podążać do końca.

Theresa mierzyła ją spojrzeniem pełnym dumy i troski. — Zawsze byłaś najbardziej zdeterminowaną z moich dziewcząt, nawet bardziej niż Molly. Obiecaj mi tylko, że postarasz się unikać kolejnych rzecznych akcji ratunkowych. Nie sądzę, by Lady Jersey była zachwycona, gdybyś zjawiła się w Almacku ociekając wodą, a będziemy miały bilety do Almacka; Lady Bridgnorth obiecała na ślubie Molly, że ci je załatwi.

Clara roześmiała się, a echo wcześniejszego zażenowania powróciło. — Obiecuję pozostać zupełnie sucha i nienaganna od teraz aż do końca Małego Sezonu, jak ci się podoba?

— Byłaby to miła odmiana — rzekła Theresa z czułą rezygnacją. — No już, chodź. Wsadźmy cię do kąpieli i porządnie umyjmy ci włosy.

Gdy schodziły w stronę kuchni, myśli Clary na moment wróciły do Matthew Whitmore'a. Było coś w jego ciemnych oczach — błysk inteligencji i humoru — co przykuło jej uwagę mimo irytacji. Nie miało to jednak znaczenia; zapewne już nigdy go nie zobaczy, a nawet jeśli, co mogłoby z tego wyniknąć? Jej przyszłość leżała w Londynie, przy Snowstarze i łasce księcia regenta, nie u boku jakiegoś wiejskiego dziedzica z Hampshire — choć trzeba przyznać, że miał całkiem ładnego konia.

A jednak, gdy weszły do ciepłej kuchni, gdzie Anna i Eliza cierpliwie karmiły maleńkie szczenięta paskami materiału maczanymi w mleku, Clara nie potrafiła całkiem odpędzić wspomnienia tamtych oczu ani osobliwego dreszczu, który przeszedł przez nią, kiedy uniósł ją z wody na siodło.

To był tylko szok chwili, powiedziała sobie stanowczo, kierując uwagę na szczenięta. *Nic ponadto.*

— Kąpiel! — zawołała Theresa, gdy Clara sięgnęła, by wziąć od Elizy jedno ze szczeniąt. — Zanim książę i twój ojciec wrócą ze spaceru i zechcą wiedzieć, co robiłaś, że jesteś w połowie popołudnia mokra i ubłocona!

Śmiejąc się, Clara oddała szczenię i popędziła do przyległej zmywalni, gdzie służące napompowały wielką miedzianą balię pełną wody. Była prosto ze studni i chłodna, niemal tak zimna jak rzeka, ale znacznie przyjemniej pachniała; Clara zaczerpnęła tchu i zanurzyła się po sam czubek głowy, by wypłukać włosy.

Żadnych więcej wybryków, przyrzekła sobie, gdy Theresa weszła z mydłem, by wyszorować jej włosy. *Będę wzorową debiutantką, która nigdy nie stawia stopy nie tam, gdzie trzeba. Pokażę tonowi, że urodzenie po niewłaściwej stronie koca nie definiuje wartości człowieka.*

Pokażę im wszystkim.

Rozdział trzeci

Wrzesień 1812

Matthew stał na skraju sali balowej Lady Caldwell, marszcząc brwi nad kieliszkiem szampana tak, jakby ten niewinny trunek osobiście go znieważył. Mały Sezon trwał w najlepsze, a wraz z nim przyszły wszystkie nużące obowiązki towarzyskie, których Matthew chętnie by uniknął, gdyby nie nalegania ojca, by się stawiał. Książę Allanworth był tym razem niebywale stanowczy, że Matthew musi wziąć udział w tym konkretnym sezonie, dając do zrozumienia aż nadto wyraźnie, iż w wieku lat dwudziestu pięciu najwyższa pora, by zaczął rozważać stosowne partie.

Matthew upił kolejny łyk szampana, krzywiąc się na samą myśl. Oczywiście, że księstwu potrzebny był dziedzic — jedynym spadkobiercą był daleki, podstarzały kuzyn bez synów — lecz nacisk, by Matthew postarał się o niego czym prędzej, był niekomfortowy. Miał dopiero dwadzieścia pięć lat! Czasu było pod dostatkiem!

Ogromna sala balowa wirowała jedwabiem i atłasem, roziskrzona blaskiem klejnotów i żywym trzepotem wachlarzy. Orkiestra grała skoczny taniec angielski, a pary przesuwały się po parkiecie w uporządkowanych figurach, z twarzami zaróżowionymi od wysiłku i podniecenia.

Matthew ustawił się strategicznie pod wysoką donicową palmą, która przynajmniej stwarzała iluzję zasłony przed drapieżnymi spojrzeniami swatek. Miał już za sobą trzy takie starcia tego wieczoru, każde bardziej przezroczyste od poprzedniego. Lady Fitzhugh niemal wepchnęła mu córkę w ramiona podczas pierwszej pary, zaś pani Pembarton wygłosiła szczegółową relację z osiągnięć swej siostrzenicy, obejmującą nie tylko spodziewane umiejętności muzyczne i rysunkowe, lecz także encyklopedyczną wiedzę o starożytnej ceramice greckiej — dziedzinie, o którą Matthew dbał mniej niż cokolwiek na świecie.

Obrzucał salę wzrokiem człowieka przywykłego do bycia zwierzyną łowną. Przy stole z poczęstunkiem grupka młodych debiutantek chichotała za wachlarzami, rzucając w jego stronę ukradkowe spojrzenia. Matthew stłumił westchnienie. Wieczór rozciągał się przed nim bez końca i przewidywalny do bólu.

Ojciec przybył osobno i właśnie prowadził rozmowę z gospodynią, Lady Caldwell, wdową, której wpływy towarzyskie dorównywały jedynie jej budzącej postrach sławie swatki. Książę wyglądał na odprężonego, wręcz wesołego, co Matthew uznał za osobliwe, zważywszy na zwyczajową powściągliwość ojca w podobnych okolicznościach. Od śmierci matki w zeszłym roku książę stopniowo zrzucił część swej sztywności, lecz tego wieczoru był wręcz gadułą.

Matthew rozważał roztropność strategicznego odwrotu do sali karcianej, gdy po drugiej stronie sali mignął mu błysk złotych włosów. Coś w nachyleniu głowy młodej damy, w łagodnym łuku jej szyi wydało mu się dziwnie znajome. Stała do niego tyłem, rozmawiając ze starszą panią o pulchnej figurze, opiętą w suknię z głębokiego bordowego jedwabiu. Gdy młoda dama nieco się odwróciła, jej profil ukazał się wyraźniej, a Matthew poczuł ukłucie rozpoznania.

To była ona, dziewczyna z Hampshire. Utaplany szczur, którego bezceremonialnie zarzucił na grzbiet Ajaxa, gdy po skoku do rzeki Test ratowała worek szczeniąt. A teraz — niemal nie do poznania — smukła sylwetka spowita w bladobłękitny jedwab, który pięknie podkreślał jej jasną cerę. Jej blond włosy, które owego dnia w Hampshire spływały w mokrych kołtunach po plecach, teraz były elegancko upięte w masę loczków na czubku głowy, z wplecionymi w nie niteczkami drobnych pereł.

Matthew wyprostował się, dogłębnie zaintrygowany. Co ona robiła tutaj, na jednym z bardziej ekskluzywnych przyjęć Małego Sezonu? Uznał ją za córkę jakiegoś miejscowego dżentelmena z Hampshire, może nawet farmera, sądząc po jej praktycznym usposobieniu i lekceważeniu stroju. Tymczasem stała tu swobodnie, jak ktoś oswojony z takim otoczeniem, przyjmując kieliszek lemoniady od przechodzącego lokaja z pełną wdzięku skłonnością głowy.

Jego ciekawość tylko wzrosła, gdy zobaczył, jak ojciec odłącza się od Lady Caldwell i rusza przez salę ku młodej damie i jej towarzyszom. Twarz księcia rozjaśnił ciepły uśmiech, a ku zdumieniu Matthew powitał starszą panią z łatwością wieloletniej zażyłości, pochylając się, by pocałować ją w policzek.

— Lady Bell, jak zawsze prawdziwa przyjemność — odezwał się książę na tyle donośnie, że Matthew mógł to usłyszeć. — I Sir Richard, jakże miło Pana widzieć.

Matthew z narastającym oszołomieniem obserwował, jak ojciec wita wysokiego, przystojnego mężczyznę o ciemnych włosach i klarownie niebieskich oczach, który musiał być Sir Richardem Bellem. Obaj uścisnęli sobie dłonie z widoczną serdecznością, po czym książę zwrócił się do złotowłosej młodej damy.

— Panno Bell — rzekł, ujmując jej rękę w rękawiczce i kłaniając się nad nią z dworską gracją. — Wygląda Panna dziś szczególnie uroczo. Ufam, że pierwszy Panny Mały Sezon przynosi Pannie przyjemność?

Panna Bell — a więc nie byle czyja córka z prowincji, lecz córka kawalera, i to takiego, z którym jego ojciec był wyraźnie w zażyłości. Umysł Matthew popędził galopem. Czy to dlatego ojciec co roku jeździł do Hampshire? Czy istniało jakieś powiązanie między księciem a rodziną Bell, o którym nie miał pojęcia? Nie przypominał sobie, by kiedykolwiek widział to nazwisko w jakiejkolwiek korespondencji, do której miał wgląd w papierach ojca.

Matthew zmarszczył brwi, zapominając o szampanie w dłoni. Ojciec nigdy nie wspominał o żadnej więzi z Sir Richardem Bellem ani jego rodziną. A jednak rozmawiał z nimi jak ze starymi przyjaciółmi, jeśli nie krewnymi. Książę położył ojcowską dłoń na ramieniu Panny Bell, gdy mówił — gest czułości, którego Matthew nie widział u niego wobec nikogo.

Tajemnica corocznych pielgrzymek ojca do Hampshire nagle nabrała nowych wymiarów. Matthew podążył za księciem aż do wioski zwanej King's Somborne, nim stracił go z oczu, a miejsce, gdzie spotkał Pannę Bell, było niedaleko stamtąd. Czy możliwe, że celem ojca był dom tej rodziny? Ale skąd ta tajemnica? Dlaczego ojciec nigdy o nich nie wspomniał?

Gdy Matthew rozważał te pytania, ojciec uniósł wzrok i uchwycił jego spojrzenie z drugiego końca sali. Przez moment książę wyglądał na zaskoczonego, po czym jego wyraz twarzy przesunął się ku rezygnacji z nutą rozbawienia. Skinieniem zaprosił Matthew, by do nich dołączył.

Matthew zawahał się tylko na chwilę, po czym odstawił kieliszek. Jeśli ojciec był gotów przedstawić mu te tajemnicze koneksje, być może wreszcie uzyska jakieś odpowiedzi. A, przyznał w duchu, był więcej niż odrobinę ciekaw rozmowy z młodą damą, która ongiś zbeształa go za niepotrzebną akcję ratunkową, a teraz stała swobodnie w jednej z najbardziej ekskluzywnych sal balowych Londynu.

Poprawił i tak nienaganną kamizelkę i ruszył przez salę ku ojcu i rodzinie Bellów, z każdym krokiem coraz bardziej zaintrygowany.

— Ach, Matthew — rzekł książę, przywołując go gestem. — Pozwól, że przedstawię Sir Richarda Bella i jego rodzinę. Sir Richardzie, to mój syn, Matthew, markiz Whitmore. — Matthew skłonił się grzecznie, a jego spojrzenie przemknęło ponad Sir Richardem i zatrzymało się na córce mężczyzny, której policzki przybrały wyraźnie różowy odcień. Jej zielone oczy nieznacznie się rozszerzyły, po czym wyraz twarzy przeszedł w uprzejme zainteresowanie.

— Miło mi Pana poznać, Lordzie Whitmore — powiedział Sir Richard, ściskając jego dłoń pewnie i szczerze. — Pana ojciec wyraża się o Panu jak najlepiej. — Obrócił się nieco, wskazując stojące obok damy. — Moja żona, Lady Bell, i moja córka, Clara.

Uwaga Matthew pozostała skupiona na Clarze, gdy po kolei kłaniał się obu damom. Gdy przyszła kolej na nią, pozwolił, by usta drgnęły najlżejszym z uśmiechów. — Panno Bell — mruknął, zatrzymując jej spojrzenie odrobinę dłużej, niż nakazywała etykieta. — Zdaje mi się, że już się spotkaliśmy.

Podbródek Clary uniósł się niemal niedostrzegalnie, a jej postura stała się jeszcze bardziej sztywna. — Obawiam się, że Pan się myli, proszę Pana — odparła chłodno i z opanowaniem, choć rumieniec wspinał się jej po szyi. — Jestem w Londynie po raz pierwszy.

— Doprawdy? — Matthew uniósł brew, rozbawiony coraz bardziej. — Dziwne. Przysiągłbym, że zaledwie trzy miesiące temu natrafiłem w Hampshire na młodą damę bardzo do Panny podobną. O ile pamiętam, w pobliżu rzeki.

Rumieniec na szyi Clary pociemniał i rozlał się na policzki. — Hampshire jest dość rozległym hrabstwem, milordzie. Być może spotkał Pan kogoś podobnego do mnie.

Lady Bell wysunęła się o krok, subtelnie, ale tak, by stanąć przy Clary boku niczym tarcza. — Hampshire to nasz dom, Lordzie Whitmore. Belle Haven, majątek Sir Richarda, słynie z koni. — Jej ton był uprzejmy, lecz pobrzmiewała w nim delikatna przestroga.

— Konie — powtórzył zamyślony Matthew. — Tak, pamiętam, że mój rumak tamtego dnia był raczej spłoszony. Coś z młodą damą i workiem szczeniąt, zdaje się.

Wachlarz Clary rozwarł się z nadmierną gwałtownością. — Upał w tej sali jest naprawdę nieznośny — powiedziała do nikogo konkretnego. — Może przesunęlibyśmy się bliżej drzwi na taras.

— Doskonała sugestia — wtrącił gładko książę, choć spojrzał na Matthew dziwnie, a Matthew nagle pojął, że książę nie miał najmniejszego pojęcia o tym, iż Matthew tropił go do Hampshire — przynajmniej aż do tej chwili. — Sir Richardzie, czy mógłbym Pana skusić kieliszkiem znakomitej madery Lady Caldwell? Zdaje się, że nabyła ją u tego samego kupca, który zaopatruje piwnice Carlton House.

Gdy Sir Richard i książę odeszli, a Lady Bell podążyła za nimi po chwili wahania, Matthew został sam na sam z Clarą, która obserwowała go z ostrożnością.

— Jak podoba się Pannie Londyn, Panno Bell? — zagadnął Matthew możliwie niedbale. — Czy widziała Panna wiele ciekawej architektury? Są tu całkiem piękne fontanny, choć może nie powinienem pytać o wodotryski, zważywszy na Panny dawne doświadczenia.

— Londyn jest dokładnie taki, jak się spodziewałam, milordzie — odparła Clara tonem kruchym od wymuszonej grzeczności. — Pełen ludzi, którzy widzą i słyszą tylko to, co im wygodne.

— Doprawdy fascynujące — mruknął Matthew. — Ja widzę tu ludzi udających kogoś, kim nie są, albo udających, że nie są tym, kim są.

Zielone oczy Clary zabłysły gniewem. — Byłabym wdzięczna, gdyby zechciał Pan zaprzestać tych aluzji, milordzie. Cokolwiek Panu się wydaje, zapewniam, że Pan się myli.

Matthew badał jej twarz, dostrzegając napięcie w linii szczęki i to, jak w rękawiczce ściska wachlarz tak mocno, że kruche, kościane żeberka mogą pęknąć. — Czy ze szczeniętami wszystko w porządku? — zapytał nagle, ciszej, już bez droczenia.

Clara mrugnęła, zaskoczona. — One... co?

— Szczenięta — powtórzył Matthew. — Te, które Panna wyciągnęła z rzeki. Przetrwały?

Chwila wahania, po czym: — Mają się świetnie. Moje najmłodsze siostry zatrzymały po jednym, a pozostałe trafiły do domów u sąsiednich rodzin.

— Ach — rzekł Matthew z zadowoleniem. — A więc jednak Panna pamięta nasze spotkanie.

Oczy Clary zwęziły się. — Jest Pan *niemożliwy.*

— Słyszałem to o sobie nie raz. — Rozejrzał się, zauważając, że kilku stojących nieopodal gości zaczęło przysłuchiwać się ich wymianie zdań z nieskrywanym zainteresowaniem. — Może zechciałaby Panna wyjaśnić, czemu tak usilnie zaprzecza Panna naszej wcześniejszej znajomości? Zapewniam, że Panny wyczyn uważam za godny podziwu, choć nieco impulsywny.

— Ponieważ — wysyczała Clara przez zęby — młode damy wprowadzone do towarzystwa nie rzucają się w pełnym stroju do rzeki, by ratować szczeniaki. Nie pozwalają też, by obcy panowie przerzucali je przez siodło jak worki zboża. I z pewnością nie życzą sobie, by im o tym przypominano podczas pierwszego prawdziwego wieczoru w londyńskim świecie.

— Rozumiem — powiedział Matthew, pojmując wreszcie. — A więc to Panny debiut.

— Tak jest — potwierdziła twardo Clara. — I byłabym niezmiernie wdzięczna, gdyby pozwolił mi Pan przeżyć go bez dalszych wzmianek o *rzekach*.

Matthew dostrzegł autentyczny niepokój pod jej opanowaniem i poczuł ukłucie wyrzutów sumienia. Rozbawienie jej zakłopotaniem nagle wydało mu się niegodne. — Proszę wybaczyć, Panno Bell. Nie wziąłem pod uwagę towarzyskich konsekwencji naszego spotkania.

Clara obrzuciła go czujnym spojrzeniem, jakby spodziewała się podstępu. — Dziękuję — powiedziała po chwili. — Pańska dyskrecja będzie mile widziana.

Przez moment stali w niezręcznej ciszy; orkiestra zaczęła nową parę, żywy taniec angielski, który posłał pary pędem na parkiet. Matthew przyłapał się na tym, że studiował profil Clary, delikatny łuk jej policzka, zdeterminowaną linię brody. W blasku lamp jej włosy lśniły jak przędzone złoto — jakże inaczej niż zmierzwione kosmyki, które zapamiętał. A jednak w jej postawie pobrzmiewała ta sama duma, nawet w tak odmiennych okolicznościach.

— Być może — rzucił impulsywnie Matthew — pozwoliłaby mi Panna zarezerwować taniec później tego wieczoru? W geście dobrej woli.

Spojrzenie Clary gwałtownie wróciło do jego twarzy. — Raczej nie, milordzie. Sądzę, że dość już rozmawialiśmy tego wieczoru.

Zanim Matthew zdołał odpowiedzieć, podszedł młody gentleman, kłaniając się Clary uprzejmie. — Panno Bell, zdaje się, że to nasz taniec — rzekł, podsuwając ramię.

Ulga Clary była namacalna, gdy ujęła jego ramię. — Istotnie, Lordzie Carroway. Proszę mi wybaczyć, Lordzie Whitmore.

Gdy odwracała się, Matthew zawołał za nią na tyle donośnie, by tylko ona usłyszała: — Proszę uważać na wodne przeszkody, Panno Bell.

Zesztywniała, lecz nie spojrzała wstecz, z prostymi plecami pozwalając, by Lord Carroway poprowadził ją na parkiet. Z drugiego końca sali Matthew przyłapał ojca, jak przygląda się tej wymianie, z zagadkowym wyrazem twarzy.

Kilka pobliskich matek rodu już bez żenady się gapiło, szepcząc za wachlarzami. Matthew nie miał wątpliwości, że nazajutrz spekulacje o jego rozmowie z Clarą Bell będą krążyć po londyńskich salonach. Czy pomoże to, czy zaszkodzi jej ambicjom towarzyskim — miało się dopiero okazać, ale Matthew złapał się na tym, że życzy jej tego pierwszego.

Patrząc, jak Clara zajmuje miejsce w parze, porusza się z gracją i pewnością mimo wcześniejszego dyskomfortu, Matthew przyznał przed sobą, że jego ciekawość wobec tej młodej damy i jej powiązań z ojcem rośnie. Tajemnica corocznych wypraw ojca do Hampshire zdawała się teraz nierozerwalnie związana z rodziną Bellów, a zwłaszcza z Clarą.

Czymkolwiek była owa więź, Matthew postanowił ją odkryć. A przy okazji może odkryje coś więcej o intrygującej młodej kobiecie, która jednego dnia ratuje szczenięta, a następnego tańczy w londyńskich salach balowych.

Ogrody Allanworth House płonęły barwami w jesiennym słońcu: późne róże pięły się po trejażach w odcieniach karminu i złota, starannie pielęgnowane rabaty ostróżek i naparstnic rysowały fiołkowo-błękitne obramowania wokół nieskazitelnych trawników. Matthew stał w cieniu wiekowego buka, którego liście dopiero zaczynały się złocić, i obserwował zgromadzenie śmietanki londyńskiego towarzystwa z mieszaniną rezygnacji i ciekawości. Ojciec nie szczędził kosztów na to garden party: od francuskiego szampana lejącego się strumieniami po kwartet smyczkowy, który przygrywał cicho z małego pawilonu. Lecz to lista gości zdradzała prawdziwe znaczenie wydarzenia, bo pośród morza arystokratycznych twarzy poruszała się nie do pomylenia postać samego Księ-

cia Regenta, olśniewającego w błękitnym jak niebo fraczk
u z połyskującymi złotymi guzikami.

W tygodniu, który upłynął od balu u Lady Caldwell, Matthew z rosnącą podejrzliwością obserwował zachowanie ojca. Książę był nadzwyczaj aktywny w świecie,
uczestniczył w większej liczbie wydarzeń niż zazwyczaj
i szczególną wagę przykładał do tego, by widywano go
w rozmowach z pewnymi wpływowymi członkami towarzystwa. Teraz, patrząc na strategiczne rozmieszczenie
gości po całym ogrodzie, Matthew nie mógł uciec od
wniosku, że ojciec coś starannie reżyseruje. Miał tylko
nadzieję, że nie z myślą o nim; ojciec zaczął rzucać dość
ciężkie aluzje, iż uważa, że Matthew powinien na poważnie
zabrać się do poszukiwań żony.

Książę Regent trzymał dwór przy centralnej fontannie,
otoczony swą zwyczajową świtą pochlebców i faworytów.
Po jego prawej, ustawieni z ostentacyjną niedbałością, stali
Sir Richard Bell z rodziną. Lady Bell rozmawiała po cichu
z hrabiną Bridgnorth, z którą, jak się zdawało, łączyły ją
bardzo zażyłe stosunki; obie szły pod rękę, gawędząc. A
tam była Clara, zjawiskowa w sukni z bladożółtej muśliny,
z złotymi lokami znów upiętymi wysoko na głowie i oz-
dobionymi prostą wstążką dopasowaną do sukni. Stała
nieco na uboczu rodziców, pozornie pochłonięta pięknem
ogrodów, choć Matthew zauważył, że jej spojrzenie od czasu do czasu umyka w stronę królewskiego gościa.

— Lordzie Whitmore — zasympetyzował przy jego łokciu głos — jakże miło znów Pana widzieć.

Matthew odwrócił się i ujrzał Lady Lullingley, która
parła na niego z córką u boku. Miss Lullingley była miłą

z wyglądu panienką o mysioszarych włosach i bardzo jasnej cerze, która sugerowała, że przy dłuższej ekspozycji na słońce pokryje się alarmującymi piegami. Złożyła nieśmiały dyg, wbijając wzrok mocno w ziemię.

— Lady Pembrooke — przywitał się Matthew ukłonem. — Panno Lullingley. Mam nadzieję, że ogrody przypadły Paniom do gustu.

— Och, ogromnie — zachwycała się Lady Lullingley. — Smak Pańskiego ojca jest nienaganny. Czy nie sądzisz, Honorio? Honoria ma takie oko do ogrodów, lordzie Whitmore. Przeprojektowała cały wschodni ogród w naszym wiejskim majątku.

— Jakież to... fascynujące — mruknął Matthew, rozpaczliwie wypatrując drogi ucieczki. Jego wzrok przykuła Clara, która rozmawiała teraz ze starszym dżentelmenem, rozpoznanym przez niego jako lord Haversham, znany miłośnik koni.

— Honoria także przepięknie gra na fortepianie — ciągnęła Lady Lullingley, najwyraźniej niewzruszona oczywistym brakiem zainteresowania Matthew. — Może zaszczyciliby nas Panowie swoją obecnością na naszym muzycznym wieczorze w przyszłym tygodniu? Jestem pewna, że książę byłby pod wielkim wrażeniem jej umiejętności.

— Obawiam się, że mój ojciec nie przepada za muzyką — odparł Matthew, przesuwając się nieznacznie w bok. — Jeśli Panie wybaczą, zdaje mi się, że dostrzegłem znajomego, którego muszę powitać.

Uskoczył, zanim Lady Lullingley zdołała zaprotestować, z determinacją lawirując między gośćmi.

Nie miał żadnego szczególnego celu, jedynie pragnienie uniknięcia kolejnych matrymonialnych zasadzek, a przynajmniej tak mu się wydawało — dopóki nie uświadomił sobie, że nie potrafi odnaleźć panny Clary Bell. Szukał jej, a nigdzie nie było po niej śladu.

Nie zdążył się jednak zastanowić, dokąd mogła pójść, gdy przez ogród poniósł się głos jego ojca, domagając się uwagi. — Panie i panowie, proszę o uwagę!

Gwar rozmów przycichł, gdy głowy zwróciły się ku księciu, który stał na schodach tarasu. — Wasza Królewska Wysokość — podjął książę, głęboko kłaniając się Księciu Regentowi — szanowni goście. Zorganizowałem skromną atrakcję ku Państwa uciesze tego popołudnia.

Matthew zmarszczył brwi, lustrując ogród. Nic nie wiedział o dodatkowych rozrywkach. Kwartet smyczkowy zamilkł, a służba dyskretnie wycofała się na obrzeża zgromadzenia. Wszystkie spojrzenia spoczęły na księciu, na którego obliczu błąkał się cień satysfakcji, co wydało się Matthew intrygujące.

— Wielu z Państwa zna reputację Sir Richarda Bella jako jednego z najwybitniejszych hodowców koni w Anglii — ciągnął książę. — Dziś mamy zaszczyt obejrzeć pokaz klasycznej sztuki jeździeckiej w wykonaniu córki Sir Richarda, panny Clary Bell.

Przez tłum przebiegł pomruk zainteresowania, a ruch na dalekim końcu ogrodu przykuł uwagę Matthew. Odwrócił się wraz z resztą zgromadzonych, by spojrzeć.

Clara pojawiła się przy bramie prowadzącej ze stajni, jadąc damskim siodłem na grzbiecie najwspanialszego konia, jakiego Matthew w życiu widział. Zwierzę było śnieżnobiałe, okrywa lśniła w popołudniowym słońcu niczym świeży puch. Poruszało się z płynną gracją świadczącą o nienagannym pochodzeniu i wyszkoleniu. Clara siedziała na jego grzbiecie z nienaganną postawą, kręgosłup prosty, dłonie trzymające wodze z tak subtelną kontrolą, że zdawała się kierować koniem samą myślą.

Zniknęła żółta muślinowa suknia; Clara miała teraz na sobie amazonkę w odcieniu głębokiej, leśnej zieleni, a spódnica skromnie osłaniała jej nogi. Włosy miała upięte pod małym kapeluszem dopasowanym do stroju, z jedynym białym piórem, które miękko wyginało się wzdłuż ronda. Wyglądała na zupełnie opanowaną, twarz miała spokojną, oczy utkwione przed siebie, gdy prowadziła konia ku centrum zgromadzenia w wolnym, wyniosłym kłusie, który Matthew znał pod nazwą *pasaż*. Rzadko widywał go w wykonaniu, a nigdy jeszcze nie widział, by prezentowała go dama w siodle.

Koń poruszał się z precyzją, którą mogły dać tylko niezliczone godziny treningu. Dumnie wygiął szyję, stawiając wysokie, zamierzone kroki, ukazując mięśniową siłę ukrytą w eleganckiej sylwetce. Gdy Clara poprowadziła go ku Księciu Regentowi, Matthew poczuł, że wstrzymuje oddech, urzeczony obrazem, jaki tworzyli, a potem doznał wstrząsu, gdy, mijając go, odkrył dodatkowo, że Clara dosiadała tego wspaniałego stworzenia *na oklep*, bez siodła. Nie było widać ani jednego skórzanego rzemienia opasującego potężne ciało konia.

Zebrani goście niemal z nabożeństwem rozstąpili się, tworząc przejście prowadzące prosto do miejsca, gdzie stał Książę; jego zwyczajowy wyraz znudzonej pobłażliwości zastąpiło szczere zainteresowanie. Clara zatrzymała konia w pełnej szacunku odległości od królewskiego gościa, po czym, ruchem tak subtelnym, że Matthew ledwie go dostrzegł, przekazała zwierzęciu sygnał.

W odpowiedzi koń wykonał coś, co można było określić jedynie jako ukłon. Gracją zgiął prawą przednią nogę, skłonił głowę w doskonałej rewerencji przed Księciem Regentem i dotknął chrapami ziemi u jego stóp. Ruch był tak celowy, tak kontrolowany, że zwierzę wydawało się niemal ludzkie w rozumieniu odgrywanego protokołu towarzyskiego.

W tłumie rozległ się zbiorowy okrzyk zdumienia. Twarz Clary pozostała niewzruszona, lecz gdy koń wyprostował się po ukłonie, najdelikatniejszy cień uśmiechu musnął jej usta. Nie był to uśmiech kogoś, kto pławi się w podziwie, raczej prywatna satysfakcja z planu zrealizowanego po mistrzowsku. W tej chwili Matthew pojął, że to nie była zwykła rozrywka; to był przemyślany ruch w większej grze, w której jego ojciec wyraźnie odgrywał kluczową rolę.

Zachwycony okrzyk Księcia Regenta roztrzaskał osłupiałą ciszę, jaka zapadła w ogrodzie. — Wspaniałe! — zawołał, klaszcząc w dłonie jak uradowane dziecko, które właśnie otrzymało wymarzoną zabawkę. — Po prostu wspaniałe! — Jego rumiana twarz rozpromieniła się z przyjemności, gdy ruszył naprzód, porzucając wszelkie pozory królewskiej godności w gorliwości, by obejrzeć konia z bliska. — Czegoś takiego jeszcze nie widziałem! Jakże doskonale wyszkolony! Jak pięknie wykonane!

Koń stał bez ruchu mimo entuzjastycznego zbliżenia Księcia. Clara z gracją, która czyniła ruch niemal bezwysiłkowym, zsiadła z konia, zsunąwszy się miękko z jego nagiego grzbietu, i wylądowała lekko na stopach mimo znacznej wysokości — co sprawiło, że Matthew wykonał odruchowy krok naprzód, jakby mógł dosięgnąć jej, by ją pochwycić. Wykonała głęboki, nienaganny dyg przed Księciem Regentem, z pochyloną w ukłonie głową.

— Wasza Królewska Wysokość — odezwała się, głosem czystym i pewnym, niosącym się po uciszonym ogrodzie. — Mam zaszczyt ofiarować Waszej Wysokości tego konia w darze. Jego imię to Snowstar, jeden z najlepszych z Belle Haven, a wyszkoliłam go w klasycznych tradycjach specjalnie dla Waszej Wysokości.

Oczy Księcia rozszerzyły się w dziecięcej uciesze. — Dla mnie? To niezwykłe stworzenie dla mnie? — Wyciągnął rękę, by pogłaskać szyję Snowstara, a jego pulchne palce niemal z czcią dotknęły lśniącej, białej sierści. Koń pozostał doskonale nieruchomy, nie poruszył nawet uchem na nieznany dotyk.

— Tak jest, Wasza Wysokość — potwierdziła Clara. — Jest wyszkolony we wszystkich klasycznych figurach, w tym w capriole, courbette i lewada. Za pozwoleniem Waszej Wysokości, byłabym zaszczycona, mogąc okazać jego umiejętności w dogodnym terminie.

— Moja droga — rzekł Książę, a w jego głosie zabrzmiała serdeczna aprobata — koniecznie musi Panna to uczynić. Cóż za niezwykły dar! Cóż za niezwykła biegłość! — Zwrócił się do surowo wyglądającego dżentelmena krążącego przy jego łokciu. — Bloomfield, należy niezwłocznie poczynić przygotowania do przewiezienia tego wspaniałego zwierzęcia do Królewskich Stajni. A panna Bell zaprezentuje te klasyczne figury w Carlton House, może w przyszłym tygodniu? Tak, kameralne spotkanie, wybrani goście. Cały Londyn będzie o tym mówił!

Koniuszy skłonił się sztywno. — Natychmiast, Wasza Wysokość.

Matthew obserwował tę wymianę z rosnącym zrozumieniem. Jej strategiczny geniusz stawał się jasny. Dar godny króla, a przynajmniej księcia regenta, wręczony z maestrią i gracją przez młodą kobietę, której urodzenie w innych okolicznościach mogłoby ograniczyć perspektywy towarzyskie. A jego ojciec to wszystko zaplanował — od starannego wprowadzania rodziny Bellów na salony po tę kulminacyjną chwilę przed najważniejszymi osobistościami Londynu.

Książę stał nieopodal z wyrazem cichej satysfakcji, obserwując scenę. Było coś ojcowskiego w spojrzeniu, którym obdarzał Clarę, duma wykraczająca poza sukces towarzyskiej strategii. Matthew widywał ten wyraz, lecz rzadko skierowany ku niemu samemu. To było spojrzenie ojca śledzącego triumf własnego dziecka — i wzbudziło w Matthew pytania, które nigdy wcześniej nie przyszły mu do głowy.

Czy między jego ojcem a rodziną Bellów mogło istnieć głębsze powiązanie? Coś bardziej osobistego niż zwykła znajomość? Doroczne podróże do Hampshire nagle zaczęły mieć sens, jeśli książę odwiedzał Belle Haven — ale skąd ta tajemnica? Dlaczego ojciec nigdy nie mówił o swoich stosunkach z Sir Richardem Bellem i jego rodziną?

Gdy Książę nadal zachwycał się Snowstarem, pozostali goście zaczęli się poruszać, a rozmowy rozbrzmiały podekscytowanym szmerem. Matthew zauważył, jak zmienił się ton szeptów. O ile wcześniej wobec rodziny Bellów panowała grzeczna ciekawość, o tyle teraz pojawiło się żywe zainteresowanie, zwłaszcza osobą Clary.

— Kim jest ta niezwykła młoda kobieta? — głośno spytała Lady Jersey, nie fatygując się, by ściszyć głos, zwracając się do hrabiny Bridgnorth, która również uśmiechała się z samozadowoleniem — i cóż to za związek Bridgnorthów z Bellami? Kolejna stara i głęboko arystokratyczna rodzina, najwyraźniej bardzo zainteresowana tym, by panna Clara Bell została ulubienicą Londynu. Tajemnica gęstniała.

— Panna Clara Bell, córka Sir Richarda Bella — odparła hrabina. — Nadzwyczajna rodzina w ogóle. Sir Richard hoduje najlepsze konie w Hampshire, może i w całej Anglii.

— Dziewczyna ma niepospolony dar — orzekł lord Haversham, starszy miłośnik koni, którego Matthew widział wcześniej rozmawiającego z Clarą. — Wyszkolić konia, by tak się kłaniał! A widzieli państwo jej dosiad, i to bez siodła? Doskonała równowaga, doskonała kontrola. Nie widziałem takiego jeździectwa od dwudziestu lat, a już nigdy u kobiety!

— I taka prezencja — dodała inna dama. — Ani śladu zdenerwowania przed Księciem. Większość młodych panien padłaby zemdlona.

Goście zaczęli gromadzić się wokół Clary, która stała teraz otoczona wielbicielami, z dłonią lekko opartą na szyi Snowstara, odpowiadając na pytania z opanowaną godnością. Przemiana jej pozycji towarzyskiej dokonywała się na oczach Matthew — niczym motyl wyłaniający się z kokonu w pełne słońce królewskich względów.

I wszystko to zostało starannie zaplanowane, uświadomił sobie Matthew. Szkolenie konia, prezentacja na przyjęciu ogrodowym jego ojca, moment wybrany na Mały Sezon, kiedy towarzystwo łaknęło nowych rozrywek — wszystko obliczone tak, by wprowadzić Clarę Bell na salony z maksymalną korzyścią. Ale dlaczego ojciec miałby tak zabiegać o jej powodzenie? Chyba że istniało jakieś powiązanie, jakiś obowiązek wiążący księcia z rodziną Bellów?

Książę torował sobie teraz drogę przez tłum, przyjmując gratulacje za powodzenie atrakcji, jak gdyby był to zaledwie miły przerywnik zaaranżowany dla uciechy gości. Lecz Matthew dostrzegał uważność, z jaką ojciec śledził, jak przyjmowana jest Clara, i subtelny sposób, w jaki jednym słowem czy gestem kierował wpływowych gości ku niej.

— Niezły triumf Pańskiego ojca — odezwał się głos przy łokciu Matthew. Odwrócił się i ujrzał lorda Carrowaya, młodzieńca, który tańczył z Clarą na balu u Lady Caldwell. — Chociaż muszę wyznać, że intryguje mnie jego zainteresowanie rodziną Bellów. Zna Pan powód tych zażyłości?

— Obawiam się, że nie — przyznał Matthew, studiując twarz rozmówcy. — Widzę, że i Pana to bardzo interesuje, Carroway.

Młody lord zgrabnie wzruszył ramionami. — Panna Bell to fascynująca młoda dama. Piękna, utalentowana, a teraz ciesząca się względami Księcia Regenta. A jej ojciec może i jest zaledwie kawalerem, ale o Belle Haven i jego koniach słyszał każdy; musi być już jednym z najzamożniejszych ludzi w Anglii. Nikt jeszcze nie podał szczegółów jej posagu, lecz spodziewałbym się, że jest całkiem pokaźny. Trzeba by być głupcem, by nie zwrócić uwagi na tak dobrą partię, obdarzoną i fortuną, i koneksjami.

Matthew poczuł niespodziewany zryw irytacji na tę nonszalancką ocenę. — Istotnie — odparł chłodno. — Choć podejrzewam, że w pannie Bell tkwi więcej niż same atuty towarzyskie.

Carroway uniósł brew. — Być może. Zamierzam przekonać się o tym osobiście. Zarezerwowałem już u niej pierwszego tańca w Almack's jutro wieczorem. — Wykonawszy lekki ukłon, oddalił się, pozostawiając Matthew z nieprzyjemnym wrażeniem, że ktoś go właśnie ograł.

Myśl ta prędko uleciała, gdy Matthew dostrzegł ojca podchodzącego do Sir Richarda. Mężczyźni uścisnęli sobie dłonie na moment — wymiana gratulacji czy też podziękowania — a w geście tym znać było swojskość świadczącą o długoletniej zażyłości, może i przyjaźni. I znów Matthew zadumał się nad tajemnicą, którą ojciec skrywał od tylu lat.

Tłum wokół Clary nieco się przerzedził, gdy część gości podążyła za Księciem Regentem, którego królewski koniuszy prowadził, by w spokojniejszym zakątku ogrodu obejrzał Snowstara z bliska. Clara stała trochę na uboczu, przyjmując komplementy pozostałych skinieniami głowy i krótkimi odpowiedziami. Jej opanowanie było godne podziwu jak na kogoś tak młodego; ani przesadnie dumna, ani fałszywie skromna.

Jakby czując na sobie spojrzenie Matthew, nagle podniosła wzrok i jej zielone oczy odnalazły jego po drugiej stronie ogrodu. Przez chwilę patrzyli na siebie w milczeniu, a Matthew dostrzegł w jej wyrazie twarzy złożoną mieszaninę triumfu, ulgi i czegoś, co mogło być wyzwaniem. Potem jej usta wygięły się w mały, prywatny uśmiech — nie w grzecznościową minę, jaką ofiarowała innym, lecz w coś bardziej szczerego, bardziej odsłaniającego.

Był to uśmiech kobiety, która podjęła skalkulowane ryzyko i zbiera teraz obfite plony. Kobiety, która wykorzystała dostępne sobie narzędzia — umiejętności i inteligencję — by w ciągu zaledwie kilku tygodni od przyjazdu do miasta uplasować się na czele londyńskich salonów.

Podtrzymała jego spojrzenie jeszcze przez moment, po czym odwróciła się, gdy podeszła Lady Jersey, by zająć jej uwagę. Lecz ta krótka wymiana odmieniła coś w postrzeganiu Matthew. Tajemnica związku jego ojca z rodziną Bellów pozostała, ale teraz przykryła ją nowa, paląca kwestia: kim właściwie jest Clara Bell — poza starannie zaprojektowaną fasadą, którą prezentuje światu?

Było to pytanie, na które Matthew nagle zapragnął znaleźć odpowiedź. I gdy patrzył, jak z pełnią pewności siebie porusza się wśród elity Londynu, postanowił odkryć prawdę — nie tylko po to, by zaspokoić ciekawość co do sekretów ojcowskich podróży, lecz by zrozumieć niezwykłą młodą kobietę, która zdołała go zafrapować jak żadna dotąd.

Rozdział czwarty

Clara Bell nigdy nie wyobrażała sobie, jaką falę satysfakcji może przynieść wejście do Almack's Assembly Rooms i poczucie, jak dziesiątki spojrzeń zwracają się w jej stronę. Zatrzymała się na moment w progu, wyprostowana, z uniesionym podbródkiem, chłonąc widok najbardziej ekskluzywnego londyńskiego przybytku, w którym żyrandole rozlewały złote światło po kremowo-złotej dekoracji. Zaledwie trzy dni temu była tylko kolejną debiutantką liczącą na akceptację; teraz stała się dziewczyną od białego konia — szepty podążały za nią, gdy wchodziła do sali z Theresą, a starannie dobrana suknia z bladoseledynowego jedwabiu szeleściła miękko przy każdym kroku.

— Widzisz? — wyszeptała Theresa, a jej życzliwa twarz promieniała dumą. — Mówiłam, że względy Księcia Regenta odmienią wszystko.

Clara skinęła głową, zachowując uprzejmie opanowany wyraz twarzy mimo wewnętrznego dreszczu triumfu. — Przyznam, że nie spodziewałam się aż tak natychmiastowych rezultatów.

— Twój ojciec i ja pękamy z dumy — ścisnęła jej ramię delikatnie Theresa. — A i księciu Allanworthowi zdaje się bardzo to wszystko przypadać do gustu.

Wzmianka o księciu przywołała myśli o jego synu, które Clara stanowczo odepchnęła. Lord Whitmore przypatrywał się jej na przyjęciu w ogrodzie zbyt uważnie, jego ciemne oczy śledziły każdy jej ruch. Nie miała wątpliwości, że doskonale pamiętał ich spotkanie nad rzeką, mimo że próbowała temu zaprzeczyć, i mogła tylko mieć nadzieję, że zachowa w towarzystwie dyskrecję.

Zanim Clara zdążyła zagłębić się w tę sprawę, stanął przed nimi Lord Carroway i z gracją skłonił się w pas. Był to przystojny młodzieniec, liczący może dwadzieścia pięć lat, o modnie ułożonych jasnych włosach i uśmiechu odsłaniającym znakomite uzębienie.

— Panno Bell — rzekł, wyprostowawszy się. — Wygląda Panna dziś czarująco. Zdaje się, że obiecała mi Panna pierwszy taniec?

Clara dostrzegła ciepło w jego spojrzeniu, znacznie wyraźniejsze niż na balu u Lady Caldwell. — To dla mnie zaszczyt, że Pan pamiętał, mój lordzie — odparła, przyjmując jego ramię po krótkim, zachęcającym skinieniu Theresy.

Gdy Lord Carroway prowadził ją ku parkietowi, Clara czuła na sobie ciężar wielu spojrzeń. Do jej uszu docierały strzępy rozmów: o niezwykłej kontroli nad tym wspaniałym koniem, o tym, że Książę był zupełnie oczarowany, i — najczęściej — o dziewczynie od białego konia.

— Stała się Panna prawdziwą sensacją, Panno Bell — zauważył Lord Carroway, gdy zajęli miejsca do kontredansa. — Dokądkolwiek się człowiek nie uda, słyszy opowieści o Panny niezwykłej jeździeckiej biegłości.

— Jest Pan nader uprzejmy, mój lordzie — odparła Clara, zachowując skromny wyraz twarzy, choć w środku rozkwitała satysfakcja. — Po prostu ofiarowałam Jego Królewskiej Wysokości podarunek odzwierciedlający najpiękniejsze tradycje Belle Haven.

— Taka skromność — uśmiechnął się z uznaniem. — Choć podejrzewam, że nie było w tym nic zwyczajnego, by nauczyć konia kłaniać się przed rodziną królewską. Czegoś takiego nie widziałem — zresztą z tego, co słyszałem, nikt z obecnych dotąd nie widział.

Rozbrzmiała muzyka i Clara przeszła przez figury tańca z pieczołowitą precyzją, aż nazbyt świadoma, że każdy jej ruch jest obserwowany i oceniany. Lord Carroway tańczył znakomicie, jego dłoń ledwie muskała jej palce, gdy kroki znów ich zbliżały. Przez cały set snuł strumień komplementów i uwag, które Clara kwitowała stosownymi odpowiedziami, jednocześnie śledząc reakcje otoczenia.

Gdy taniec dobiegł końca, Lord Carroway odprowadził ją na skraj sali, gdzie Theresa rozmawiała z Lady Bridgnorth. — Mam nadzieję, że będę mógł ubiegać się o jeszcze jeden taniec później tego wieczoru — powiedział, zatrzymując wzrok na jej twarzy.

— Być może — odparła Clara z wyważonym uśmiechem. — Mój bilecik nie jest jeszcze pełen.

Skłonił się ponownie i odszedł, zostawiając Clarę z myślami o wyraźnym wzroście jego zainteresowania. Zanim jednak zdołała omówić to z Theresą, tuż obok odezwał się nowy głos.

— Panno Bell, po prostu muszę właściwie się z Panną zapoznać.

Clara odwróciła się i stanęła naprzeciw najbardziej uderzająco pięknej młodej kobiety, jaką kiedykolwiek widziała. Wysoka i smukła, o lśniących, ciemnych włosach ułożonych w misterną fryzurę, która z pewnością pochłonęła długie godziny pracy pokojówki, spoglądała na Clarę niezwykłymi szafirowymi oczami. Jej suknia z głębokiego, niebieskiego jedwabiu bez wątpienia pochodziła od jednej z najlepszych londyńskich modystek, a delikatne srebrne hafty połyskiwały przy każdym, nawet najdrobniejszym ruchu. U jej boku Clara nagle aż nazbyt wyraźnie poczuła prostotę własnej kreacji, choć dobrano ją tak, by podkreślała jej jasną urodę.

— Jestem Lady Virginie de Mortimer — podjęła młoda dama w rozwlekłym, arystokratycznym tonie, który w dziwny sposób od razu kazał słuchać. — Córka hrabiego Westbourne. Panny jeździecki popis na przyjęciu ogrodowym u księcia Allanwortha był najciekawszą rzeczą, jaką widziałam przez trzy sezony.

— To bardzo uprzejme z Pani strony, Lady Virginie — odparła Clara, czyniąc niewielki dyg. — Cieszę się z naszego poznania.

— Och, cała przyjemność po mojej stronie — zapewniła Virginie i zaskakująco poufale wsunęła ramię pod ramię Clary. — Koniecznie musi Panna poznać moje najbliższe przyjaciółki i przyjaciół. Wszyscy rozpaczliwie pragną lepiej Pannę poznać.

Zanim Clara zdołała sformułować odpowiedź, już była prowadzona przez salę ku niewielkiej grupce elegancko ubranych młodych ludzi. Uścisk Virginie był delikatny, lecz stanowczy, nieznoszący sprzeciwu, więc Clara pozwoliła się poprowadzić, świadoma, że taka atencja ze strony córki hrabiego jest dokładnie tym rodzajem społecznego awansu, do którego miała prowadzić jej Plan.

— Kochani — oznajmiła Virginie grupie — to panna Clara Bell, niezwykła amazonka, która wczoraj oczarowała Księcia Regenta. Claro, moja droga, to moi najbliżsi przyjaciele.

Przedstawienia potoczyły się w plątaninie tytułów i imion: panna honorowa Winslow, której ojciec pełnił jakąś dyplomatyczną funkcję; lord Henry Fitzroy, syn markiza Exeter; panna Amelia Cavendish, której pradziad był księciem; lady Persephone Pemberton, kolejna córka hrabiego, oraz kilkoro innych, których szczegóły Clara starała się wpoić w pamięć.

— Byłyśmy zupełnie oczarowane Panny występem — rozpływała się panna Winslow. — Tyle kunsztu! Tyle klasy! I jeszcze jazda bez siodła, w obecności samego Księcia Regenta! Ja bym chyba zemdlała ze strachu.

— Istotnie, godne podziwu opanowanie — dodał lord Henry. — Większość panien zadrżałaby, będąc w centrum takiej uwagi, zwłaszcza w królewskim towarzystwie.

Clara czuła osobliwe pomieszanie dumy z ostrożnością, przyjmując ich komplementy. Potwierdzenie jej umiejętności było budujące, a jednak sposób, w jaki ją badali — jakby była nowym, fascynującym okazem na wystawie — wzbudzał czujność.

— Panna Bell zostaje w Londynie do końca Małego Sezonu, prawda? — zapytała Virginie, a jej rozwleczona maniera sprawiła, że pytanie zabrzmiało niemal leniwie.

— Tak, ojciec wynajął dom na Hanover Square — potwierdziła Clara.

— Wspaniale — orzekła Virginie. — W takim razie mam nadzieję, że będziemy widywać się często. Miasto bywa straszliwie nudne, jeśli nie pojawi się ktoś nowy, by je ożywić.

Clara już układała stosowną odpowiedź, gdy poczuła, jak przez grupę przebiega lekka fala poruszenia. Uniósłszy wzrok, dostrzegła powód: zbliżał się Lord Whitmore, a jego wysoka sylwetka przyciągała uwagę nawet w tym arystokratycznym gronie. Jego ciemne oczy natychmiast odnalazły jej spojrzenie, a znajomy, figlarny błysk w ich głębi sprawił, że serce zabiło odrobinę szybciej.

— Panno Bell — rzekł, kłaniając się przed nią. — Czy bawi się Panna dobrze na słynnych rozrywkach Almack's?

— Lordzie Whitmore — odparła, dbając o równy ton głosu. — Owszem. Towarzystwo jest nader zajmujące.

— Whitmore, kochanie! — zawołała Virginie, a całe jej usposobienie nagle nabrało życia i ostentacyjnego wdzięku. Sięgnęła, by z niefrasobliwą poufałością dotknąć jego ramienia. — Jakże cudownie cię tu zobaczyć. Zaczynałam się już obawiać, że rozczarujesz nas wszystkich, spędzając cały wieczór w pokoju karcianym.

— Lady Virginie — odparł, skłaniając się płycej niż przed Clarą. — Zapewniam, że nic nie zdołałoby mnie odwieść od przyjemności tego zebrania dziś wieczór, zwłaszcza wiedząc, że Panna Bell będzie wśród obecnych.

Clara poczuła, jak rumieniec grozi wypełznięciem na policzki po tak bezpośrednim nawiązaniu do ich znajomości. Szafirowe oczy Virginie błysnęły, gdy przenosiła spojrzenie to na jedno, to na drugie z nich, a w ich głębi zamigotała kalkulacja.

— Znacie się z Panną Bell? — zapytała lekko, a jednak z wyczuwalną nutą dociekliwości.

— Mieliśmy przyjemność spotkać się wcześniej — potwierdził Matthew, nadal patrząc na Clarę. — Choć w dość odmiennych okolicznościach.

— Jakże intrygujące — mruknęła Virginie. Przesunęła się nieznacznie bliżej Matthew, w geście tyleż poufałym, co zaborczym, co Clara uznała zarazem za wymowne i osobliwie irytujące. — Musisz mi o tym opowiedzieć. Uwielbiam dobrą historię.

— Obawiam się, że to nie byłoby dla Pani szczególnie zajmujące — wtrąciła pospiesznie Clara. — Przypadkowe spotkanie, bez większego znaczenia.

— Nie powiedziałbym — odparł Matthew z półuśmiechem. — Zrobiło na mnie niemałe wrażenie.

Clara zachowała spokój siłą woli, świadoma, że Virginie obserwuje tę wymianę z bystrym zainteresowaniem. — Lord Whitmore jest nader uprzejmy — powiedziała.

Orkiestra zaczęła stroić się do następnego tańca i uwaga Virginie natychmiast się przeniosła. — Ach, gawot! Whitmore, koniecznie musisz mi partnerować.

Kiedy Virginie pociągnęła Matthew ku parkietowi, Clara patrzyła za nimi z osobliwym niepokojem. Lady Virginie wyraźnie była przyzwyczajona do przyciągania uwagi i podziwu, zwłaszcza męskiego. A jednak spośród wielu osób to właśnie Clarę wyróżniła przyjaźnią, mimo jej stosunkowo skromnego pochodzenia.

Pozostawało pytanie — dlaczego, i co może to oznaczać dla starannie ułożonego Planu Clary.

Londyńska rezydencja hrabiego Westbourne wznosiła się imponująco przy jednym z najbardziej wytwornych placów Mayfair, być może nieprzypadkowo tuż obok Allanworth House, sceny triumfu Clary ze Snowstarem. Nic dziwnego, że Lady Virginie tak dobrze znała Lorda Whitmore, pomyślała Clara. Byli sąsiadami! Wysiadła z powozu, a jej pokojówka Benson kroczyła dyskretnie za nią, gdy wchodziła po szerokich schodach do lśniących, czarnych drzwi. Przyjął je lokaj w liberii, o obliczu tak doskonale beznamiętnym, jakby wykuto je z tego samego kamienia co fasadę domu.

— Panna Bell do Lady Virginie — oznajmiła Clara z nadzieją, że brzmi to dostatecznie swobodnie, jakby codziennie odwiedzała córki hrabiów.

— Tędy, proszę panny — zadźwięczał głos lokaja, prowadząc ją przez posadzkę z marmuru. Benson skierowano do poczekalni, podczas gdy Clara podążała za lokajem w głąb domu, mijając nisze z klasycznymi popiersiami i ściany zdobione obrazami w misternych, złoconych ramach.

Salon, do którego ją wprowadzono, zdawał się zaprojektowany, by w sposób niebudzący wątpliwości uświadomić gościom wywyższony rodowód i bogactwo rodu Westbourne. Clara znalazła się w komnacie o zapierającej dech w piersiach okazałości, gdzie światło słońca wpadało przez wysokie okna zasłonięte ciężkim jedwabiem, rozświetlając meble wybrane raczej dla urody niż wygody. Ściany zdobiły portrety w złoconych ramach — surowe oblicza przodków w strojach pełnych przepychu spoglądały z góry z arystokratyczną wyniosłością. W przeszklonych gablotach błyszczała kolekcja porcelany, której pozazdrościłoby niejedno muzeum, a podłogę przykrywał dywan o wzorze tak misternym i barwach tak bogatych, że Clara zawahała się, nim na nim stanęła.

— Lady Virginie zaraz do Panny dołączy — oznajmił lokaj, po czym się oddalił, zostawiając Clarę samą pośród tego przepychu.

Ostrożnie zbliżyła się do delikatnego krzesła obitego bladoniebieskim jedwabiem i usiadła na samym jego brzegu, nie ryzykując obciążenia go całym ciężarem. Wynajęty przez rodzinę Bell dom na Hanover Square, choć całkowicie przyzwoity, nagle wydał się jej niemal prowincjonalny w porównaniu. Nawet Belle Haven — ze swoimi wygodnymi, dobrze urządzonymi pokojami, pełnymi pamiątek gromadzonych przez kolejne pokolenia Bellów — nie miało tej przytłaczającej aury dynastii i zamierzonej manifestacji bogactwa.

— Claro, moja droga! — Leniwy głos Virginie uprzedził jej wejście do pokoju. Sunęła naprzód niczym zjawa, w porannej sukni z lawendowego jedwabiu, z ciemnymi włosami ułożonymi w kunsztownie prostą fryzurę, która — jak podejrzewała Clara — zajęła jej pokojówce dobrą godzinę. — Jakże miło, że przyszłaś. Jestem dziś dosłownie spragniona towarzystwa.

— Dziękuję za zaproszenie, Lady Virginie — odparła Clara, wstając, by przyjąć pocałunek powietrzny, który Virginie złożyła gdzieś w okolicach jej policzka. — Pani dom jest doprawdy wspaniały.

— Och, to stare miejsce — machnęła lekceważąco dłonią Virginie, choć w jej oczach błysnęła satysfakcja na widok jawnego zachwytu Clary. — Po jakimś czasie człowiek przestaje to dostrzegać. Usiądźże, kochana. Zaraz podadzą herbatę.

Jak na zawołanie weszło dwóch lokajów z srebrną herbatą o kunszcie godnym mistrzów, a towarzyszyła im delikatna porcelana tak przejrzysta, że Clara obawiała się, iż rozpadnie się od samego dotyku. Trzeci lokaj niósł tacę maleńkich ciasteczek ułożonych z matematyczną precyzją.

— Tata upiera się, by utrzymywać zdecydowanie za dużo służby — zwierzyła się Virginie, podczas gdy lokaje wykonywali swoje obowiązki z wojskową dyscypliną. — Ale trzeba przecież zachowywać pozory, prawda?

Clara mruknęła potakująco, przyjmując filiżankę kruchą jak skorupka jajka. Minęły cztery dni od ich spotkania w Almack's, a w tym czasie Virginie przysłała elegancko wypisaną kartkę z zaproszeniem na herbatę, której Clara nie mogłaby odmówić, nie narażając się na afront. Mimo utrzymującej się ostrożności nie mogła zaprzeczyć, że bycie postrzeganą jako szczególna przyjaciółka córki hrabiego Westbourne stanowi znaczną towarzyską korzyść.

— Zamierzałam porozmawiać z Panną o czymś dość szczególnym — powiedziała Virginie, gdy lokaje się oddalili. Pochyliła się nieco, jakby dzieląc się sekretem. — Chodzi o konie, więc natychmiast pomyślałam o Pannie.

— Ach tak? — Clara upiła łyk herbaty, rozkoszując się jej klasą. Podejrzewała, że u Westbourne'ów wszystko musi być najlepsze.

— Tak. Wie Panna, ojciec sam jest zapalonym jeźdźcem. W zeszłym miesiącu, na moje urodziny, podarował mi wspaniałego gniadego wałacha — westchnęła Virginie teatralnie. — Kłopot w tym, że to stworzenie jest odrobinę zbyt ogniste, bym umiała sobie z nim właściwie poradzić.

— Rozumiem — powiedziała Clara ostrożnie. — Być może inny wierzchowiec byłby bardziej odpowiedni dla Pani potrzeb?

— Och, w żadnym razie! — Virginie wyglądała szczerze strapiona tą sugestią. — Papa wybrał Pegasusa właśnie ze względu na jego pochodzenie. Jest niesłychanie dumny, że zdołał go pozyskać ze stajni lorda Harringtona. Gdybym miała przyznać, że nie potrafię sobie z nim poradzić... . — Urwała, wyraźnie przybita. — Ojciec byłby bardzo rozczarowany, gdyby się dowiedział, że nie daję rady. Ma tak wielką wiarę w moje umiejętności jeździeckie.

Clara skinęła głową, zaczynając rozumieć, dokąd zmierza ta rozmowa. — To rzeczywiście kłopotliwe położenie.

— Pomyślałam, że może... — Virginie zawahała się, po czym impulsywnie sięgnęła, by dotknąć dłoni Clary. — Jest Pani jedyną osobą, która mogłaby pomóc, nie wystawiając mnie na pośmiewisko. Jeśli ktokolwiek mógłby mi pomóc okiełznać Pegasusa, to właśnie Pani.

Clara poczuła rumieniec przyjemności na to uznanie dla jej umiejętności, choć w głowie szeptała ostrożność. Było w prośbie Virginie coś niemal zbyt doskonałego — odwołanie zarówno do jej fachowości, jak i współczucia.

— Z przyjemnością udzielę takiej pomocy, na jaką mnie stać — odparła Clara. — Choć niczego nie obiecuję, dopóki nie zobaczę konia i nie poznam jego temperamentu.

— Oczywiście, oczywiście — przytaknęła z zapałem Virginie. — Czy mogłaby się Pani ze mną spotkać jutro rano w Hyde Parku? Staram się ćwiczyć z Pegasusem wcześnie, zanim zjadą się eleganckie tłumy, na wypadek gdybym zrobiła z siebie głupca. Powiedzmy, o ósmej?

— To będzie odpowiednia pora — zgodziła się Clara.

— Zatem ósma przy wejściu od Serpentine. Wczesna godzina powinna zapewnić nam względną prywatność na czas Pani instrukcji.

Gdy skończyły pić herbatę i Clara wstała do wyjścia, Virginie odprowadziła ją do drzwi salonu. — Już nie mogę się doczekać jutra — powiedziała, po czym zawahała się, jakby nagle o czymś sobie przypomniała. — Och, właśnie przyszło mi na myśl coś, co może Panią zainteresować, choć dla mnie nie ma to, rzecz jasna, żadnego znaczenia.

— Tak? — zapytała Clara, natychmiast wyczulona na zbyt swobodny ton Virginie.

— Nasz sąsiad, lord Whitmore, często jeździ konno o tej porze w parku — rzuciła Virginie, śledząc twarz Clary bystrym spojrzeniem. — Bardzo sumiennie dba o poranną gimnastykę, niezależnie od pogody. Choć jestem pewna, że będzie Pani zbyt skupiona na pomaganiu mi z Pegasusem, by zauważyć kogokolwiek innego.

Clara z wysiłkiem zachowała neutralny wyraz twarzy. — Jak Pani mówi, zajmiemy się wyłącznie Pani koniem. Obecność czy nieobecność lorda Whitmore'a jest bez znaczenia.

— Oczywiście, oczywiście — zgodziła się Virginie z uśmiechem, który nie całkiem docierał do jej oczu. — Pomyślałam tylko, że powinnam o tym wspomnieć, bo zdawało się, iż łączy Panią z nim jakaś wcześniejsza znajomość. Doprawdy, zagadkowe. Musi mi Pani kiedyś opowiedzieć tę historię.

— Niewiele jest do opowiadania — odparła gładko Clara. — Do widzenia, Lady Virginie. Do jutra.

Gdy schodziła po okazałej klatce schodowej, by odszukać Bensona, myśli Clary kotłowały się. Wzmianka Virginie o Matthew nie mogła być przypadkowa, podobnie jak jej oczywiste zainteresowanie charakterem tej znajomości. Czy ta życzliwa propozycja w sprawie konia była jedynie pretekstem, by dowiedzieć się więcej o więzi Clary z markizem? A jeśli tak, dlaczego miałoby to obchodzić Virginie?

Chyba że — pomyślała Clara, wychodząc znów w jaskrawe popołudniowe słońce — zainteresowanie Virginie lordem Whitmore'em wykraczało poza przelotny flirt, jaki pokazywała w Almack's. Być może córka hrabiego Westbourne upatrzyła sobie rolę przyszłej księżnej Allanworth i postrzega Clarę jako potencjalną konkurencję; myśl aż śmieszna.

Clara postanowiła zachować ostrożność. W jej Planie nigdy nie było miejsca na wikłanie się w arystokratyczne intrygi sercowe. Pozostawało mieć nadzieję, że cokolwiek knuła Virginie, nie pokrzyżuje to starannie ułożonych zamierzeń Clary.

Poranna mgła przylgnęła do traw Hyde Parku niczym zwiewny welon, zmiękczając kontury starych drzew i nadając pejzażowi nieziemski charakter. Clara ciaśniej otuliła się płaszczem przed chłodem wczesnej godziny, prowadząc Guinevere ścieżką wiodącą ku Serpentine. Czarna klacz poruszała się z płynną gracją charakterystyczną dla hodowli Belle Haven, a jej kopyta wydawały przytłumione stuknięcia na wilgotnej ziemi. Za nimi jechał stajenny, stateczna obecność, której towarzystwa wymagała przyzwoitość podczas tak wczesnej przejażdżki. O tej porze park był w dużej mierze pusty, spokojny w sposób, którego nie doświadczał podczas popołudniowego spaceru towarzyskiej śmietanki, a Clara wciągnęła głęboko powietrze, delektując się znajomą wonią koni, skóry i trawy, która przypominała jej dom.

Gdy zbliżały się do umówionego miejsca, Clara dostrzegła Virginie, już czekającą — smukłą postać stojącą pieszo w wykwintnie skrojonym amazońskim stroju w głębokim bordo, przez co praktyczny, granatowy ubiór Clary wydawał się niemal skromny w porównaniu. Obok niej stał urodziwy gniady wałach, trzymany przez stajennego w barwach Westbourne'ów. Oddech konia był widoczny w rześkim porannym powietrzu — drobne obłoczki pary rozpływały się w mgle.

— Claro, kochana! — zawołała Virginie, machając odzianą w rękawiczkę dłonią. — Jakże Pani jest punktualna. Sama dopiero co przybyłam.

Clara z gracją zsiadła z siodła, oddając wodze Guinevere swojemu stajennemu, po czym podeszła bliżej. — Dzień dobry, Lady Virginie. A to z pewnością Pegasus.

Ruszyła ku gniademu z spokojną pewnością kogoś, kto prowadził w ręku niezliczone konie. Wałach istotnie był znakomitym okazem — o silnym zadzie i dumnie wygiętej szyi — choć gdy Clara podeszła bliżej, zauważyła białkówkę oka i nerwowe, co chwila cofane uszy. Koń niespokojnie przestępował z nogi na nogę, rozszerzając chrapy.

— Jest wspaniały — powiedziała Clara, pozwalając, by koń złapał jej zapach, zanim go dotknęła. — Stajnia lorda Harringtona cieszy się doskonałą opinią. Jakie ma pochodzenie?

— Trzy czwarte pełnej krwi angielskiej, jedna czwarta arabskiej, przynajmniej tak mówił Papa — odparła Virginie, utrzymując wyraźny dystans od swojego wierzchowca. — Ma imponujące rodowody, dlatego Ojciec tak nalegał, by go dla mnie nabyć. Ale bywa całkiem nie do opanowania.

Aby to zademonstrować, Virginie podeszła i przejęła wodze od stajennego. Natychmiast koń poderwał głowę i nerwowo uskoczył w bok. — Widzisz, Pani? — zawołała Virginie, a jej głos podniósł się. — On jest absolutnie niemożliwy! Ledwo mogę do niego podejść, a co dopiero jechać z jakąkolwiek pewnością siebie.

Clara obserwowała tę interakcję profesjonalnym okiem, zauważając, jak napięcie Virginie bezpośrednio udziela się koniowi. Podejrzewała, że wałach nie był z natury trudny, a jedynie reagował na niepokój swojej amazonki.

— Czy mogę? — zapytała Clara, wyciągając dłoń po wodze.

— Och, proszę bardzo — Virginie z widoczną ulgą oddała je z rąk. — Jestem z nim u kresu sił.

W chwili, gdy wodze trafiły do dłoni Clary, zaczęła przemawiać do Pegasusa niskim, miarowym tonem — tym samym, którym uspokajała niezliczone nerwowe konie w Belle Haven. — No już, o co ten cały rejwach? Przystojny z ciebie chłopak, prawda? Silny i bystry, to widać.

Gniady nastawił uszy na dźwięk jej głosu, a jego niespokojne podrygi nieco ustały. Clara przesunęła dłońmi po szyi i kłębie, czując, jak napięcie mięśni stopniowo poddaje się pod jej dotykiem. Poruszała się celowo, bez pośpiechu, pozwalając koniowi oswoić się z jej obecnością i zapachem.

— Myślę, że pomocne będzie, jeśli sama na niego wsiądę — zaproponowała Clara, odwracając się do Virginie. — W ten sposób lepiej ocenię jego temperament i reakcje. Czy czułaby się Pani swobodnie, dosiadając w tym czasie Guinevere? Jest doskonale wyszkolona — nie będzie miała Pani z nią kłopotu.

— Cóż za znakomity pomysł — przystała chętnie Virginie, z oczywistą ulgą zerkając na spokojnie czekającą czarną klacz. — Choć uprzedzam, że Pegasus w siodle potrafi być bardzo uparty.

Zamieniły się wierzchowcami; stajenny Clary pomógł jej dosiąść Pegasusa, podczas gdy Virginie wsadzono na Guinevere. Różnica w zachowaniu koni była natychmiastowa: Guinevere stała cierpliwie, bez trwogi przyjmując nową amazonkę, natomiast Pegasus od razu zaczął tańczyć bokiem, gdy tylko ciężar Clary osiadł w siodle.

Clara usiadła głęboko, plecy miała proste, dłonie spokojnie trzymały wodze. Jej mowa ciała wyrażała opanowaną pewność, i już po chwili gniady zaczął reagować — jego wiercenie ustało, gdy wyczuł zdecydowanie nowej jeźdźczyni. Delikatnie nacisnęła łydką, a Pegasus ruszył naprzód, z każdym krokiem stawiając coraz bardziej miarowe chody.

— Kluczem przy tak żywym koniu jak Pegasus — objaśniała Clara, prowadząc wałacha po kole wokół Virginie i Guinevere — jest zachować konsekwencję i spokój. Konie są niezwykle wrażliwe na emocje jeźdźca. Jeśli podejdzie się z niepokojem, koń to uczucie odwzoruje.

Zademonstrowała serię prostych przejść: prosiła Pegasusa o stęp, potem kłus i znów stęp, używając subtelnych zmian dosiadu i delikatnej pracy wodzami. Gniady odpowiadał pięknie, a wcześniejszą nerwowość stopniowo zastępowało uważne posłuszeństwo.

— Sprawia Pani, że to wygląda na bezwysiłkowe — zachwyciła się Virginie, patrząc z grzbietu Guinevere. — Z Panią to zupełnie jakby był innym zwierzęciem.

— Jest w gruncie rzeczy całkiem dobrze wyszkolony — zauważyła Clara. — Gdy zrozumie, o co jest proszony, reaguje poprawnie i szybko. Podejrzewam, że jego zachowanie przy Pani wynika bardziej z niepewności niż z rzeczywistej trudności charakteru.

Pokazywała właśnie, jak prawidłowo zasygnalizować przejście z kłusa do galopu, gdy uwagę przyciągnął odgłos zbliżających się kopyt. Clara podniosła wzrok i ujrzała znajomą sylwetkę wyłaniającą się z porannej mgły: Matthew Whitmore na swoim gniadym folblucie, Ajaksie. Sierść konia połyskiwała lekkim potem niedawnego wysiłku, co sugerowało, że Matthew jeździ już od pewnego czasu.

— Panno Bell — zawołał, podjeżdżając. — Co za miła niespodzianka spotkać Panią tutaj.

Clara zatrzymała Pegasusa, zachowując spokój mimo nagłego przyspieszenia tętna. — Lordzie Whitmore — skinęła głową. — Dzień dobry.

— Whitmore! — wykrzyknęła Virginie z niekłamaną przyjemnością. — Co za szczęście! Wczoraj właśnie mówiłam Clarze, że często jeździsz tu o tej porze.

Matthew podprowadził Ajaks do nich, a jego ciemne oczy z wyraźnym zainteresowaniem ogarnęły scenę. — Istotnie. Park jest najpiękniejszy, zanim zjadą eleganckie tłumy. — Zatrzymał spojrzenie na Clarze siedzącej na Pegasusie. — Widzę, że dzieli się Panna swoim niemałym kunsztem; zdaje mi się, że to Lady Virginie zwykle dosiada tego konia.

— Lady Virginie poprosiła o pomoc przy swoim wierzchowcu — wyjaśniła Clara, boleśnie świadoma jego uważnego spojrzenia. — Właśnie ćwiczyłyśmy.

— Whitmore, musi Pan koniecznie do nas dołączyć — nalegała Virginie, manewrując na Guinevere między Clarą a Matthew z wprawą, która przeczyła jej rzekomym brakom w jeździectwie. — Clara dokonała z Pegasusem cudów. Nie uwierzyłby Pan tej przemianie.

Clara zauważyła, jak dłoń Virginie na moment spoczęła na ramieniu Matthew, niby mimochodem, a jednak z wyczuwalną poufałością. Pozycja Virginie fizycznie rozdzielała teraz Clarę i Matthew — układ bardziej zamierzony niż przypadkowy.

— Chętnie w to uwierzę — odparł Matthew, wciąż patrząc na Clarę. — Panna Bell ma niezwykły dar do koni, co widziała już połowa Londynu.

Clara poczuła ciepło rumieńca na słowa pochwały, lecz zachowała niewzruszony wyraz twarzy. — Przecenia Pan moje umiejętności, milordzie. Pegasus to dobrze urodzone zwierzę z doskonałą podstawą. Potrzebował jedynie pewnej ręki.

— A teraz musi mi Pani dokładnie pokazać, co powinnam robić — wtrąciła Virginie, zwracając się do Clary z miną skupionej uczennicy, która nie całkiem skrywała rachubę w spojrzeniu. — Whitmore będzie mógł obserwować i powiedzieć, czy dobrze stosuję się do Pani wskazówek.

Przez następny kwadrans Clara demonstrowała rozmaite techniki postępowania z żywym wierzchowcem, podczas gdy Virginie i Matthew uważnie się przyglądali. Przez cały czas Virginie utrzymywała pozycję między nimi, umiejętnie sterując rozmową i dbając, by wszelka wymiana zdań między Clarą a Matthew pozostawała krótka i bezosobowa.

— Sądzę, że ma Pani już opanowane podstawy — stwierdziła wreszcie Clara, zsiadając z Pegasusa i oddając go z powrotem stajennemu Virginie. — Przy regularnej praktyce i konsekwentnym prowadzeniu powinna Pani uznać go za znacznie bardziej posłusznego.

— Była Pani niezmiernie pomocna — wykrzyknęła Virginie, również zsuwając się z siodła i podchodząc, by przejąć wodze swojego konia. — Czuję się już dużo pewniej. Prawda, że Clara jest po prostu cudotwórczynią, jeśli chodzi o konie, Matthew?

— Istotnie — zgodził się, spoglądając na Clarę z zamyśleniem. — Rzadki talent.

— Musimy to powtórzyć — ciągnęła Virginie, nieznacznie zbliżając się do Matthew, gdy mówiła. — Może pod koniec tygodnia? Choć rozumiem, że jutro ma Pani zaprezentować umiejętności Snowstara przed księciem regentem w Carlton House, prawda, Claro? To musi być ekscytujące.

— Tak — potwierdziła Clara. — Jego Królewska Wysokość wyraził chęć obejrzenia pokazu klasycznego wyszkolenia Snowstara.

— Sam również będę obecny — zauważył Matthew. — Ojciec otrzymał zaproszenie i poprosił mnie, bym mu towarzyszył.

— Cudownie — klasnęła Virginie. — Zatem znów wszyscy się zobaczymy już niebawem. Nie mogę się tego doczekać.

— Do jutra, panno Bell — powiedział Matthew na pożegnanie, na tyle cicho, że Virginie, zajęta już rozmową ze swoim stajennym, nie mogła usłyszeć. — Z niecierpliwością czekam, by zobaczyć, jak Panna i Snowstar zaprezentują swój kunszt przed księciem.

— Dziękuję, milordzie — odparła Clara, zachowując formalną ogładę mimo ciepła w jego spojrzeniu. — Ufam, że będzie to dla wszystkich miła rozrywka.

Kiedy wracała w stronę Hanover Square, Clara rozważała poranne wydarzenia. Lord Whitmore zdawał się pojawiać wszędzie tam, gdzie się udawała, śledząc ją ciemnymi oczami z ową osobliwą mieszaniną rozbawienia i zainteresowania. Czy to był zwykły zbieg okoliczności, czy coś bardziej zamierzonego? A co z oczywistą determinacją Virginie, by bywać tam, gdzie Matthew, i jednocześnie pielęgnować znajomość z Clarą?

Mgła zaczęła ustępować pod rosnącą mocą porannego słońca, odsłaniając prawdziwe zarysy parku. Clara chciałaby, by ludzki pejzaż przed nią dało się równie łatwo wyostrzyć. Jedno było jednak pewne: jutrzejszy pokaz w

Carlton House będzie oglądany nie tylko przez księcia regenta.

Rozdział piąty

MATTHEW STAŁ WŚRÓD ZGROMADZONEJ arystokracji w Carlton House, patrząc z niekłamanym zachwytem, jak Clara Bell prowadzi wspaniałego białego wałacha przez serię tak precyzyjnych figur, że wydawały się niemal nadprzyrodzone. Snowstar poruszał się z płynną gracją płynącej wody, każdy krok, każdy zwrot wykonywał z doskonałą kontrolą, a jego muskularne ciało odpowiadało na rozkazy tak subtelne, że były niewidoczne dla kogokolwiek poza najbardziej doświadczonym okiem. W porannym świetle sączącym się przez wysokie okna królewskiej ujeżdżalni koń i jeźdźczyni zdawali się jaśnieć niemal eteryczną poświatą, urzekając wszystkich obecnych, od najskromniejszego stajennego po samego Księcia Regenta.

— Niezwykłe! Po prostu niezwykłe! — Książę klasnął w dłonie jak podekscytowane dziecko, a jego rumiana twarz spłonęła z przyjemności. — Nigdy nie widziałem tak wyśmienitej kontroli, tak doskonałej harmonii między koniem a jeźdźcem!

Kryta ujeżdżalnia Carlton House została przygotowana specjalnie na ten pokaz, z krzesłami dla najbardziej dystyngowanych gości ustawionymi wzdłuż jednej strony. Książę Regent zajmował pozłacane krzesło pośrodku, które trafniej należałoby nazwać tronem, zważywszy na bogate rzeźbienia i pluszową, karminową tapicerkę. Wokół niego kłębiły się jego aktualne faworyty i kilku wpływowych członków towarzystwa, wszyscy patrzyli z minami od uprzejmego zainteresowania po szczere zdumienie.

Clara wprowadziła Snowstara w najtrudniejszą dotąd figurę — kapriolę. Wspaniały koń zebrał się, mięśnie wyraźnie napięły się pod lśniącą białą sierścią, po czym wystrzelił w powietrze. Przez zapierającą dech chwilę wszystkie cztery kopyta jednocześnie oderwały się od ziemi, przednie nogi były zgrabnie podciągnięte pod pierś, a zad wykonał kontrolowany, potężny wyrzut. Clara wysiedziała figurę z idealną równowagą, kręgosłup miała prosty, dłonie stabilnie trzymały wodze, jakby sama przeczyła grawitacji.

Z widowni wyrwał się zbiorowy syk zachwytu, po którym nastąpiły spontaniczne brawa. Nawet najbardziej zblazowani widzowie nie mogli nie ulec wrażeniu wobec takiego kunsztu jeździeckiego. Matthew przyłapał się na tym, że klaszcze równie gorąco jak inni, a w piersi rozlewało się osobliwe ciepło, gdy patrzył, jak Clara przyjmuje oklaski skromnym skinieniem głowy.

— Jego Królewska Wysokość jest całkowicie oczarowany — mruknął głos przy łokciu Matthew.

Matthew odwrócił się i ujrzał u boku lorda Edwarda Debneya; cherubinowa twarz przyjaciela jaśniała z przejęcia, rudo-blond loki podskakiwały lekko, kiedy przestępował z nogi na nogę — jak miał w zwyczaju. Debney zawsze miał w sobie energię ledwie mieszczącą się w jego nieco pulchnym ciele, jakby w każdej chwili mógł zacząć drżeć od siły własnego entuzjazmu.

— Debney — skinął mu Matthew. — Nie wiedziałem, że interesujesz się pokazami jeździeckimi.

— Mój drogi, każdy, kto ma odrobinę rozsądku, interesuje się — dziewczyną na białym koniu — w tych czasach — odparł Debney, ściszając głos do spiskowego szeptu, który jednak pozostawał doskonale słyszalny dla każdego w promieniu trzech metrów. — Stała się prawdziwą sensacją. Lady Jersey już orzekła, że to — powiew świeżości —, a hrabina Lieven uśmiechnęła się do niej w Almack's. Uśmiechnęła się, Matthew! Wiesz, jak rzadko to się zdarza.

Usta Matthew drgnęły mimo woli. Sam w większości nie gustował w plotkach, ale było w Debneyu coś niezaprzeczalnie ujmującego w jego bezwstydnym zamiłowaniu do towarzyskich drobiazgów. — Wnioskuję, że panna Bell zrobiła niemałe wrażenie.

— Wrażenie! — wykrzyknął Debney, rozszerzając oczy. — Mój drogi, ona wręcz zrewolucjonizowała towarzyską scenę. Każda gospodyni w Londynie rozpaczliwie pragnie zapewnić sobie jej obecność na swoich przyjęciach. A panowie, cóż... — Wymownie gestykulował. — Carroway chodzi jak struty z zakochania, a młody Fitzroy o mało co nie wpadł ostatnio do Serpentine, wykręcając szyję, żeby patrzeć, jak przejeżdża. Nawet dziewczyna Westbourne'a zdaje się wzięła ją pod swoje skrzydła, choć dlaczego Lady Virginie popiera potencjalną rywalkę, to poza moim pojmowaniem.

Wzrok Matthew znów powędrował ku Clarze, która wykonywała teraz ze Snowstarem serię zmian nogi w galopie, każdą wyniosłą i zawieszoną, w popisie doskonałej kontroli i wyczucia czasu. Książę Regent pochylił się do przodu na krześle, zasłuchany w zachwycie, od czasu do czasu szepcąc komentarze do towarzyszy.

— Trzeba przyznać, że ma niezwykły talent — zauważył Matthew, nie potrafiąc ukryć nuty podziwu w głosie.

— Och, bez dwóch zdań — przytaknął ochoczo Debney. — No ale cóż, Sir Richard na pewno zadbał, żeby otrzymała najlepsze szkolenie, bez względu na jej pochodzenie.

Matthew odwrócił się do przyjaciela, zmarszczywszy brwi z konfuzją. — Jej pochodzenie?

— Przecież słyszałeś? — Debney wyglądał przez chwilę na zaskoczonego, po czym rozpromienił się na myśl, że może przynieść świeżą plotkę. — W naszych kręgach to powszechna wiedza. Panna Bell jest siostrzenicą Sir Richarda, córką jego niezamężnej siostry. Urodzona z nieprawego łoża, jak to się mówi.

Matthew poczuł, jak ogarnia go osobliwy bezruch, jakby czas sam zwolnił. — Doprawdy? — zdołał wydusić, a jego własny głos zabrzmiał mu obco i daleko.

— Istotnie. Biedna kobieta zmarła wkrótce po porodzie, o ile wiem. Sir Richard przyjął niemowlę pod swój dach i wychował jak własne — Debney pochylił się bliżej, tym razem rzeczywiście ściszając głos do szeptu. — Są tacy, co szepczą, że ojcem musiał być ktoś znacznego stanu, zważywszy na determinację Sir Richarda, by wprowadzić dziewczynę do towarzystwa. Choć nikt nie wie na pewno, rzecz jasna. Najbardziej romantyczne domysły mówią o obcym księciu, ale to mi się wydaje mocno naciągane.

Nagle wydało się, jakby w sali zabrakło powietrza, a gwar tłumu stłumił się do tępego szumu w uszach Matthew. Poczuł, jak krew odpływa mu z twarzy, kiedy w jego umyśle zaczęło kiełkować straszliwe podejrzenie. Coroczne wyprawy ojca do Hampshire, zawsze owiane tajemnicą. Zaciśnięte usta księżnej. Oczywiste zainteresowanie księcia londyńskim debiutem Clary. Elementy układanki zaczęły składać się w wzór, którego Matthew nie był w stanie przed sobą uznać.

— Whitmore? Dobrze się czujesz? — Głos Debneya przebił się przez mgłę, która spowiła myśli Matthew. — Bardzo zbielałeś.

— Tu po prostu jest duszno — odparł odruchowo Matthew, luzując nieco krawat palcami, które wydały mu się dziwnie zdrętwiałe. — Kiedy powiedziałeś, że panna Bell się urodziła?

— Nie powiedziałem, ale sądzę, że ma osiemnaście lat, mniej więcej — odrzekł Debney, z rosnącym niepokojem przyglądając się twarzy Matthew. — W sam raz na londyński debiut, choć niektórzy twierdzą, że Sir Richard okazał się nazbyt ambitny, forsując ją tak szybko.

Osiemnaście lat. Wtedy jego ojciec byłby po trzydziestce, wciąż w sile wieku, ale już dawno uwięziony w zimnym, bez miłości małżeństwie z matką Matthew. Małżeństwie, które dało tylko jedno dziecko, mimo lat starań, jeśli wierzyć szeptom, które Matthew od czasu do czasu przypadkiem słyszał.

Matthew wziął głęboki oddech, próbując się opanować. Serce łomotało mu o żebra, jakby szukało drogi ucieczki, a na czole wystąpił zimny pot. Przed nim Clara kontynuowała pokaz, nieświadoma, że wśród publiczności znajduje się mężczyzna, któremu świat rozpada się właśnie na kawałki.

— Mój ojciec zdaje się bardzo zainteresowany jej sukcesem — powiedział Matthew, usiłując utrzymać równy ton.

— Och tak, książę jest prawdziwym orędownikiem rodziny Bellów — potwierdził radośnie Debney, nieświadom udręki Matthew. — Jakiś związek przez posiadłości w Hampshire, jak mniemam? Choć nagła intensywność jego protekcji w tym sezonie uniosła niejedną brew. Nie mógłbyś rzucić na to nieco światła?

Istotnie związek, pomyślał gorzko Matthew. Związek krwi, najpewniej. Przerażająca możliwość, która zakiełkowała w jego umyśle, rozrastała się teraz z odpychającą jasnością: Clara Bell była niemal na pewno nieślubną córką jego ojca.

Jego przyrodnią siostrą.

— A co z matką panny Bell? — zapytał Matthew, zbywając pytanie Debneya własnym i starając się, by w jego głosie brzmiała zwykła ciekawość, a nie rozpaczliwa potrzeba potwierdzenia, która szarpała mu wnętrzności. — Siostrą Sir Richarda, mówisz? — Zmusił dłonie, by pozostały nieruchome u boków, choć najchętniej chwyciłby Debneya za klapy i wytrząsnął z niego informacje szybciej.

— Tak, tak. Zdaje się, że miała na imię Elizabeth albo Eleanor, w każdym razie coś na — E — — odparł Debney, rozkręcając się z zapałem urodzonego plotkarza, który trafił na uważnego słuchacza. — Niezła afera była swego czasu, o ile wiem. W końcu była córką gentlemana, a nie jakąś karczmarką czy mleczarką. Ojciec Sir Richarda jeszcze wtedy żył i, jak mówią, był surowy i nieugięty. Wypędził biedaczkę z domu, ale Sir Richard utrzymywał z nią kontakt. Bardzo lojalny wobec siostry, jak twierdzą.

Matthew przytaknął mechanicznie, a myśli pędziły naprzód jak spłoszone konie. — A jej... ojciec dziecka? Czy kiedykolwiek padła jakaś wskazówka co do jego tożsamości?

Debney pochylił się bliżej, wyraźnie uradowany zainteresowaniem Matthew. — I tu tkwi wielka tajemnica, prawda? Kimkolwiek był, nigdy nie wystąpił, żeby rościć sobie prawo ani do matki, ani do dziecka. Ogólny konsensus jest taki, że musiał być żonatym mężczyzną wysokiego stanu, zważywszy na poziom zachowanej tajemnicy. Sir Richard nigdy nie mówił o tym publicznie, rzecz jasna, ale Lady Bridgnorth, która jest z rodziną dość zażyła, raz zasugerowała mojej matce, że ojcem był mężczyzna bardzo znaczny, który nie mógł sobie pozwolić na ujawnienie więzi.

Mężczyzna bardzo znaczny. Na przykład książę. Żonaty książę z chłodną, zdystansowaną żoną i jedynym dziedzicem. Ziemia jakby zafalowała pod stopami Matthew, zmuszając go, by wyciągnął rękę i oparł się o pobliską kolumnę.

— Na pewno dobrze się czujesz, Matthew? — zapytał Debney, a troska na moment wyparła jego plotkarski entuzjazm. — Wyglądasz zupełnie zielono.

— Chyba lekkie niestrawności — wydusił Matthew. — Coś z śniadania mi zaszkodziło. Właściwie chyba świeże powietrze dobrze mi zrobi. Wybaczysz, Debney? Przejdę się na zewnątrz.

— Oczywiście, oczywiście — zgodził się skwapliwie Debney. — Ale przegapisz zakończenie występu panny Bell. Książę jest absolutnie urzeczony, prawda? Och, i zanim pójdziesz, koniecznie musisz wiedzieć o reszcie tej niezwykłej rodziny. Sir Richard adoptował nie mniej niż sześć dziewcząt! Sześć! A najstarsza już dobrze wyszła za mąż, to właśnie koneksja z Bridgnorthami, poślubiła młodszego syna...

Ale Matthew już się oddalał, mamrocząc przeprosiny, gdy przeciskał się przez tłum ku najbliższemu wyjściu. Ujrzał jeszcze ostatni raz Clarę na grzbiecie Snowstara, jej złote włosy lśniły w świetle padającym z wysokich okien, a twarz miała pogodną w skupieniu. Czy wcześniej zauważył, jak zaciętość podbródka wydaje się kobiecym echem wyrazu twarzy księcia, gdy koncentruje się na zadaniu?

Powietrze na zewnątrz Carlton House wydawało się gęste i ciężkie, niebo zasnute chmurami zapowiadającymi deszcz. Matthew ledwie zwracał uwagę na kierunek; nogi niosły go automatycznie, podczas gdy umysł pędził przez implikacje tego, czego się dowiedział. Pierwsze zimne krople zaczęły padać, gdy dotarł do Green Park, lecz nie próbował zatrzymać dorożki ani szukać schronienia. Fizyczny dyskomfort wydawał się odległy, nieistotny wobec zamętu w środku.

Dziewięć lat. Jego ojciec odbywał te tajemnicze, coroczne podróże do Hampshire od dziewięciu lat. Clara miała osiemnaście. Matematyka była prosta, miażdżąca. Dziewięć lat temu Clara miałaby dziewięć lat — może to wiek, kiedy daleki, winny ojciec wreszcie czuje przymus zainteresować się dzieckiem, które porzucił. A księżna, z zaciśniętą miną, ilekroć wspominano letnie wyjazdy... czy wiedziała? Podejrzewała? Chłodna formalność małżeństwa jego rodziców nagle nabrała sensu w nowym świetle.

Podmuch wiatru wbił deszcz ostrzej w jego twarz, gdy Matthew przemierzał park, nie zważając na przechodniów pędzących do schronienia. Woda zaczęła przesiąkać przez płaszcz, ale fizyczny dyskomfort ledwie do niego docierał. Tonął w objawieniu, a każda nowa korelacja uderzała jak kolejna fala, co raz po nim się przetacza.

Niedawna, niecharakterystyczna towarzyskość ojca. Staranne pielęgnowanie wpływowych koneksji, które mogłyby wygładzić drogi Clary do towarzystwa. Przyjęcie w ogrodzie zaaranżowane specjalnie po to, by zaprezentować jej umiejętności Księciu Regentowi. Książę metodycznie torował drogę dla akceptacji swojej nieślubnej córki w najwyższych sferach, wykorzystując każdy przywilej, jaki dawała mu pozycja.

A sam Matthew — patrzył na Clarę z podziwem, który szybko przeobraził się w coś cieplejszego, groźniejszego. Na samo wspomnienie, jak przyspieszał mu puls, kiedy spotykał jej spojrzenie, jak wypatrywał jej na każdym przyjęciu, zrobiło mu się fizycznie niedobrze. Nieświadomie ciągnęło go do własnej przyrodniej siostry.

Deszcz padał już równo, przylepiając włosy do czoła i spływając zimnymi strużkami po karku. Jakaś odległa część umysłu Matthew zanotowała, że musi wyglądać jak szaleniec, idąc w strugach bez kapelusza i parasola, ale nie obchodziło go to. Fizyczny dyskomfort był wręcz mile widziany, stanowił kontrapunkt dla wichru emocji w środku.

Przypomniał sobie pościg za ojcem do Hampshire i to, jak zgubił trop w małej wiosce. Jak blisko był wtedy odkrycia prawdy? I czy lepiej, czy gorzej byłoby dowiedzieć się o niej właśnie w Hampshire — może nawet stanąć twarzą w twarz z Clarą w jej domowym otoczeniu, pośród rodziny, którą ojciec pomógł stworzyć?

Z niezwykłą ostrością powrócił obraz: Clara w rzece, usiłująca utrzymać worek ze szczeniętami nad wodą, z głosem podniesionym w słusznej złości na mężczyznę, który je wrzucił. Zawzięta determinacja w jej zielonych oczach, tak podobna do wyrazu twarzy księcia, gdy staje wobec niesprawiedliwości. Jak Matthew mógł nie dostrzec podobieństwa od razu?

Bo nikt nie spodziewa się przypadkiem natknąć na nieślubne dziecko własnego ojca — pomyślał gorzko. Bo takie rzeczy dzieją się w gotyckich powieściach, a nie w uporządkowanym świecie arystokracji.

A jednak się działy. Dzieci z nieprawego łoża przychodziły na świat każdego dnia. Jedne porzucano do sierocińców albo oddawano pod opiekę dalekim krewnym. Inne, jak Clara, miały to szczęście, że przyjęli je członkowie rodziny gotowi zaryzykować skandal dla dobra niewinnego dziecka. A nieliczne, jak się zdaje, były po kryjomu odwiedzane i wspierane przez winnych ojców, którzy nie mogli przyznać się publicznie, ale i nie potrafili całkiem porzucić.

Przejeżdżająca kareta ochlapała Matthew falą zabłoconej wody, przemoczywszy już i tak nasiąknięte buty. Upokorzenie niemal do niego nie dotarło. Był już na skraju parku, a znajome ulice Mayfair ciągnęły się przed nim ku Allanworth House. Ojciec z pewnością wciąż był w Carlton House, oglądał triumf Clary, może i teraz przyjmował gratulacje za swoją rolę w przyciągnięciu tak niezwykłej młodej kobiety do uwagi Księcia Regenta.

Jego ojciec. Ojciec Clary.

— Boże — wyszeptał Matthew; słowo zginęło w jednostajnym plusku deszczu. Zatrzymał się gwałtownie na środku chodnika, nie zważając na zirytowane pomruki przechodnia zmuszonego go ominąć. Pełna groza sytuacji spłynęła na niego na nowo. Żywił uczucia do własnej przyrodniej siostry, uczucia daleko wykraczające poza braterską czułość, którą powinien był do niej żywić.

Co gorsza, wciąż je czuł — nawet teraz, z wiedzą o ich prawdziwym pokrewieństwie palącą w umyśle. Wspomnienie jej uśmiechu, gracja ruchów w siodle Snowstara, błysk temperamentu, gdy beształa go za niepotrzebny rat unek... nic z tego nie straciło blasku po tym odkryciu. Jeśli już, zrozumienie więzi między nimi tylko spotęgowało jego świadomość jej osoby.

Allanworth House wyłonił się przed nim niczym zjawa zza zasłony deszczu, a znajoma fasada nie niosła ukojenia udręczonemu umysłowi. Wszedł po schodach mechanicznie, zostawiając kałuże na wypolerowanym marmurze sieni, gdy Simmons, jego kamerdyner, pośpiesznie nadbiegł z przerażeniem w oczach.

— Panie! Przemókł Pan do suchej nitki — zawołał Simmons, sięgając po przemoknięty surdut Matthew. — Natychmiast przygotuję gorącą kąpiel i może herbatę z odrobiną brandy, żeby nie złapał Pan przeziębienia.

— Żadnej kąpieli — powiedział Matthew, a jego głos zabrzmiał obco nawet dla niego samego. — Żadnej herbaty. Zostaw mnie, Simmons.

Twarz kamerdynera ściągnęła się troską. — Ale, panie, Pańskie ubranie jest doszczętnie zrujnowane. Przynajmniej pozwoli Pan pomóc sobie przebrać się w coś suchego, zanim się Pan rozchoruje.

— Powiedziałem, zostaw mnie! — Słowa wyszły ostrzej, niż Matthew zamierzał, przez co służący cofnął się z urażoną miną. Matthew westchnął i przetarł twarz dłonią.

— Wybacz, Simmons. Nie jestem dziś sobą. Potrzebuję tylko samotności. Proszę, poinformuj służbę, że nie przyjmuję żadnych gości. A mojemu ojcu powiedz... powiedz mu, że jestem w klubie.

— Jak Pan sobie życzy, panie. — Simmons skłonił się sztywno i się wycofał, nie bez ostatniego, zatroskanego spojrzenia przez ramię.

Matthew skierował się do prywatnego gabinetu, zostawiając mokre ślady na dywanach. Pokój był dokładnie taki, jak zostawił go rano — sanktuarium oprawionych w skórę woluminów i wygodnych mebli, z widokiem na ogród na tyłach domu. Zawsze to było jego ulubione miejsce w tej rezydencji — przestrzeń, w której mógł myśleć jasno, z dala od nieustannych wymagań towarzystwa i pozycji. Nawet ojciec nigdy mu tu nie przeszkadzał, szanując potrzebę prywatności.

Teraz wydawało się więzieniem — zbyt ciasnym, by pomieścić ogrom jego myśli.

Podszedł do kredensu i sięgnął po karafkę z brandy; dłoń drżała mu tak mocno, że kryształowy korek zadźwięczał o szyjkę butli. Bursztynowy płyn chlupnął nierówno do kieliszka, trochę rozlało się na wypolerowane drewno. Matthew przez moment patrzył na kałużę, śledząc, jak się rozlewa niczym prawda, którą odkrył — nie do opanowania, kiedy raz się wydostała.

Pierwszy łyk brandy wypalił mu gardło, drugi wszedł gładziej. Stanął przed kominkiem, nad którym w ciężkiej, złoconej ramie wisiał portret jego ojca. Książę Allanworth spoglądał na niego tymi samymi ciemnymi oczami, jakie Matthew widział co ranka w lustrze do golenia — ten sam prosty nos i mocny podbródek. To podobieństwo rodzinne zawsze było dla Matthew cichym powodem dumy, widoczną więzią z szlachetną linią, którą miał kiedyś odziedziczyć.

Teraz po raz pierwszy zastanowił się, kto jeszcze mógłby dzielić te rysy. Czy dlatego czuł się do niej przyciągany od pierwszego spotkania — przez nieświadome rozpoznanie wspólnej krwi?

— Boże — wymamrotał, odwracając się od portretu. Poluzował krawat palcami, które zdawały się należeć do kogoś innego, szarpiąc przemoknięty materiał, jakby go dusił. Delikatne płótno pękło, lecz prawie tego nie zauważył, odrzucając je i biorąc się za guziki kamizelki.

Zaczął krążyć — trzy kroki w jedną stronę, zwrot i powrót — jak uwięzione zwierzę szukające wyjścia. Mokre ubranie lepiło się do skóry, obcierając przy każdym ruchu, ale fizyczny dyskomfort był niemal wybawieniem — rozpraszaczem wobec zamętu w głowie.

Co powie ojcu? Co *w ogóle* mógłby powiedzieć? — *Zauważyłem, że ma Pan nieślubną córkę, o której nigdy Pan nie wspomniał. Kiedy zamierzał Pan poinformować mnie o jej istnieniu?* — A może: — *Ojcze, odkryłem, że niepokojąco pociąga mnie młoda kobieta, która najwyraźniej jest moją przyrodnią siostrą. Czy nie mógłbyś wspomnieć o tym wcześniej, zanim zrobiłem z siebie kompletnego głupca?* —

Kieliszek w dłoni był pusty. Matthew nie pamiętał, kiedy go opróżnił, ale wrócił do kredensu po dolewkę. Drugi zniknął tak szybko, jak pierwszy, a alkohol rozlał ciepło po wychłodzonym ciele, choć ani trochę nie stępił ostrych kantów myśli.

Znalazł się przy oknie, wpatrzony w smagany deszczem ogród, nie widząc go naprawdę. W głowie za to odtwarzał każde spotkanie z Clarą z drobiazgową udręką, każdy moment teraz splamiony wiedzą o ich prawdopodobnym pokrewieństwie.

Ich pierwsze spotkanie nad rzeką, gdy bezceremonialnie wsadził ją na grzbiet Ajaxa, a woda ciekła z jej złotych włosów, kiedy beształa go za niepotrzebny ratunek. Jak jej zielone oczy błyszczały oburzeniem, jak smukła, a jednak silna talia czuła się pod jego dłońmi, gdy ją podnosił. Zafascynowała go już wtedy — nie tylko urodą, ale i duchem.

Potem ich rozmowa na balu u Lady Caldwell, gdzie udawała, że go nie zna. Mieszanka irytacji i fascynacji, z jaką obserwował, jak porusza się po zawiłych wodach towarzystwa ze zdumiewającą, jak na debiutantkę, gracją. Jak celowo ją prowokował, radując się rumieńcem, który wstępował jej na policzki, kiedy wspomniał o spotkaniu nad rzeką.

Przyjęcie w ogrodzie Allanworth House, gdzie z taką pewnością i kunsztem zaprezentowała Snowstara Księciu Regentowi. Jak dumny się wtedy czuł z jej triumfu — duma, która teraz wydawała się przerażająco niestosowna. A przez cały ten czas — powolny, nieubłagany wzrost jego pociągu do niej, pociągu, który pogłębiał się z każdą kolejną odsłoną jej charakteru.

— Ona jest moją siostrą — wyszeptał do pustego pokoju, próbując tych słów, mając nadzieję, że może wypowiedzenie ich na głos osłabi ich władzę nad wyobraźnią. — Moją przyrodnią siostrą.

Słowa niczego nie zmieniły. Wspomnienie uśmiechu Clary wciąż ogrzewało mu pierś. Pamięć o jej odwadze i determinacji wciąż budziła podziw. I niech Bóg mu wybaczy — myśl o jej pięknie wciąż poruszała go w sposób, który był teraz niewyobrażalnie zły.

Matthew oparł czoło o chłodne szkło okna, zamykając oczy na wstydliwą prawdę. Nawet wiedząc to, co już wiedział, jakaś część niego wciąż jej pragnęła. Nie jak brat patrzący na siostrę z opiekuńczą czułością, ale jak mężczyzna pragnie kobiety, którą podziwia i pożąda.

Wyrwał mu się dźwięk na wpół śmiechu, na wpół jęku. Cóż to z niego za potwór? Pragnąć własnej krwi, nawet mając świadomość więzi? Wstręt do samego siebie był namacalny, jak trucizna burzył mu żołądek.

— To się kończy teraz — powiedział głośno, prostując się z rozmysłem. — Cokolwiek czułem, cokolwiek mogło się między nami rodzić — dziś się kończy.

Oddali się od Clary, będzie unikał jej towarzystwa, ilekroć to możliwe. Gdy nieuniknione obowiązki towarzyskie zetkną ich ze sobą, będzie uprzejmy, lecz zdystansowany — nie da jej powodu, by pomyślała, że darzy ją szczególnym zainteresowaniem. Skieruje uwagę gdzie indziej, może nawet ku Lady Virginie, której zainteresowanie nim było aż nadto czytelne. Byle tylko przeciąć niestosowną więź, zanim zapuści głębsze korzenie.

A jego ojciec... Szczęka Matthew stężała na myśl o księciu. Na to starcie nie był jeszcze gotów. Zbyt wiele pytań, zbyt wiele gniewu i konfuzji mąciło mu myśli. Lepiej poczekać, poobserwować, może zebrać więcej dowodów, zanim zdecyduje, czy ujawnić swoją wiedzę.

Gdy Matthew zmagał się ze swoimi myślami, zapadła noc, a deszcz zelżał do łagodnego stukotu o szyby. Ogród tonął teraz w ciemności, widoczny tylko jako niewyraźne kształty w mroku. Matthew wpatrywał się w skrawek nieba między rozstępującymi się chmurami; wąski sierp księżyca wyłaniał się, by rzucić blade światło na mokre liście.

— Ojcze — wyszeptał, a słowo było zarazem błaganiem i oskarżeniem — co ty uczyniłeś?

Z milczącego domu nie nadeszła żadna odpowiedź, tylko ciche tykanie zegara odmierzało upływ czasu, którego nie dało się cofnąć ani przywrócić prostszego życia, jakie znał przed tym dniem. Zanim odkrył, że kobieta, która zaczynała podbijać mu serce, jest mu zakazana przez najbardziej pierwotne i nienaruszalne tabu.

Jutro zacznie bolesny proces wygaszania uczuć do Clary Bell. Dziś pozwolił sobie na ostatnią chwilę uznania — jedno, ostatnie, szczere przyznanie, co mogłoby być, w innym życiu, w którym nie wiązała ich krew.

Potem, z postanowieniem zrodzonym z konieczności, nie z pragnienia, Matthew odwrócił się od okna i ku przyszłości, która nagle zwęziła się tak, by wykluczyć jedyną osobę, która w ostatnich tygodniach rozświetlała ją obietnicą.

Rozdział szósty

PAŹDZIERNIK 1812

CLARA BELL STAŁA PRZY stole z przekąskami na balu u markizy Hertford, z plecami wyprostowanymi i brodą uniesioną w nienagannej postawie, którą wpajano jej od dzieciństwa. W jej odzianej w rękawiczkę dłoni lekko spoczywał kryształowy kieliszek ratafii, gdy obserwowała, jak Lord Whitmore prowadzi Lady Virginie de Mortimer przez zawiłe figury walca. Jego ciemna głowa pochylała się blisko głowy Virginie, a ich ruchy były tak idealnie zsynchronizowane, jakby tańczyli razem od lat... i zapewne tak było, biorąc pod uwagę, że byli sąsiadami. Clara wzięła miarowy łyk, usiłując zachować przyjemnie neutralny wyraz twarzy mimo osobliwego ucisku rozlewającego się po jej piersi.

Dłoń Matthew spoczywała na wąskiej talii Virginie, palce rozpostarte w posiadawczym geście na bladobłękitnym jedwabiu jej sukni. Pochylił się bliżej, jego usta niemal musnęły misternie upięte sploty jej ciemnych włosów, gdy wyszeptał coś, co wywołało u niej śmiech — jasny i dźwięczny. Ten poufały gest sprawił, że rumieniec gorąca powoli wspiął się po szyi Clary, zdradzając fizycznie emocje, które postanowiła skrywać.

Jej palce niemal niedostrzegalnie mocniej zacisnęły się na delikatnej nóżce kieliszka. Jakie miała prawo czuć tę pustkę w środku? Lord Whitmore niczego jej nie był winien — z pewnością nie swojej uwagi czy względów. A jednak jego nagła oziębłość po tygodniach pozornie celowego zabiegania o nią wprawiła ją w osłupienie. Zmiana nastąpiła gwałtownie — jego zachowanie z serdecznego zainteresowania przeszło w chłodną uprzejmość niemal z dnia na dzień.

— Miss Bell — odezwał się tuż przy jej łokciu miły głos. — Cóż za szczęście zastać panią niezaangażowaną. Pragnąłem porozmawiać z panią przez cały wieczór.

Clara odwróciła się, układając rysy w powitalny uśmiech, gdy witała lorda Carrowaya. — To z pana strony bardzo łaskawe, milordzie. Mam nadzieję, że bawi się pan doskonale?

— Niezmiernie, odkąd panią odnalazłem — odparł, a jego przystojna twarz rozjaśniła się wyraźną radością na jej uznanie. — Czy mogę przynieść pani świeży kieliszek? Zdaje się, że ten już się kończy.

— Dziękuję, ale ten wystarczy — odpowiedziała Clara, a jej uśmiech nie całkiem sięgnął oczu, gdy zerknęła poza jego ramię na tańczących Matthew i Virginie. — Dziś wieczór nie bardzo chce mi się pić.

Lord Carroway podążył za jej spojrzeniem, z zamyśloną miną. — Lady Virginie robi dziś niemałe wrażenie, prawda? Muszę jednak przyznać, że jej partner wydaje się niezwykle czymś zaprzątnięty.

Clara zmusiła się, by odwrócić wzrok od tańczącej pary. — Nie zauważyłam — skłamała gładko. — Sądzę jednak, że bardzo dobrze się uzupełniają.

— Doprawdy? — Lord Carroway spojrzał na nią z żywym zainteresowaniem. — To nie jest wrażenie, jakie dotąd wyniosłem z pani opinii.

Zanim Clara zdołała sformułować odpowiedź na to aż nazbyt przenikliwe spostrzeżenie, ostry głos przeciął ich rozmowę jak ostrze tkaninę z jedwabiu.

— Lordzie Carroway, jakże miło pana widzieć. Persephone właśnie mówiła, jak bardzo chciałaby znów z panem zatańczyć!

Przed nimi stanęła wdowa hrabina Pemberton, jej szczupłą sylwetkę opinała bezlitośnie szara jedwabna suknia, która w niczym nie łagodziła surowości rysów. Clara rozpoznała Lady Pemberton z poprzednich spotkań — żadne z nich nie należało do szczególnie przyjemnych. Lady Pemberton była, jak wiedziała, ciotką Lorda Whitmore'a, siostrą jego zmarłej matki. Clara zastanowiła się przelotnie, czy matka Matthew była równie wyniosła i surowa, po czym odrzuciła tę myśl jako niegodną. Takie cechy nie są dziedziczne! Wystarczyło spojrzeć na córkę

Lady Pemberton, Lady Persephone, która była przeciwieństwem matki — pulchna, podczas gdy Lady Pemberton była chuda, cicha, gdy tamta była głośna, i miła tam, gdzie starsza dama bywała często rozmyślnie okrutna.

— Lady Pemberton — skłonił się lord Carroway. — Miss Bell i ja właśnie rozmawialiśmy o tańcach. Być może będę miał przyjemność poprosić Lady Persephone do tańca później tego wieczoru?

Cienkie usta Lady Pemberton zacisnęły się w wyraźnej niechęci. — Oczywiście. Śmiem jednak twierdzić, że Miss Bell wolałaby raczej patrzeć, niż uczestniczyć w takich rozrywkach.

Clara poczuła, jak policzki oblewa jej ciepło, lecz zachowała spokojny wyraz twarzy. — Uważam, że obserwacja to nader cenna umiejętność, Lady Pemberton — odparła. — Wystarczy patrzeć, aby tyle nauczyć się o charakterze i intencjach.

— Istotnie — przytaknęła starsza dama z uśmiechem chłodnym jak styczniowy szron. — Choć sądzę, że są sprawy, których nawet najbaczniejsza obserwacja nie zdoła przezwyciężyć. Krew, na przykład. Jakość rodu. — Rzuciła wymowne spojrzenie ku parkietowi, gdzie Matthew prowadził właśnie Virginie przez szczególnie złożoną figurę. — Przyszła księżna musi mieć nienaganne pochodzenie, czyż nie? Książę Allanworth nie spodziewa się niczego mniej dla swego syna i dziedzica.

Wyrachowana złośliwość tych słów ugodziła Clarę niczym cios, choć na jej twarzy nie drgnął żaden mięsień. — Sądzę, że książę, jak każdy ojciec, ponad wszystko życzyłby synowi szczęścia — odparła, a jej głos pozostał równy mimo nagłej suchości w gardle.

— Szczęścia? — Lady Pemberton wydała z siebie krótki, kruchy śmiech. — Droga Miss Bell, małżeństwa w naszym świecie aranżuje się dla korzyści i sojuszy, nie z powodu uczuć. Lord Whitmore doskonale zdaje sobie z tego sprawę. — Zwróciła się do lorda Carrowaya z nagłą zmianą tonu: — A teraz, milordzie, koniecznie musi pan zatańczyć z Persephone.

Gdy Lady Pemberton odprowadziła niechętnego lorda Carrowaya, Clara wzięła uspokajający oddech. Walc dobiegał końca, pary rozchodziły się po sali balowej. Matthew z należytą uprzejmością odprowadził Virginie do jej kręgu adoratorów, z dłonią na drobnym odcinku jej pleców, z twarzą poważną, lecz uważną. Gdy przechodzili blisko stołu z napojami, jego ciemne oczy na moment mignęły po twarzy Clary, po czym znów odwróciły się — uznanie tak zdawkowe, że w istocie trudno je było tak nazwać.

Clara bardziej poczuła, niż zobaczyła, że zbliża się Theresa — znajoma lawendowa woń jej przybranej matki dotarła do niej chwilę przed tym, jak delikatna dłoń dotknęła jej ramienia.

— Czy wszystko w porządku, kochanie? — zapytała Theresa, jej brązowe oczy zmiękły troską. — Wyglądasz na bladą.

— Wszystko doskonale — zapewniła ją Clara, przywołując uśmiech. — Chyba tylko trochę mi gorąco. Dziś wieczór jest tu dość tłoczno.

Theresa podążyła za spojrzeniem Clary, ku Matthew, który nalewał właśnie kieliszek szampana dla Virginie, pochylony ku niej uważnie, gdy przyjmowała go z olśniewającym uśmiechem. — Lord Whitmore wydaje się ostatnio bardzo oczarowany Lady Virginie — zauważyła ostrożnie.

— Na to wygląda — przyznała Clara, zachowując lekki ton. — Stanowią urodziwą parę.

Zanim Theresa zdążyła odpowiedzieć, sama Virginie odwróciła się od Matthew i podeszła do nich, szafirowe oczy błyszczały ekscytacją, a jedna odziana w rękawiczkę dłoń ujęła rękę Clary w geście, który wyglądał na szczerą czułość.

— Clara, najdroższa! — zawołała. — Szukałam cię wszędzie. Czyż ten bal nie jest po prostu boski? Szampan jest wyjątkowo wyśmienity. — Pochyliła się bliżej, ściszając głos do poufnego szeptu: — Whitmore jest ostatnio taki uważny. Czyż to nie cudowne? Jutro eskortuje mnie na musicale w Devonshire House, a Mama mówi, że dwa razy w tym tygodniu złożył nam wizytę, choć za każdym razem byłam u modystki.

Clara poczuła, jak w żołądku osiada coś zimnego i ciężkiego, ale wyczarowała entuzjastyczny uśmiech. — Jakże to dla ciebie miłe, Virginie. Lord Whitmore jest powszechnie podziwiany.

— Prawda? — Oczy Virginie błyszczały triumfem marnie skrytym pod dziewczęcą ekscytacją. — Między nami mówiąc, Papa odbył już nader interesującą rozmowę z księciem. Oczywiście nic formalnego, ale... — Ścisnęła dłoń Clary nieco zbyt mocno. — Wiem, że nie znamy się długo, ale mam nadzieję, że będziesz przy mnie, gdy przyjdzie pora.

Clara przełknęła gulę w gardle i zachowała ciepło zaciekawiony wyraz twarzy. — Jesteś zbyt uprzejma, Virginie. Ale czyż takie rozmowy nie są jeszcze przedwczesne?

— Być może — przyznała Virginie z tajemniczym uśmiechem. — Choć Whitmore powiedział podczas tańca coś bardzo interesującego. Wspomniał, że dżentelmen w pewnym momencie musi rozważyć obowiązki wobec tytułu i rodu. Czyż to nie właśnie ten rodzaj wypowiedzi, gdy panom zaczyna chodzić po głowie małżeństwo?

— Nie śmiałabym interpretować słów Lorda Whitmore'a — odparła Clara, a jej głos pozostał spokojny mimo pustego bólu, który znów rozlał się po piersi.

— Oczywiście, kochanie — zgodziła się Virginie, poklepując dłoń Clary. — Och, widzę, że Whitmore zdobył więcej szampana. Muszę iść. Odpocznie ze mną przy następnym secie! — Po raz ostatni ścisnęła palce Clary i odpłynęła, a jedwab jej spódnic zalśnił w eleganckim wirze.

Clara patrzyła, jak odchodzi, starannie zachowując miły wyraz twarzy, choć fala bólu obmyła jej serce. Jakiekolwiek krótkie porozumienie, które sobie wymarzyła między sobą a Matthew, było najwyraźniej jednostronnym urojeniem, głupią mrzonką utkaną ze chwil, które dla niego nic nie znaczyły.

— Clara — powiedziała łagodnie Theresa — może wyjdziemy na taras? Świeże powietrze dobrze ci zrobi.

Clara skinęła głową, pozwalając, by Theresa poprowadziła ją ku przeszklonym drzwiom prowadzącym na taras. Przeciskając się przez tłum, uchwyciła jeszcze ostatnie spojrzenie na Matthew — jego ciemna głowa pochylała się ku Virginie, wyraz twarzy był poważny i skupiony. Przez ułamek sekundy jego oczy uniosły się i spotkały spojrzenie Clary po drugiej stronie zatłoczonej sali. W ich głębi zamigotało coś, emocja, której nie potrafiła nazwać, nim znów odwrócił wzrok, ginąc dla niej w wirze jedwabi i światła świec.

W ciągu kolejnych dwóch tygodni Clara Bell tańczyła więcej niż przez całe dotychczasowe życie. Jej karta taneczna była pełna na każdym balu, a jej towarzystwa poszukiwali kolejno rozmaici krezusi i kawalerowie, których imiona i twarze zaczynały stapiać się w jedno w wirze białych rękawiczek i oficjalnych ukłonów. Śmiała się z ich dowcipów, należycie odpowiadała na komplementy i poruszała się po zawiłych figurach kontredansów i walców z tą samą doskonałą kontrolą, jaką wykazywała w siodle. Jeśli uśmiechy nie do końca sięgały jej oczu, a śmiech brzmiał krucho, jak nie brzmiał wcześniej — nikt zdawał się tego nie dostrzegać, a przynajmniej nikt o tym nie wspominał. Świat widział tylko to, co chciał widzieć: dziewczynę na białym koniu, faworyzowaną przez księcia regenta, przeżywającą triumfalny Sezon.

Lord Carroway pozostawał stałą obecnością, a jego względy stawały się coraz wyraźniejsze z każdym dniem. Przesyłał kwiaty do domu przy Hanover Square, prosił ją o te same tańce na każdym balu, a dwa razy tak ułożył sprawy, by jechać obok niej podczas mody w Hyde Parku.

Był przystojny, świetnie ustosunkowany, z fortuną i tytułem — wszystkim, czego młoda dama mogłaby chcieć od zalotnika. Clara uważała go za miłe towarzystwo: rozmowa była inteligentna, lecz nienachalna, maniery nienaganne. Jeśli serce nie przyspieszało jej na jego widok, a dotknięcie jego dłoni w rękawiczce nie poruszało jej, mówiła sobie, że to wyłącznie kwestia czasu i oswojenia.

Mimo jednak upartego skupiania uwagi na innych panach, Clara nie mogła nie zauważać Lorda Whitmore'a i Lady Virginie na każdym przyjęciu. Bywali niemal nieodłączni — jego wysoka sylwetka jak cień przy świetlistej obecności Virginie. Clara chwytała ich spojrzeniem w przelotnych migawkach po drugiej stronie zatłoczonych sal: Matthew pochylony, by coś wyszeptać do ucha Virginie; dłoń Virginie swobodnie spoczywająca na jego ramieniu; ich głowy zbliżone w poufnej rozmowie. Każdy taki obraz przeszywał pierś Clary ostrym ukłuciem, bólem tak namacalnym, że musiała go maskować wyćwiczonym uśmiechem i ożywioną pogawędką z akurat przypadającym jej w udziale partnerem.

Pewnego szczególnie miłego wtorkowego wieczoru Clara znalazła się na muzycznym wieczorku u Lady Wexford — kameralnym spotkaniu, bardziej intymnym niż huczne bale i kolacje wypełniające większość wieczorów. Salon w domu Wexfordów urządzono pod kątem występu: rzędy złoconych krzeseł zwrócone były ku wspaniałemu fortepianowi ustawionemu przed wysokimi oknami, z których roztaczał się widok na niewielki, lecz przepięknie utrzymany ogród. Kryształowe żyrandole rzucały ciepły blask na zgromadzonych gości, a liczne ozdobne lustra odbijały światło, tworząc iluzję nieskończonej przestrzeni.

Clara siedziała obok Theresy, jej bladozielona suknia była świadomym wyborem — stonowanej elegancji zamiast ostentacji. Włosy upięto prosto, lecz twarzowo, a szyję zdobił pojedynczy sznur pereł należących niegdyś do jej matki, Elizabeth Bell, tragicznie zmarłej siostry Sir Richarda. Ten naszyjnik był jednym z nielicznych materialnych śladów po kobiecie, która dała jej życie, i Clara nosiła go niczym talizman w wieczory, gdy szczególnie potrzebowała siły.

Młoda dama o skromnym talencie wykonywała dość ambitny utwór Mozarta, a jej palce od czasu do czasu potykały się na trudniejszych pasażach. Uwaga Clary odpłynęła od muzyki, a spojrzenie zaczęło błądzić po zgromadzonych. Matthew siedział trzy rzędy przed nią — jego szerokie ramiona były nie do pomylenia nawet od tyłu. Obok niego Virginie olśniewała w sukni w kolorze głębokiego różu, który idealnie podkreślał jej ciemne włosy. Gdy Clara patrzyła, Virginie nieznacznie pochyliła się ku Matthew, a wachlarz skrył ich wymianę zdań przed ciekawskimi. Cokolwiek powiedziała, sprawiło, że skinął głową, jego profil na moment ukazał się wyraźnie, nim znów zwrócił się ku wykonaniu.

Z wysiłkiem Clara oderwała wzrok, tylko po to, by dostrzec samotną postać na końcu tego samego rzędu. Lady Persephone Pemberton, córka srogiej wdowy hrabiny, siedziała sama, mimo tłoku. Jej pulchną sylwetkę zdobiła elegancka bladozielona suknia, która podkreślała jasną cerę, a lśniące brązowe loczki ułożono bardzo twarzowo — jednak było w jej postawie coś, co zdradzało skrępowanie, pragnienie, by pozostać niezauważoną.

Clara spotykała Lady Persephone wcześniej na różnych przyjęciach, lecz nieodmiennie w cieniu matki, której cięte uwagi i jawne rozczarowanie córką stawiały niemal widzialną barierę między Persephone a potencjalnymi znajomymi. Teraz, widząc samotność młodszej kobiety, Clara poczuła ukłucie współczucia. Gdy występ dobiegł końca, a goście poderwali się, by mieszać się towarzysko w przerwie przed następnym muzykiem, Clara świadomie postanowiła podejść do Lady Persephone zamiast dołączyć do kręgu gromadzącego się wokół Lady Virginie przy stole z napojami.

— Lady Persephone — zwróciła się z ciepłym uśmiechem, zbliżając się do wciąż siedzącej młodej damy. — Miałyśmy mało okazji, by się poznać, a jeśli zechce pani mi to umożliwić, chciałabym to nadrobić. Przedstawiono nas sobie, lecz na wypadek gdyby pani nie pamiętała — nazywam się Clara Bell.

Persephone uniosła wzrok, a w jej jasnoniebieskich oczach pojawiło się zdziwienie. — Miss Bell, oczywiście. Wszyscy wiedzą, kim pani jest. — Jej głos był miękki, niemal nieśmiały, ale miała w nim przyjemną nutę, która zachęcała do rozmowy. — Dziewczyna na białym koniu.

Clara zaśmiała się lekko. — Obawiam się, że Snowstar całkiem mnie przyćmił, co jest sprawiedliwe — jego talenty daleko przewyższają moje.

— Wątpię w to bardzo — odparła Persephone, a w jej ton wkradła się niespodziewana stanowczość. — Konie, choćby i najzdolniejsze, rzadko szkolą się same. — Rumieniec lekko oblał jej policzki. — Proszę wybaczyć, to było dość bezpośrednie.

— Skądże — zapewniła ją Clara, siadając na wolnym miejscu obok Persephone z porozumiewawczym uśmiechem. — Wolę rozmowy wprost nieskończenie bardziej od zwyczajowej wymiany grzeczności, które nic nie znaczą.

Twarz Persephone rozjaśniła się. — Ja także, choć Mama uważa to za moją największą wadę. „Dama powinna mówić tylko po to, by pochwalić lub zapytać o zdrowie" — powtarza mi często. — „Wszystkie inne tematy lepiej zostawić panom".

Tak doskonale odwzorowała surowy ton Lady Pemberton w tym wywodzie, że Clara nie zdołała powstrzymać śmiechu. Persephone dołączyła do niej, a jej zaraźliwy chichot przemienił twarz z po prostu ładnej w prawdziwie ujmującą.

— Pozwolę sobie nie zgodzić się z panią matką — rzekła Clara, gdy ich śmiech ucichł. — Najciekawsze rozmowy prowadziłam z damami, które były gotowe wyrażać własne poglądy.

— W takim razie zapowiada się, że będziemy się doskonale rozumieć — orzekła Persephone — bo mam mnóstwo opinii i większość z nich Mama uznaje za całkowicie niestosowne.

Rozmowa potoczyła się potem zaskakująco gładko — rozmawiały o książkach, które czytały, muzyce, którą lubiły, i o spostrzeżeniach dotyczących trwającego Sezonu. Persephone miała bystry dowcip, który najwyraźniej tłumiła w oficjalnych okolicznościach, a Clara szczerze bawiła się przenikliwymi uwagami młodszej damy o rozmaitych osobistościach towarzyskich.

— Mój kuzyn Matthew zdaje się bardzo oczarowany Lady Virginie — zauważyła Persephone podczas pauzy w rozmowie, ostrożnie obserwując twarz Clary. — Choć zastanawiam się, czy on naprawdę wie, w co się pakuje.

Clara z wysiłkiem utrzymała miły wyraz twarzy, choć nie zdołała powstrzymać lekkiego napięcia ramion. — Wydają się do siebie pasować — odparła dyplomatycznie. — Lady Virginie jest bardzo utalentowana, a jej rodzina należy do pierwszej rangi.

— Tak, Westbourne'owie są niezmiernie dumni ze swego rodu — przyznała Persephone. — Niemal tak bardzo, jak z urody córki. Od lat celują w koneksję z rodem książęcym. — Zawahała się, po czym ściszyła głos: — Choć między nami, nie jestem całkiem przekonana, że serce Matthew jest w to zaangażowane.

Clara poczuła drobne trzepotanie czegoś niebezpiecznie podobnego do nadziei, które natychmiast stłumiła. — Uczucia Lorda Whitmore'a są jego własną sprawą — odparła ostrożnie. — Ja jestem jedynie znajomą.

Błękitne oczy Persephone były aż nazbyt przenikliwe. — Naprawdę? Doprawdy osobliwe. Odniosłam zgoła inne wrażenie po tym, jak obserwował panią w zeszłym tygodniu w Almack's, kiedy tańczyła pani z Lordem Carrowayem.

Clara mrugnęła ze zdumienia. — Obawiam się, że Pani się myli, Lady Persephone. Lord Whitmore nie okazywał żadnego szczególnego zainteresowania moimi zajęciami.

— Proszę, niech pani mówi mi Persephone, albo nawet Seph, jak moi bracia — odezwała się młodsza kobieta z ciepłym uśmiechem. — I rzadko mylę się w takich sprawach. Mogę być cicha, ale wiele obserwuję. To jedna z zalet bycia pomijaną na spotkaniach towarzyskich, wie pani, niczym część umeblowania.

— Trudno mi uwierzyć, by ktokolwiek mógł panią nie dostrzec — odparła szczerze Clara.

Persephone roześmiała się. — To dlatego, że patrzy pani najwyraźniej na charakter, a nie na figurę. Brylanty ton są smukłe i pełne wdzięku jak Lady Virginie, a ja jestem... — wskazała swoją pulchniejszą sylwetkę — raczej bardziej „konkretna". Moja matka rozpacza, że nie znajdzie mi męża, ale uparcie próbuje, dlatego jesteśmy w Londynie, a nie w naszej wiejskiej posiadłości, gdzie byłabym o wiele szczęśliwsza z moimi książkami i malowaniem.

Clara poczuła, że z miejsca zaczyna lubić tę bezpośrednią młodą kobietę. — Myślę, że wielu dżentelmenów uznałoby pani szczerość za orzeźwiającą po wieczorze wyuczonych cmokierstw i wyreżyserowanych komplementów.

— Wie pani — powiedziała Persephone, pochylając się konspiracyjnie — Lady Jersey powiedziała mojej matce w zeszłym tygodniu, że młoda dama powinna ograniczać się do pięciu tematów rozmowy: pogody, tłoku na danym przyjęciu, jakości muzyki, zamiłowania do wsi i swojej ostatniej obecności na nabożeństwie. Wszystko poza tym uznaje się za niebezpiecznie intelektualne i mogące spłoszyć potencjalnych zalotników.

Clara znowu się roześmiała, absolutnie zachwycona dowcipem Persephone. — Cóż za znakomita rada.

Postaram się na następnym balu sprawiać wrażenie możliwie najbardziej miałkiej.

— Och, aleź nie powinna pani — rzekła Persephone z udawaną powagą. — Już wyróżniła się pani swoimi umiejętnościami jeździeckimi. Na odwrót jest już stanowczo za późno, by wycofać się w ramy poprawnego konwenansu.

Ich wspólny śmiech stworzył małą bańkę szczerego ciepła w tym skądinąd formalnym zgromadzeniu. Po raz pierwszy od tygodni Clara poczuła, że wracają jej dawne siły ducha. Było w tym coś ogromnie kojącego — odnaleźć pokrewną duszę pośród sztucznej wesołości Sezonu, kogoś, kto przenika przez wypolerowane fasady do rzeczywistości pod spodem.

Gdy kolejny wykonawca zajął miejsce przy pianoforte, Persephone szepnęła: — Spotkamy się jutro na herbacie? Mam tyle spostrzeżeń o absurdach towarzystwa, że aż pękam, by podzielić się nimi z kimś, kto potrafi je docenić.

Clara skinęła głową, a jej twarz rozjaśnił szczery uśmiech. — Bardzo bym tego chciała.

Wróciła na swoje miejsce obok Theresy z lżejszym sercem, niż miała od tygodni. Niespodziewana przyjaźń z Persephone może i nie uleczy bólu, jaki sprawiło oddalenie Matthew, ale była balsamem prawdziwej więzi w świecie, który zbyt często przedkładał pozór nad treść.

Jesień malowała Hyde Park rdzawymi i złotymi barwami, poranne światło filtrowało przez do połowy ogołocone gałęzie, cętkami cienia i słońca rysując przed Clarą zmieniające się wzory na ścieżce. Jej oddech lekko parował w rześkim powietrzu, gdy prowadziła Guinevere równym kłusem, a kopyta karej klaczy wybijały rytmiczny takt na ubitej ziemi. Było dość wcześnie, by park pozostawał w dużej mierze wolny od modnych jeźdźców, choć Clara dostrzegła kilku zaprawionych koniarzy w pobliżu Serpentine, okutanych w surduty i szale przeciw chłodowi. Za nią jechał stajenny z wynajętego domu — konieczny dla zachowania pozorów przyzwoitości — choć Clara tego ranka wolałaby samotność.

Nie zamierzała kontynuować tych lekcji z Virginie. Po ich rozmowie na balu u Hertfordów i po własnych obserwacjach rosnącej zażyłości Virginie z Matthew, Clara postanowiła znaleźć wymówkę, by zdystansować się od tej pięknej, wyrachowanej młodej kobiety, która jakby była zdeterminowana zdobyć przyszłego księcia Allanworth za męża. A jednak, gdy nadeszła notatka od Virginie, błagająca o pomoc Clary przed pokazem jazdy w posiadłości Lorda Pembertona w kolejnym miesiącu, Clara nie potrafiła odmówić. Virginie wprowadziła Clarę do swojego kręgu towarzyskiego, traktowała ją jak równą sobie — a to rodziło dług. Wspomnienia nauk ojca o honorze i obowiązku zabrzmiały w niej czysto, i tak oto zbliżała się do umówionego miejsca spotkania przy wschodnim wejściu do parku.

Virginie czekała pod rozłożystym dębem, którego liście przybrały głęboki, miedziany odcień, stanowiąc uderzające tło dla jej pełnej elegancji sylwetki. Miała na sobie strój do jazdy w głębokiej, leśnej zieleni, a bogaty materiał opinał jej smukłą figurę w sposób, który zdołał być jednocześnie skromny i ponętny. Ciemne włosy były starannie upięte pod małym kapelusikiem zdobionym pojedynczym zielonym piórkiem, idealnie dobranym do habitu. Obok stał Pegasus — gniady wałach, wyglądający znacznie spokojniej niż podczas ich pierwszego spotkania, choć jego uszy wciąż nerwowo zadrgały na drobne dźwięki.

— Clara, kochanie! — zawołała Virginie, machając w powitaniu odzianą w rękawiczkę dłonią. — Jakżeż pani punktualna. Jestem wręcz rozpaczliwie spragniona pani wskazówek. Wystawa już za cztery tygodnie, a ja pragnę pokazać się z dobrej strony.

Clara zgrabnie zeskoczyła, oddając wodze Guinevere stajennemu, po czym podeszła bliżej. — Dzień dobry, Virginie. Pegasus dziś wygląda dobrze.

— I powinien, biorąc pod uwagę fortunę wydaną na jabłka i cukier, którymi go przekupuję — odparła Virginie ze śmiechem. — Choć sądzę, że większy efekt przyniosła pani rada, by mówić spokojnie i poruszać się rozmyślnie. Zdaje się, że już mniej go przerażam.

— Konie reagują na pewność siebie — powiedziała Clara, przesuwając wprawną dłonią po szyi Pegasusa. —

Wyczuwają strach lub niepewność u jeźdźca i same się wtedy denerwują.

— Jak dżentelmeni — zauważyła Virginie z figlarnym uśmiechem. — Oni również wolą damę, która wie, czego chce.

Clara postanowiła zignorować tę uwagę i skupiła się na zadaniu. — Zaczynamy? Pomyślałam, że dziś popracujemy nad pani postawą. Sędziowie na pokazie najpierw patrzą na to, czy jeździec prawidłowo siedzi, zanim wezmą pod uwagę bardziej zaawansowane umiejętności.

Przez następny kwadrans Clara demonstrowała właściwą postawę, pokazując Virginie, jak ustawić barki i kręgosłup, jak utrzymywać kontakt siodłem i udami, jednocześnie trzymając dłonie miękkie i responsywne na wodzach. To był dla Clary znajomy grunt — wyszkoliła wielu młodych jeźdźców w Belle Haven — i z wdzięcznością weszła w rolę instruktorki, wdzięczną za jej jasne granice i oczekiwania.

— Proszę trzymać ramiona cofnięte, ale rozluźnione — instruowała, gdy Virginie prowadziła Pegasusa po kole wokół niej. — Niech pani pomyśli o niewidzialnej nici, która ciągnie do góry od czubka głowy. Tak, o wiele lepiej.

— To jest dość nienaturalne — poskarżyła się Virginie, poruszając się w siodle. — I czy ktokolwiek zauważy tak drobne szczegóły?

— Sędzia z pewnością — odparła Clara. — A co ważniejsze, zauważa Pegasus. Czuje pani, jak porusza się swobodniej, gdy pani ciężar jest właściwie rozłożony? Jak szybciej odpowiada na pomoce?

Wyraz twarzy Virginie przeszedł od zwątpienia do zaskoczenia, gdy gniady rzeczywiście poruszył się płynniej, wydłużając wykrok, kiedy poprawiła swoją pozycję. — Och! Rozumiem, co pani ma na myśli. To tak, jakby czytał moje myśli wyraźniej, kiedy siedzę w ten sposób.

— Właśnie tak — przyznała Clara. — Teraz popracujmy nad ułożeniem dłoni. Wodze trzeba trzymać tak oto, z kciukami na wierzchu, a małymi palcami pod spodem; proszę nigdy nie pozwalać, by nadgarstki zwijały się do środka. Prosta linia od łokcia do wędzidła...

Właśnie demonstrowała prawidłowe ułożenie, gdy dobiegł ją dźwięk zbliżających się kopyt. Clara podniosła wzrok i ujrzała znajomego gniadego folbluta i równie znajomego jeźdźca, podjeżdżającego w kontrolowanym kłusie z podniesieniem. Matthew Whitmore siedział na Ajaxie z niewymuszoną swobodą naturalnego jeźdźca, jego szerokie ramiona rysowały się pod idealnie skrojonym surdutem do jazdy, a silne uda opinały bryczesowe spodnie z zamszu. Serce Clary wykonało zdradliwy, mały podskok na jego widok — odruch, którego nie potrafiła ani powstrzymać, ani kontrolować.

— Whitmore! — zawołała Virginie, a w jej głosie zabrzmiała radosna nuta. — Co za urocza niespodzianka!

Matthew zatrzymał Ajaxa obok nich, z opanowaną miną uchylił kapelusza na powitanie. — Lady Virginie, panno Bell. Wyśmienity poranek na jazdę.

— Prawda, że tak? — zgodziła się Virginie, posyłając mu promienny uśmiech. — Clara jest absolutnie nieoceniona w przygotowaniach do pokazu w Pemberton Park. Ma pan nadzieję przybyć? Książę już przesłał akceptację, o ile mi wiadomo.

— Istotnie, będę tam — nie mógłbym przegapić wydarzenia w posiadłości mojego kuzyna — odparł Matthew, a jego spojrzenie wreszcie przeniosło się na Clarę. — Panno Bell. Widać, że jest pani znakomitą instruktorką. Doskonałość dosiadu Lady Virginie znacząco się poprawiła od ostatniego razu, gdy obserwowałem jej jazdę.

— Panna Bell to cudotwórczyni, jeśli chodzi o konie — wtrąciła Virginie, nim Clara zdołała odpowiedzieć. — Choć nie do końca wierzę, że jej metody nie są jakąś formą magii. Przysięgam, że Pegasus pod jej okiem zamienia się w zupełnie inne zwierzę.

Clara zachowała spokój siłą woli i odparła równym głosem: — Nie ma w tym magii, tylko konsekwentne postępowanie i jasna komunikacja. Konie dobrze reagują na pewność i stałość.

— Cechy, które Lady Virginie szybko w sobie rozwija — zauważył Matthew, a jego ciemne oczy, gdy na moment spoczęły na twarzy Clary, pozostały nieczytelne, po czym wróciły do Virginie. — Postępy są naprawdę imponujące.

Virginie aż rozpromieniała na ten komplement, jej kręgosłup wyprostował się dokładnie tak, jak Clara usiłowała ją zachęcić przez ostatni kwadrans. — Naprawdę pan tak uważa? Pragnę wypaść dobrze na pokazie. Może i pan mógłby mi doradzić? Clara była niezwykle pomocna, ale męska perspektywa byłaby bardzo cenna. Proszę, bądź pan tak dobry, popatrz i powiedz, co pan sądzi!

Clara kontynuowała lekcję z zewnętrznym spokojem, demonstrując prawidłowe przejścia między chodami, podczas gdy Matthew przyglądał się z grzbietu Ajaxa. Jej głos pozostawał pewny, wskazówki jasne i precyzyjne, nie zdradzając burzy emocji, która szalała pod chłodną powierzchownością. Jego bliskość przy jednoczesnym dystansie była wyszukaną torturą, której nie przewidziała, zgadzając się na tę lekcję, choć może powinna była. Virginie zdawała się nader chętnie obnosić ze swoim triumfem.

— Zrozumiałam, że pokaz obejmie krótki tor z przeszkodami — powiedziała Virginie, prowadząc Pegasusa przez serię skrętów. — Nic zbyt trudnego, rzecz jasna, ale muszę przyznać, że trochę mnie to peszy. Może pokazałaby mi pani właściwe podejście, Claro? A Whitmore mógłby obserwować i coś zasugerować?

— Oczywiście — zgodziła się Clara. — Kluczem jest utrzymanie równego rytmu dojazdu — bez pośpiechu i bez wahania.

Kiedy Clara dosiadała Guinevere, by zademonstrować, czuła na sobie spojrzenie Matthew, śledzące każdy jej ruch. Było w jego wyrazie coś, czego nie potrafiła do końca odczytać — złożoność wykraczająca poza grzeczne zainteresowanie, jakie okazywał od czasu nagłego wycofania się z ich znajomości.

— Najpierw pokażemy z Guinevere — wyjaśniła Clara, zbierając wodze. — Proszę obserwować, jak ustawiam ciało w dojeździe, w skoku i po lądowaniu.

Guinevere odpowiedziała przepięknie, gdy Clara poprowadziła karą klacz ku niskiemu żywopłotowi stanowiącemu naturalną przeszkodę; potężny zad wyniósł je w gładkiej, płynnej paraboli, tak naturalnej dla Clary jak oddech. W tej krótkiej chwili, zawieszona w powietrzu na grzbiecie zaufanego wierzchowca, Clara poczuła błysk prawdziwej radości, przypomnienie, czemu jeździectwo zawsze dawało jej ukojenie.

— Przepięknie — powiedział cicho Matthew, gdy wróciła do miejsca, gdzie czekali z Virginie.

Coś w jego tonie — ciepło, którego brakowało w ich ostatnich rozmowach — sprawiło, że Clara spojrzała na niego gwałtownie. Przez ułamek chwili ich spojrzenia się spotkały i Clara dostrzegła emocję do złudzenia przypominającą żal, nim jego twarz znów przybrała maskę uprzejmej neutralności.

— Istotnie, bardzo imponująco — przyznała Virginie, choć w jej głosie zadźwięczała nuta niecierpliwości. — To co, spróbuję? Whitmore, może mógłby pan iść obok mnie i podpowiadać?

— Oczywiście — odparł, zsiadając z Ajaxa i oddając wodze swojemu stajennemu. — Choć wątpię, bym zdołał udoskonalić nauki panny Bell.

Gdy Matthew szedł obok Virginie w stronę żywopłotu, dopasowując długim krokiem tempo Pegasusa, Clara patrzyła, czując osobliwą pustkę w piersi. Tworzyli uderzająco dobraną parę — eleganccy i arystokratyczni, idealnie dopasowani statusem i wyglądem. Jakie miała prawo odczuwać ten uporczywy ból na ich widok razem?

Lekcja zakończyła się wkrótce potem, gdy Virginie oświadczyła, że poczyniła wielkie postępy i czuje się pewnie przed pokazem. — Będę ćwiczyć codziennie —

obiecała, a jej odziana w rękawiczkę dłoń spoczęła na ramieniu Matthew z poufałą swobodą. — A może czasem pojeździ pan ze mną, Whitmore? By podpatrzeć moje postępy?

— O ile pozwoli na to mój rozkład zajęć — odpowiedział, nie zdradzając nic wyrazem twarzy.

— Powinniśmy wracać, zanim park się zbytnio zaludni — powiedziała Clara, zbierając wodze Guinevere. — Wkrótce nadejdzie pora dla elegantów.

— Och, czy musi pani tak szybko? — Virginie wydęła usta czarująco. — Whitmore i ja zamierzaliśmy pojechać wzdłuż Serpentine. Nie dołączy pani?

— Dziękuję, ale mam już inne zobowiązanie — skłamała gładko Clara, nie chcąc przedłużać spotkania. — Może innym razem.

— Oczywiście — zgodziła się Virginie, choć jej ulga nie świadczyła o wielkim rozczarowaniu odmową Clary. — I raz jeszcze dziękuję za nieocenioną pomoc. Zobaczymy się jutro wieczorem na balu u Lady Jersey?

— Tak, oczywiście — potwierdziła Clara, dosiadając Guinevere może z nieco większym pośpiechem niż gracją.

Gdy szykowała się do odjazdu, Matthew podszedł bliżej, na moment dotykając ogłowia Guinevere. — Panno Bell — powiedział na tyle cicho, że Virginie, poprawiająca właśnie kapelusik, nie mogła usłyszeć — pani biegłość z końmi nie przestaje mnie zadziwiać. Pokaz tylko zyska na pani wkładzie w szkolenie Lady Virginie.

Clara spojrzała mu prosto w oczy, szukając śladu dawnego ciepła między nimi. — Dziękuję, Lordzie Whitmore. Jestem pewna, że Lady Virginie świetnie się spisze pod pana okiem.

Coś mignęło w jego ciemnych oczach — krótki błysk emocji, szybko stłumiony. — Dzień dobry, panno Bell — powiedział oficjalnie, cofając się i puszczając ogłowie Guinevere.

Clara skinęła głową na znak przyjęcia i skierowała klacz na ścieżkę prowadzącą do domu. Za sobą usłyszała dźwięczny śmiech Virginie na coś, co Matthew powiedział — dźwięk niósł się wyraźnie w rześkim, jesiennym powietrzu.

Kiedy Clara odjeżdżała, a jej stajenny trzymał się w dyskretnej odległości, pozwoliła, by starannie utrzymywany spokój odrobinę się rozluźnił. — Podjął jasną decyzję — wyszeptała do Guinevere, słowa nieprzeznaczone dla żadnych uszu poza jej własnymi. — A Virginie byłaby zupełnie odpowiednią księżną.

Czarna klacz zadarła ucho na dźwięk jej głosu, a z piersi wyrwało się współczujące chrapnięcie — jakby w zgodzie albo na pocieszenie.

Clara wyprostowała ramiona i uniosła podbródek, zmuszając się, by patrzeć przed siebie, nie za siebie. Ścieżka przed nią biegła prosto i pusto — nie inaczej niż jej przyszłość. Przyszłość, w której nie będzie Markiza Whitmore, mimo zdradliwych nadziei, które przez chwilę pozwoliła sobie pielęgnować.

— Chodź, Guinevere — powiedziała, dając klaczy sygnał do żwawego kłusa. — Zbyt długo tu zabawiłyśmy.

Zmierzwi to rozczarowanie — zmierzy się z nim z tą samą godnością i determinacją, które niosły ją tak daleko.

Przetrwała gorsze wyzwania niż nieodwzajemnione uczucie do mężczyzny, który najwyraźniej woli inną. Przetrwa i to, a może i rozkwitnie, kiedy już wyrzuci Matthew Whitmore'a z myśli i serca.

— Sama jestem sobie winna. — Mrugnęła, by powstrzymać łzy palące pod powiekami. — Przyszły książę nie może poślubić kogoś takiego jak ja.

Wiele osób jej to mówiło — jedni ujmowali to łagodniej, inni mniej. I choć Clara nie darzyła Lady Pemberton szczególną sympatią, może nawet sama wdowa po hrabim okazała jej w pewien sposób życzliwość, ostrzegając, że lot zbyt blisko słońca kończy się poparzeniem skrzydeł. Musiała realistycznie spojrzeć na swoje oczekiwania. Nawet Lord Carroway, choć tak uważny, jeszcze nie dał do zrozumienia, że myśli o małżeństwie.

— Muszę mierzyć niżej — powiedziała na głos. Ku jej rozbawieniu Guinevere prychnęła i położyła uszy po sobie, jakby w sprzeciwie. — Wiem, że mnie kochasz. — Clara pogłaskała lśniącą, czarną szyję klaczy czule. — Wierzysz, że zasługuję na księżyc na srebrnej tacy, tak jak ja wierzę, że ty zasługujesz. Ale księżyc nie jest dla żadnej z nas, więc pomyślmy o czymś, co możemy mieć. Dla ciebie — ciepła stajnia i wiadro owsa, a dla mnie... może powinnam sprawdzić, czy zdołam doprowadzić Lorda Carrowaya do deklaracji. A jeśli nie? Cóż, może Londyn wcale nie jest miejscem, w którym znajdę męża!

Rozdział siódmy

Matthew oddał wodze Ajaxa czekającemu stajennemu i ruszył żwawym krokiem ku Allanworth House, jego buty chrzęściły na żwirowym podjeździe. Poranna jazda w Hyde Parku zostawiła go bardziej rozkołysanego, niż był gotów przyznać. Znów ujrzeć Clarę, patrzeć na jej naturalną grację, gdy brała klacz nad żywopłotem — to poruszyło uczucia, które z desperacją próbował stłumić. Trzymał się na dystans, zachowywał chłodną uprzejmość, lecz każda chwila w jej towarzystwie była ćwiczeniem z wyrzeczenia, coraz boleśniejszym z każdym dniem. Nie sposób było oderwać od niej wzroku, poświęcić należytą uwagę Lady Virginie, kobiecie, którą rzekomo miał zalecać. Przy Clarze Virginie wydawała się nijaka i mdła, a jej wysiłki, by utrzymać jego zainteresowanie, były i przezroczyste, i irytujące.

Wielki hol wejściowy Allanworth House powitał go znajomą wonią wosku pszczelego i świeżych kwiatów. Matthew zdjął rękawiczki do jazdy, klepiąc nimi o dłoń, gdy rozważał, czy przebrać się, zanim zajmie się korespondencją. Tego ranka Virginie naciskała, by przyjął zaproszenia na kilka wydarzeń, na które zamierzała się udać; implikacje były jasne — chciała, by widziano ich razem jako parę. Czy był gotów na ten krok, by oficjalnie rozpocząć starania? Takim ruchem ustanowiłby pewne oczekiwania; czy był przygotowany złożyć zobowiązanie i rozpocząć proces, który ostatecznie uczyniłby Virginie jego żoną? Coś głęboko w nim aż się skrzywiło na tę myśl.

— Matthew — rozległ się głos ojca od strony biblioteki. — Chwila, proszę.

Książę Allanworth stał w progu, trzymając pod pachą złożony egzemplarz *The Times*. Choć był w połowie piątej dekady życia, zachował imponującą posturę; plecy miał proste, a ciemne włosy tylko lekko przyprószone srebrem na skroniach. Spojrzał na Matthew bystrymi oczami i z powagą, która sprawiła, że Matthew nagle poczuł się jak szkolny chłopak przyłapany na podkradaniu maślanych ciastek w kuchni.

— Właśnie wróciłem z przejażdżki, Ojcze — odparł Matthew, wskazując na zakurzone buty. — Może po tym, jak się przebiorę?

— To nie potrwa długo — odrzekł książę tonem sugerującym, że sprawa nie podlega negocjacji. — Proszę do mnie do gabinetu.

Matthew stłumił westchnienie i podążył za ojcem korytarzem do gabinetu, który od zawsze był prywatną domeną księcia. Było to piękne pomieszczenie, wyłożone ciemnym drewnem, z regałami od podłogi po sufit i wysokimi oknami wychodzącymi na mały prywatny ogród. W kominku trzaskał ogień, odpędzając chłód jesiennego dnia i rzucając ciepłą poświatę na burgundowe skórzane fotele oraz masywne dębowe biurko dominujące w rogu.

Książę zamknął za nimi drzwi i podszedł do pomocniczego stolika, na którym stała kryształowa karafka i kilka kieliszków. — Brandy?

— Dość wcześnie jak na taki trunek — zauważył Matthew, choć nie wykonał gestu odmowy, gdy ojciec odmierzył dwa kieliszki i jeden mu podał.

— Rozumiem, że miał Pan dziś w parku towarzystwo — rzekł książę, zasiadając w jednym z foteli i gestem wskazując Matthew drugi. — Lady Virginie de Mortimer i panny Bell.

Matthew pozostał stojąc, podszedł do kominka, woląc wpatrywać się w płomienie niż wnikać w przenikliwe spojrzenie ojca. — Natknąłem się na nie przypadkiem — powiedział, upijając łyk brandy i zastanawiając się, skąd ojciec jest tak dobrze poinformowany co do jego porannych spotkań. — Panna Bell udzielała Lady Virginie wskazówek przy koniu.

— Istotnie. — Książę zakręcił bursztynowym płynem w kieliszku. — Muszę przyznać, że ciekawi mnie, jak to się stało, iż Pańska uwaga w ostatnich tygodniach przesunęła się z panny Bell na Lady Virginie. Dość wyraźna zmiana frontu.

Głowa Matthew gwałtownie podskoczyła, a dłoń bezwiednie zacisnęła się mocniej na kieliszku. — Zmiana frontu? Co Pan przez to dokładnie rozumie, Ojcze?

— No proszę, Matthew — rzucił ojciec z lekkim wzruszeniem ramion. — Pół Londynu zauważyło Pańskie zainteresowanie Clarą Bell podczas jej pierwszych wystąpień w towarzystwie. Na moim przyjęcie w ogrodzie nie mógł Pan od niej oderwać wzroku. A potem nagle wszędzie eskortuje Pan Lady Virginie i ledwie raczy zauważyć istnienie panny Bell. Ludzie to komentują.

— Ludzie niech zajmą się własnymi sprawami — odparł ostro Matthew, zbyt mocno odstawiając kieliszek na gzyms kominka. — Moje towarzyskie plany nie powinny być przedmiotem publicznych spekulacji.

— Przeciwnie — skorygował łagodnie ojciec — ruchy nieżonatego dziedzica tytułu książęcego bardzo interesują towarzystwo. Zwłaszcza jeśli dotyczą dwóch młodych dam o niepospolitej urodzie i zaletach.

Matthew krążył przed kominkiem, a trzaskające płomienie ostrzej rysowały napięcie na jego twarzy. — Co właściwie Pan sugeruje, Ojcze? Że w jakiś sposób igrałem z uczuciami panny Bell? To niedorzeczne.

— Doprawdy? — Książę pochylił się do przodu, nie spuszczając z syna wzroku. — Zwracam tylko uwagę, że nieładnie jest rozbudzać oczekiwania młodej damy, by potem porzucić ją bez wyjaśnienia.

— Oczekiwania! — prychnął Matthew. — Musiałby Pan postradać zmysły, by sądzić, że Clara Bell mogła kiedykolwiek żywić nadzieje zostania moją żoną.

Brwi księcia nieznacznie się uniosły. — I dlaczegoż miałoby to być niemożliwe?

— Doskonale Pan wie, dlaczego — warknął Matthew, niepewny, do czego właściwie zmierza ojciec. — Poza tym ciotka Mary przy każdej okazji przypomina mi, że przyszła księżna Allanworth musi być poza wszelkim podejrzeniem tak co do pochodzenia, jak i zachowania. Lady Pemberton jasno dała do zrozumienia, że pozycja naszej rodziny wymaga panny o nienagannej genealogii.

— Ach, Mary — mruknął książę chłodniejszym tonem. — I uważa Pan jej opinie za przekonujące, tak?

— To nie kwestia opinii — upierał się Matthew, podnosząc głos i energicznie wskazując na okno, jakby poza szybą rozciągało się całe londyńskie towarzystwo. — To kwestia pozycji, obowiązku. Ton nigdy nie zaakceptowałby kogoś takiego jak panna Bell na księżnę.

— Kogoś takiego jak panna Bell — powtórzył książę niebezpiecznie cicho. — Może zechce Pan doprecyzować, co ma Pan na myśli?

Matthew przestał chodzić i przyjął postawę obronną, stając naprzeciw ojca. Cała ta linia pytań była szaleństwem, biorąc pod uwagę to, co sądził o prawdziwej relacji między ojcem a Clarą Bell, ale skoro książę nie mógł lub nie chciał przyznać prawdy... cóż, Matthew pozwoli mu trwać w tym złudzeniu. Istniały zresztą inne powody, dla których Clara Bell nie nadawała się do małżeństwa w najwyższych sferach arystokracji, a tym bardziej na księżnę Allanworth.

Zacisnął dłonie w pięści, po czym rozwarł je, podkreślając słowa gestem. — Doskonale Pan wie, co mam na myśli. Jej urodzenie, jej przeszłość. To powszechnie wiadomo, że jest bratanicą Sir Richarda, urodzoną po niewłaściwej stronie koca. Córką dżentelmena, owszem, lecz z nieprawego łoża. Jakże taka kobieta mogłaby się nadawać na moją żonę?

Książę opuścił kieliszek. — Nie wiedziałem, że przykłada Pan tak wielką wagę do przypadków urodzenia.

— Nie to, co ja sądzę, ma znaczenie — odparł Matthew, kłując powietrze palcem dla emfazy. — Liczy się to, czego wymaga towarzystwo. To, czego wymaga nasza pozycja. Poza tym Lady Virginie jest całkowicie odpowiednia. Jej ojciec to hrabia. Jej pochodzenie jest nieskazitelne. Jest piękna, utalentowana i byłaby pod każdym względem stosowną księżną.

— A jednak — zauważył książę z osobliwym półuśmiechem — nie wygląda Pan na szczególnie szczęśliwego, ścigając ten jakże odpowiedni mariaż.

Ramiona Matthew zesztywniały. — Szczęście to luksus, na który mężczyźni w naszej pozycji nie zawsze mogą sobie pozwolić. Są rzeczy ważniejsze niż osobiste upodobania.

— Na przykład? — dopytał książę.

— Obowiązek. Odpowiedzialność. Utrzymanie standardów, jakich oczekuje się od naszego stanu. Przecież Pan ze wszystkich ludzi najlepiej to rozumie!

Wyraz twarzy księcia odmienił się w jednej chwili; pozorna swoboda ustąpiła miejsca niekłamanej furii. Jego oczy, tak podobne do oczu Matthew, pociemniały niemal do czerni, a mięsień drgnął na linii szczęki. Wstał i odsunął się od fotela, prostując się do pełnej wysokości, która, choć nieprzewyższająca wzrostu Matthew, nagle zdawała się panować nad pokojem siłą czystej woli. Gdy przemówił, jego głos był niebezpiecznie cichy, opanowany w sposób właściwy człowiekowi, który trzyma w ryzach nawałnicę.

— Rozumiem wiele, ale spodziewałem się po Panu więcej, Matthew — powiedział, odkładając kieliszek z taką precyzją, że miękki stukot szkła o blat aż rozległ się echem. — Słyszeć, jak mój syn, mój dziedzic, mówi z taką pogardą o młodej kobiecie, której jedyną winą było urodzić się poza sakramentem małżeństwa, jest dla mnie głęboko rozczarowujące.

Matthew otworzył usta, by zaprotestować, lecz książę uciszył go uniesioną dłonią.

— Nie uważam nieślubnego pochodzenia Clary Bell za przeszkodę w czymkolwiek — ciągnął, a z każdym słowem jego głos nabierał mocy. — Jej charakter jest nieposzlakowany. Jest inteligentna, zaradna, życzliwa i ma w sobie więcej naturalnej godności niż połowa tak zwanych dam o nienagannym rodowodzie, które mizdrzą się po londyńskich salonach.

Matthew stał skamieniały przed kominkiem, oszołomiony gwałtownością ojca. Spodziewał się co najwyżej łagodnej nagany, przyznania realiów towarzyskich, a nie tak namiętnej obrony.

— Spodziewałem się po Panu więcej, Matthew — powiedział książę, a rozczarowanie brzmiało w każdym sylabie. — Wychowałem Pana, by oceniał Pan ludzi po czynach, po charakterze, nie po przypadkach urodzenia, na które nie mieli żadnego wpływu. A jednak stoi Pan tu i powtarza nonsensy Mary Pemberton o odpowiednich księżnych, jakby to była prawda objawiona.

— Ciotka Mary tylko wskazuje, czego oczekuje towarzystwo — odparł Matthew, lecz jego głos nie miał już dawnej pewności.

— Mary Pemberton — powiedział książę z nagłą goryczą — od dnia, w którym poślubiłem jej siostrę, sama mianowała się strażniczką tak zwanych standardów naszej rodziny. — Pokręcił głową z wyraźną frustracją. — Miałem nadzieję, że po śmierci Pańskiej matki wpływy Mary wreszcie osłabną. Widzę, że się myliłem.

Matthew wpatrywał się w ojca, a gniew ustępował miejsca konfuzji, gdy próbował pojąć tę niespodziewaną reakcję. Książę zawsze był powściągliwy, opanowany, cenił ogładę i tradycję. Ta żarliwa obrona Clary Bell, to zlekceważenie oczekiwań towarzystwa, wydawały się zupełnie nie w jego stylu.

Matthew patrzył, jak ojciec podchodzi do okna i wpatruje się w ogród, nagle nieruchomiejąc. Rzadko mówił o matce Matthew, a już nigdy z taką szczerością. W tej rozmowie coś między nimi fundamentalnie się przesuwało, jakaś dawno ustalona granica została przekroczona.

— Wydaje się, że ma Pan o pannie Bell wyjątkowo wysokie mniemanie — zauważył ostrożnie Matthew.

— Znam ją od dziecka — odparł książę, wciąż patrząc na ogród. — Widziałem, jak wyrasta na niezwykłą młodą damę, która przyniosłaby honor każdej rodzinie dość szczęśliwej, by ją przyjąć.

W ciszy, która zapadła, głośno tykał zegar na kominku, a każda sekunda rozciągała się między nimi jak fizyczna obecność. Matthew studiował profil ojca — dumną linię szczęki, lekkie zmiękczenie wokół oczu, gdy mówił o Clarze. Nie mógł już dłużej tłumić pytania; musiało paść, a może już sama reakcja ojca będzie odpowiedzią.

— Ojcze — powiedział wreszcie, niemal szeptem. — Czy ona jest Pańską córką?

Głowa księcia gwałtownie się odwróciła, na twarzy malował się tak szczery szok, że Matthew pożałował słów, ledwie padły. Ojciec aż się cofnął, jakby samo pytanie było ciosem.

— Moją *kim*? — wysapał, a krew odpłynęła mu z twarzy. — Na Boga, co Panu nasunęło taki pomysł?

Matthew pozostał niewzruszony, choć jego pewność chwiała się w obliczu widocznego osłupienia ojca. — Pańskie coroczne podróże do Hampshire i tajemnica wokół nich! Zainteresowanie jej debiutem w Londynie. Sposób, w jaki Pan na nią patrzy, z taką dumą.

Książę wpatrywał się w niego, oniemiały — być może po raz pierwszy odkąd Matthew sięgał pamięcią. Otworzył usta, znów je zamknął, potem potrząsnął głową, jakby próbował ją przeczyścić.

— Wierzy Pan, że spłodziłem dziecko z siostrą Sir Richarda? — wydusił w końcu głosem pustym z niedowierzania. — Że Clara jest moją... nieślubną córką?

— Na to wskazywały dowody — powiedział Matthew, mniej pewny siebie w obliczu oczywistego wstrząsu ojca.

— Dobry Boże — mruknął książę. — Czy dlatego unikał Pan tej biednej dziewczyny? Dlatego nagle przeniósł Pan swe względy na smarkatą Westbourne? — Po jego twarzy rozlało się zrozumienie. — Sądził Pan, że to Pańska *siostra*.

Matthew sztywno skinął głową, czując, jak twarz płonie wstydem, kiedy uświadomił sobie, jak potwornie, katastrofalnie się pomylił. Cokolwiek było prawdą, nie to, co sądził. — Wydało mi się to najlogiczniejszym wyjaśnieniem Pańskiego zainteresowania jej rodziną.

Książę przez dłuższą chwilę wpatrywał się w niego, po czym zrobił coś, czego Matthew nie widział od lat, może od dzieciństwa. Roześmiał się — szczerze, krótko i głośno — aż sam wydawał się tym rozbawieniem zaskoczony.

— Och, chłopcze — pokręcił głową. — Jakież to pleciugi z nas obu. — Wrócił do fotela i opadł na niego, przecierając twarz dłonią, jakby chciał się zebrać. — Widzę, jak mógł Pan dojść do takiego wniosku, ale zapewniam, że jest całkowicie błędny.

— Więc dlaczego? — zapytał Matthew desperacko, pragnąc zrozumieć. — Jaki ma Pan związek z rodziną Bellów? Czemu nigdy Pan o nich nie wspominał, dopóki Clara nie pojawiła się w Londynie? Skąd ta tajemnica wokół Pańskich wizyt u nich?

Książę sięgnął po porzucony kieliszek brandy, wziął solidny łyk i odstawił go z powrotem. Wyraz jego twarzy przeszedł od szoku do czegoś bardziej złożonego — mieszaniny rezygnacji i, być może, ulgi.

— Proszę usiąść, Matthew — rzekł, wskazując krzesło naprzeciw. — Wygląda na to, że od dawna jesteśmy winni sobie rozmowę o rodzinie Bellów i mojej z nimi więzi.

Matthew zawahał się, po czym usiadł na wskazanym krześle, przysiadłszy na krawędzi zamiast się oprzeć.

Reakcja ojca była zbyt autentyczna, by w nią wątpić, ale wciąż brakowało wyjaśnienia dla jego niezwykłego zainteresowania Clarą Bell i jej bliskimi.

— Daję Panu słowo — powiedział książę uroczyście, patrząc Matthew prosto w oczy — Clara Bell nie jest moją córką. Ani z krwi, ani z żadnego innego tytułu. — Zawahał się, dobierając słowa. — Przyznaję jednak, że przez lata obdarzyłem ją czymś na kształt ojcowskiego uczucia. Podobnie jak wszystkie adoptowane córki Sir Richarda.

Matthew pochylił się do przodu. — Skąd więc ta tajemnica? Skąd te coroczne pielgrzymki do Hampshire, o których Pan milczy?

Książę westchnął ciężko i oparł się wygodniej, jak człowiek gotowy zrzucić z siebie ciężar. — Nie do Clary jeździłem, przynajmniej nie przede wszystkim. Do jej najmłodszych adoptowanych sióstr, Laury Jane i Charlotte Grace.

— Do bliźniaczek? — podjął Matthew, przypominając sobie, że Clara wspominała o nich, mówiąc o siostrach. — Jaki mógłby Pan mieć z nimi związek?

— To moje siostrzenice — odparł cicho książę. — Dzieci mojej siostry Laury.

Matthew wpatrywał się w ojca, na moment oniemiały. — Pańskiej siostry? Ciotki Laury? Ale... ona zmarła, lata temu! — Wówczas był jeszcze w Eton i opłakiwał ciotkę, zaledwie kilka lat od niego starszą. Piękna i pełna życia, była promieniem słońca w chłodnej formalności Allanworth Abbey.

— Zmarła — potwierdził książę, a w jego głosie brzmiała dawna żałość. — Choć nie na chorobę, jak pozwoliłem sądzić towarzystwu. Laura była młoda, ledwie dwudziestoletnia, gdy zakochała się głęboko w mężczyźnie, który nie był jej godzien. Był żonaty, choć zataił ten fakt aż do... aż było za późno. — Kostknęły mu bielejąc knykcie na poręczy fotela. — Pańska matka chciała, bym się jej wyrzekł, wyrzucił ją z domu, ale nie mogłem. Nie mojej małej siostry. Gdy jej stan stał się nie do ukrycia, wywiozłem ją do Hampshire, do Belle Haven. Sir Richard i jego żona Theresa byli wówczas świeżo po ślubie, ale bez wahania otworzyli przed nią dom.

— A ojciec dzieci? — zapytał Matthew, próbując ogarnąć skalę tego odkrycia.

— Żonaty dyplomata, który, gdy tylko Laura oznajmiła mu, że jest brzemienna, wrócił do żony do Wiednia — odparł książę twardo. — Laura zmarła przy porodzie bliźniaczek. Richard i Theresa, niech Bóg im to wynagrodzi, przyjęli niemowlęta jak własne. Laura Jane oślepła po gorączce, gdy była mała, ale obie dziewczęta wyrosły na dzielne młode kobiety. Co roku latem jadę je zobaczyć, upewnić się, że niczego im nie brakuje, a podczas tych wizyt rodzina Bellów otwiera przede mną swój dom i serca — i ja przed nimi swoje. Wszystkie ich córki są mi jak rodzina.

Nie mogąc ustać w miejscu, gdy próbował przetrawić napływające informacje, Matthew wstał i przeszedł po miękkim dywanie do okna. Prawda, gdy już wyszła na jaw, okazała się jednocześnie prostsza i bardziej złożona, niż zakładał. Clara nie była nieślubną córką ojca, ale jej młodsze siostry *były* rodziną — jego własnymi kuzynkami.

— Czemu to ukrywać? — zapytał. — Przecież nie ma wstydu w przyznaniu się do siostrzenic.

— Pańska matka — powiedział książę po chwili wahania — bardzo nalegała, by sprawa pozostała prywatna. Skandal wokół sytuacji Laury... obawiała się, że źle odbije się na naszej rodzinie, a Pan był jeszcze młody. Uszanowałem jej życzenie, choć dopilnowałem, by dziewczętom niczego nie brakowało. Wyprawa, jaka przypadłaby Laurze, została odłożona i zainwestowana, by podzielić ją między nie, gdy dojrzeją, a ja zadbałem też o inne szanse dla Sir Richarda, by wzbogacić rodzinę jako całość — choć nic ponad to, na co nie zasłużył w pełni własną pracą.

— A Clara? — Matthew odwrócił się od okna. — Naprawdę jest bratanicą Sir Richarda, jak wierzy towarzystwo?

— Tak. Córką jego siostry Elizabeth, która, podobnie jak moja Laura, znalazła się w delikatnym położeniu bez męża, który mógłby ochronić jej reputację. Ojciec Richarda wygnał Elizabeth z domu, ale Richard utrzymywał z nią kontakt przez całą ciążę. Gdy zmarła przy porodzie, przyjął małą Clarę i wychował jak własną, tak jak później on i Theresa uczynili z moimi siostrzenicami.

— A pozostałe córki? — zagadnął Matthew, pamiętając, że jego przyjaciel lord Debney wspominał, iż Sir Richard Bell ma nie mniej niż sześć adoptowanych córek.

— Zbiór szczęśliwych młodych kobiet, którym los najpierw rozdał kiepskie karty, by potem wynagrodzić to, oddając je pod opiekę Richarda i Theresy — odparł książę z wyraźną serdecznością. — Richard ma hojne serce. Dostrzega wartość tam, gdzie inni widzą tylko okoliczności. Zawsze to w nim podziwiałem — i nie tylko ja. Dobrze Pan wie, że jest wielkim ulubieńcem księcia regenta, ale wielu wpływowych ludzi w towarzystwie zna jego wartość i pragnęłoby sojuszu z jego rodziną. Najstarsza adoptowana córka wyszła kilka miesięcy temu za młodszego syna Bridgnortha. — Książę półgębkiem się roześmiał. — A Lady Bridgnorth ma w towarzystwie jeszcze większe wpływy niż Pańska ciotka Mary! Skoro córka Richarda Bella jest dobra dla jej syna, Lady Bridgnorth z łatwością przekona cały świat, że jedna z tych dziewcząt nadaje się nawet na żonę członka rodziny królewskiej!

Matthew zastygł przy oknie, a jego obraz świata wyraźnie się zachwiał, gdy przyswajał te słowa. Ulga, która przez niego przepłynęła, była tak głęboka, że aż zakręciło mu się w głowie. Clara nie była jego siostrą. Uczucia, które tłumił, negował i zwalczał od tygodni, nie były obrzydliwością, jakiej się obawiał.

— Wygląda na to, że wiele rzeczy źle oceniłem — powiedział w końcu nietypowo przyciszonym głosem.

— Na to wygląda — zgodził się książę, lustrując syna uważnym spojrzeniem. — Choć większym błędem byłoby trwać na obecnym kursie z uporu czy próżności.

— Obecnym kursie?

— Pańskich rzekomych starań o Lady Virginie — doprecyzował książę. — Młodą kobietę, do której najwyraźniej nie czuje Pan nic poza obowiązkowym uznaniem dla jej stosownego pochodzenia. Widzę Pana, synu, widzę, jak próbuje Pan sam siebie przekonać do małżeństwa w imię księstwa i wyobrażeń pewnych błędnie myślących osób o tym, jaka powinna być Pańska żona — ale zapewniam, że się Pan myli. Proszę nie popełniać mojego błędu.

Matthew utkwił w ojcu wzrok. — Pańskiego błędu?

— Słuchania tego, co inni uważali, że powinienem zrobić. — Książę położył dłonie płasko na biurku i spojrzał na nie, na stary sygnet na małym palcu, z głęboko wyrytym herbem. — Linie krwi są złudne, synu. Nie zastąpią charakteru, prawdziwego towarzyszenia, partnerstwa dwojga ludzi, którzy naprawdę się szanują i o siebie dbają. Z żoną będzie Pan żył całe życie. Proszę nie wybierać kogoś, z kim nie chce Pan tego życia spędzić.

Matthew odwrócił się z powrotem ku ogrodowi, wpatrując się bez wyrazu w starannie zgrabione żwirowe alejki między żywopłotami i ogołoconymi z kwiatów rabatami. Za nimi rozciągał się Londyn, a gdzieś w tych ulicach była Clara, przekonana, że celowo wybrał inną kobietę zamiast niej. Ta myśl przeszyła go zimnym ukłuciem żalu.

— Byłem głupcem — przyznał cicho, bardziej do siebie niż do ojca.

— W sprawach sercowych wszyscy bywamy głupcami — odparł książę tonem zaskakująco łagodnym. — Dopiero gdy odmawiamy przyznania się do własnej głupoty, stajemy się naprawdę godni pożałowania.

Palce Matthew kreśliły abstrakcyjny wzór na szybie, a jego odbicie rozpadało się i składało z każdym ruchem. — Chyba — wyszeptał, ledwie słyszalnie — mogłem się w niej zakochać.

W szkle obok jego odbicia pojawiło się oblicze księcia, a wspólne rysy podkreśliło światło popołudnia. — W Clarze Bell? — zapytał, choć było jasne, że to pytanie retoryczne.

— Tak — odparł Matthew po prostu.

Twarz księcia złagodniała z nie do pomylenia aprobatą.
— W takim razie radziłbym nie tracić więcej czasu na pogoń za kobietą, której Pan nie pragnie, podczas gdy ta, którą Pan pragnie, wierzy, że została przez Pana odrzucona.

— Może być za późno — powiedział Matthew, odwracając się do ojca. — Moje zachowanie było haniebne. Ignorowałem ją, unikałem, niemal publicznie ją ściąłem. Tylko dlatego, że sądziłem... — Pokręcił głową, niezdolny dokończyć.

— Clara Bell łatwo się nie zniechęca — stwierdził książę z przekonaniem. — Jeśli Pan pamięta, wytrenowała konia, by kłaniał się przed rodziną królewską. Podejrzewam, że ma dość determinacji, by przetrwać kilka tygodni kiepskiego zachowania zagubionego młodzieńca.

— Muszę z nią porozmawiać — powiedział Matthew, a jego kroki już niosły go ku drzwiom. — Wyjaśnić, przeprosić.

— Proponowałbym też kwiaty — zawołał za nim książę z wyraźną uciechą. — I może bardziej składne wyjaśnienie niż: „myślałem, że jest Pana siostrą". Nie wszystkie prawdy, choć oświecające, należą do najbardziej romantycznych deklaracji.

Matthew zatrzymał dłoń na klamce i odwrócił się do ojca z nowo zdobytym szacunkiem. — Dziękuję — powiedział krótko.

— Za co? — zapytał książę.

— Za zaufanie i prawdę — odparł Matthew. — I za to, że tak wysoko Pan ceni Clarę.

— Chłopcze — uśmiechnął się krzywo książę — lepiej niż Clara Bell nie trafisz. A teraz proszę iść i spróbować przekonać ją o tym, zanim jakiś inny młodzieniec z lepszym rozeznaniem dojdzie do tego samego wniosku. Słyszałem, że Carroway napisał do wuja; stary z Yorkshire co prawda nie rusza się z majątku, ale jeśli da zgodę...

Matthew skinął i pośpiesznie wyszedł z gabinetu. Myśl biegła już naprzód, układając, jak podejdzie do Clary, jakie słowa mogłyby odwrócić szkody wyrządzone przez jego błędne przypuszczenia. Będzie musiał być pokorny, szczery, a przede wszystkim jasny co do uczuć i zamiarów — i działać szybko, zanim wuj Carrowaya odpisze z aprobatą i Carroway oświadczy się.

Gdy kierował się na schody, by przebrać się z jeździeckiego stroju, Matthew czuł się lżejszy niż od tygodni. Wiedza, która dotąd ciążyła, zamieniła się w wyzwolenie, a mur między nim a Clarą okazał się iluzją, zrodzoną z nieporozumienia. Pozostało tylko przekonać ją, że jego serce należy do niej i że mężczyzna, który unikał jej jak ognia, jest wart drugiej szansy.

Z zaskakującym zapałem przyjął to wyzwanie. Clara Bell była warta, by o nią walczyć, by się dla niej ukorzyć, warta każdego wysiłku, jaki trzeba będzie podjąć, by zdobyć jej zaufanie i uczucie. I tym razem między nimi nie będzie nieporozumień — tylko czysta, niczym niezmącona prawda jego uczuć.

Dopiero gdy zstępował na dół, Matthew pomyślał: czy jego uczucia są odwzajemnione? Czy właśnie złoży serce u stóp Clary, by ona je zdeptała? Skrzywił się; jeśli cokolwiek do niego czuła, on sam przez ostatnie tygodnie po nim się przejechał, więc odmowa byłaby mu prawdopodobnie w pełni należna. Mimo obaw, że Carroway może być bliski oświadczyn, Matthew musiał stąpać ostrożnie. Nagła deklaracja mogłaby wyrządzić więcej szkody niż pożytku.

Najpierw przeprosiny, wraz z kwiatami, które zasugerował ojciec, a potem szczere wyjaśnienie.

Clara zasługiwała na nic mniej.

Rozdział ósmy

Clara poprowadziła Guinevere znaną już ścieżką do Hyde Parku nazajutrz rano, kopyta klaczy miękko uderzały o wilgotną ziemię. Przez rzedniejącą mgłę dostrzegła Lady Virginie czekającą przy wielkim dębie, który służył im za stałe miejsce spotkań. Młoda arystokratka prezentowała się niezwykle szykownie w amazonce w głębokim fiolecie, którego barwa pięknie podkreślała ciemność jej włosów i kremową doskonałość cery. Ileż to amazonek miała Virginie? Zdawało się, że za każdym razem, gdy Clara ją widziała, miała na sobie inną; nawet Clara, która jeździła codziennie, a w domu w Belle Haven często dosiadała więcej niż jednego konia, miała tylko dwie.

Virginie stała obok Pegasusa, opierając lekko jedną odzianą w rękawiczkę dłoń na jego ogłowiu; gniady wałach górował nad jej smukłą sylwetką.

— Claro, kochana! — zawołała Virginie, a jej rozwleczony akcent poniósł się przez wilgotny poranek. — Jest Pani wprost wzorowo punktualna. Najmocniej przepraszam, że jeszcze nie siedzę w siodle, ale Pegasus był dziś w takim stanie, że nie śmiałam jechać na nim do parku. Przeszliśmy cały ten kawałek pieszo!

Clara z gracją zsunęła się z siodła, oddała wodze Guinevere stajennemu i podeszła. Jej wprawne oko oceniło Pegasusa, zwracając uwagę na to, jak jego uszy to cofały się, to nasłuchiwały, i na lekkie napięcie mięśni, gdy się zbliżała. W jego zachowaniu nie było jednak nic szczególnie niepokojącego — ot, zwyczajna czujność żywego konia.

— Wygląda na to, że już się uspokoił — zauważyła Clara, pozwalając, by jej rękawiczka przesunęła się po szyi Pegasusa; pod palcami czuła ciepło końskiej sierści. — Czy zdarzyło się coś konkretnego, co mogło go rozdrażnić?

Virginie wzruszyła zgrabnymi ramionami. — Nic, czego mogłabym się dopatrzyć. Po naszej ostatniej, cudownej lekcji wracał do domu wyjątkowo ułożony, ale dziś rano o mało nie kopnął Williamsa, kiedy stajenny próbował go osiodłać. Doprawdy osobliwe. Zastanawiałam się, czy nie nabiera przypadkiem niechęci do wczesnego wstawania. — Roześmiała się lekko, jakby dzieliła się prywatnym żartem. — Trudno mu się o to dziwić.

Clara okrążyła powoli Pegasusa, wypatrując jakichkolwiek oznak urazu lub niepokoju, które mogłyby tłumaczyć zmianę zachowania. Jego sierść lśniła zdrowiem, stęp był równy, a oczy, choć czujne, nie zdradzały bólu ani strachu. Pozwolił jej nawet bez sprzeciwu podnieść kolejno każdą nogę i sprawdzić kopyta.

— Nie widzę nic niepokojącego — podsumowała, wracając przed Virginie. — Konie, jak i ludzie, miewają czasem humory.

— To bardzo pocieszające — odparła Virginie z uśmiechem, który nie całkiem sięgnął jej oczu. — Przyznam jednak, że nie mam odwagi wsiadać po tym, co spotkało Williamsa. Może przełożymy dzisiejszą lekcję?

— Ależ skąd — ucięła Clara, a pewność we własne umiejętności zagłuszyła wszelkie wahanie. — W Belle Haven pracowałam z końmi znacznie trudniejszymi. Poranne grymasy to drobiazg. Jeśli Pani pozwoli, najpierw ja z nim popracuję, żeby go uspokoić, a potem przeprowadzę Panią przez ćwiczenia, kiedy już się wyciszy.

Oblicze Virginie natychmiast jaśniało. — Naprawdę? Przecudownie. Wiedziałam, że mogę liczyć na Pani kunszt.

Clara podeszła do głowy Pegasusa, przemawiając do konia łagodnie, gdy szykowała się, by odprowadzić go kawałek dalej i wsiąść. W tygodniach, odkąd pracowała z Virginie, gniady wałach okazał się dobrze wyszkolony i na ogół zrównoważony, pięknie odpowiadający na jasne, pewne prowadzenie. Cokolwiek tknęło go dziś rano, powinno szybko minąć pod jej ręką.

— Panno Bell — dobiegł zza jej pleców głęboki głos, który tak ją zaskoczył, że o mało nie wypuściła wodzy Pegasusa. — Co za szczęśliwy zbieg okoliczności. Miałem nadzieję zastać Panią właśnie tutaj.

Clara odwróciła się powoli, a jej serce wykonało niepożądany trzepot rozpoznania, na przekór surowym nakazom rozumu. Przed nią stał Matthew Whitmore, wysoka sylwetka odcinająca się na tle porannego światła, z wodzami Ajaxa przerzuconymi swobodnie przez ramię. Zdjął kapelusz, a jego ciemne włosy lekko się podkręciły od wilgoci mgły, nadając mu chłopięcy rys, który kontrastował z powagą zaciśniętej szczęki.

— Lordzie Whitmore — skinęła mu głową, dumna ze stałości własnego głosu mimo nagłego ucisku w piersi. — Nie spodziewałam się Pana dziś rano.

— Whitmore! — zawołała Virginie, a całe jej usposobienie odmieniło się, gdy chyżo przysunęła się do jego boku. — Cóż za rozkoszna niespodzianka! Przyszedł Pan poobserwować naszą lekcję?

Coś przemknęło w oczach Matthew, gdy rzucił Virginie krótkie spojrzenie i znów skupił wzrok na Clarze. — Właściwie pomyślałem, że mógłbym się na coś przydać. Lady Virginie wspomniała wczoraj, że Pegasus ostatnio bywa dość narowisty.

Uścisk Clary na wodzach Pegasusa ledwie dostrzegalnie się wzmocnił. Oczywiście jeździli wczoraj razem, po tym, jak ona wróciła sama do domu, postanowiwszy raz na zawsze wyrzucić Matthew Whitmore'a z myśli. Ta świadomość osiadła w niej jak zimny kamień.

— To bardzo uprzejmie z Pana strony — odparła, nie umiejąc całkiem stłumić ostrości w głosie. — Zapewniam jednak, że doskonale poradzę sobie z Pegasusem bez pomocy.

— Nie wątpię w Pani kompetencje, Panno Bell — powiedział Matthew, robiąc krok bliżej. — Pomyślałem jedynie, że para rąk więcej może się przydać, zwłaszcza jeśli koń faktycznie jest tak rozstrojony, jak twierdzi Lady Virginie.

Clara obrzuciła go spojrzeniem, w którym kryło się ledwie maskowane zdumienie. Po tygodniach uprzejmego dystansu, ledwie odnotowywanych powitań na spotkaniach towarzyskich, ta nagła troskliwość wydawała się osobliwie nie w jego stylu. Co tym razem knuł? Raz starał się o nią z widocznym zainteresowaniem, potem ostentacyjnie ją zignorował na rzecz Virginie, a teraz — nieoczekiwana atencja?

— Dziwi mnie Pańska troska, mój panie — powiedziała cicho, tak by tylko on mógł usłyszeć, gdy Virginie na moment zajęła się poprawianiem rękawiczek. — Zwłaszcza w świetle Pańskiej ostatniej determinacji, by udawać, że ledwie istnieję.

Rumieniec wystąpił Matthew na policzki i miał na tyle taktu, by wyglądać na zakłopotanego. — Zasłużyłem na to — przyznał równie cicho. — Prosiłbym tylko o możliwość wyjaśnienia, kiedy indziej, w stosowniejszej chwili. Teraz proszę pozwolić mi pomóc. Koń rzeczywiście wygląda na niezwykle napiętego.

Clara zerknęła na Pegasusa, zauważając, że w trakcie ich rozmowy faktycznie stał się bardziej niespokojny — ogromne ciało drżało od tłumionej energii, uszy coraz szybciej to się kładły, to nastawiały. Rozsądek podpowiadał, by przyjąć oferowaną pomoc, niezależnie od jej osobistych uczuć wobec mężczyzny, który ją proponował.

— Dobrze — zgodziła się, pozwalając, by praktyczność przeważyła nad dumą. — Może mi Pan pomóc przy wsiadaniu.

— Dziękuję — powiedział Matthew, a proste słowa niosły w sobie tyle szczerości, że Clara poczuła się zaskoczona.

Podszedł do boku Pegasusa, przemawiając do niego łagodnie, gdy przesuwał wprawną dłonią po szyi i kłębie wałacha. Clara, wbrew sobie, była pod wrażeniem jego swobody przy koniach — umiejętności, której nie wszyscy panowie jego sfery posiadali, choć tak chętnie przechwalali się miłością do polowań.

— Kiedy Pani zechce, Panno Bell — rzekł, splatając dłonie w koszyczek, by utworzyć jej stopień.

Clara podeszła, zbrojąc się na nieunikniony kontakt. Gdy postawiła but na jego złączonych dłoniach, ręce Matthew, mimo skórzanego obcasu, wydały się ciepłe i pewne. Płynnym ruchem, wypracowanym latami praktyki, skorzystała z jego oparcia i z gracją wsunęła się w siodło.

Nie przewidziała jednak nagłej, gwałtownej reakcji konia pod sobą, ledwie zaczęła szukać strzemienia stopą.

W chwili, gdy ciężar Clary ułożył się na grzbiecie Pegasusa, wiedziała, że coś jest bardzo nie w porządku. Mięśnie konia skurczyły się pod nią jak napięte sprężyny, całe ciało wibrowało od napięcia, zgoła innego niż jego zwyczajna gotowość do współpracy. Zrobił dwa sztywne kroki, po czym znieruchomiał, gwałtownie podnosząc łeb, z nozdrzami szeroko rozwartymi.

— Spokojnie — powiedziała łagodnie, zapominając na moment o strzemieniu; lekko zebrała wodze, dając mu do zrozumienia, że jest i panuje nad sytuacją, stosując delikatną, lecz stanowczą komunikację, która dotąd zawsze się sprawdzała. Zamiast odpowiedzieć zwyczajną, chętną gotowością do ruchu naprzód, Pegasus gwałtownie szarpnął łbem, białka oczu błysnęły, a uszy przykleiły się płasko do łba.

— Co ci dziś jest? — mruknęła Clara, zachowując głos celowo spokojny i kojący, mimo że w głowie rozlegały się syreny alarmowe. Koń okazujący takie oznaki był na progu paniki, a spanikowany koń stanowił zagrożenie dla wszystkich wokół. Siedziała idealnie wyważona, lata treningu pozwalały jej instynktownie dostosować się do spiętej postawy wałacha. Poruszyła stopą, szukając strzemienia, i odetchnęła z ulgą, gdy wreszcie odnalazła je czubkiem buta. Dodatkowa stabilność, jaką dawało wpięte strzemię, była w tej chwili zbawienna.

— Czy coś jest nie tak? — zawołała Virginie, stojąc obok Matthew; oboje obserwowali starania Clary z wyraźną ciekawością.

— Proszę się odsunąć — odparła Clara, nie spuszczając wzroku z nerwowo drgających uszu Pegasusa. — Jest dziś wyjątkowo spięty. Potrzebuję przestrzeni, by to przepracować.

Gładziła szyję Pegasusa odzianą w rękawiczkę dłonią, mówiąc w tym samym równym, łagodnym tonie. — Spokojnie, przystojniaku. Nie ma tu czego się bać. Robiliśmy to już nie raz, ty i ja. — Napięcie w końskim ciele nie zelżało; jeśli już, to się wzmogło, a skóra pod jej dotykiem drgała, jakby nękały go niewidzialne muchy.

W głowie Clary przetoczyły się możliwe wyjaśnienia: ból z nieuchwytnego urazu, lęk przed czymś w otoczeniu, albo może pozostały po porannych perypetiach ze stajennym niepokój. Cokolwiek to było, musiała szybko przejąć kontrolę, zanim sytuacja jeszcze się pogorszy.

— Przejdziemy tylko kilka kroków — powiedziała, dając łydką lekki sygnał przy równoczesnym, subtelnym kontakcie na wędzidle, właściwą równowagę pomocy, która wcześniej działała bez zarzutu.

Pegasus odpowiedział, zadzierając gwałtownie łeb tak wysoko, że o mało nie trącił Clarę w twarz. W następnej chwili jego przednie nogi oderwały się od ziemi — stanął dęba, tnąc powietrze przednimi kopytami. Clara automatycznie przeniosła ciężar do przodu, przycisnęła ciało do jego szyi, by utrzymać równowagę, a dłonie przesunęła wzdłuż szyi, dając mu swobodę, by mógł opaść bez szarpnięcia za pysk, co tylko podbiłoby go wyżej.

— Proszę się odsunąć! — zawołała ostro do Matthew i Virginie, gdy przednie kopyta Pegasusa z łoskotem wróciły na ziemię. W momencie gdy tylko dotknął podłoża, Clara spróbowała pchnąć go naprzód, wiedząc, że ruch pomoże rozładować nerwową energię.

Zamiast tego Pegasus znów stanął dęba, jeszcze wyżej, balansując niebezpiecznie na tylnych nogach. Clara pochyliła się jeszcze bardziej, niemal równolegle do jego szyi, dłonie zacisnęły się teraz na grzywie dla stabilizacji. Mięśnie wałacha drżały pod nią wysiłkiem utrzymania nienaturalnej pozycji.

— Co Pani mu robi?! — pisnęła Virginie, głos miała wysoki z przerażenia. — Nigdy dotąd tak się nie zachowywał!

— Jeszcze dalej! — rozkazał Matthew, odciągając Virginie o kilka kroków od zmagającej się pary. — Claro, co się dzieje? Dlaczego on tak się zachowuje?

Clara nie mogła poświęcić uwagi na odpowiedź. Gdy Pegasus opadł, natychmiast spróbowała innej metody: użyła wewnętrznej wodzy i łydki, by zawrócić go w małym kole — techniki, która często pomagała odzyskać kontrolę nad narowistym koniem, przekierowując jego energię i utrudniając ponowne wspinanie się lub brykanie.

Pegasus opierał się skrętowi, a całe jego ciało na ułamek sekundy zesztywniało w sposób mrożący krew w żyłach. Potem, z gwałtownością, która zaskoczyła nawet Clarę, wystrzelił w serię baranków — grzbiet wygiął się, tylne nogi szybowały wysoko w powietrze. Clara ścisnęła prawą nogą róg damskiego siodła, usiadła głęboko i lekko odchyliła tułów, by skontrować pchnięcie naprzód. Prawą dłonią pewnie trzymała wodze, lewą wczepiła się w grzywę, zyskując punkt zaczepienia, walcząc o utrzymanie się w siodle.

— Na litość boską! — usłyszała okrzyk Virginie; arystokratyczna drawl ustąpiła miejsca szczerej grozie.

Clara nie miała tchu, by odpowiedzieć. Każdy skok wybijał z niej powietrze, a gwałtowny ruch wystawiał na próbę każdy mięsień, gdy usiłowała przewidzieć i skontrować kolejne zrywy Pegasusa. To nie były zwykłe harce ani poranna złość. Wałach zachowywał się jak koń, który nigdy nie czuł na grzbiecie siodła — a przecież wczoraj tak przyjemnie niósł w parku.

Nawet walcząc o utrzymanie się na grzbiecie, Clara nie przerywała zawodowej oceny sytuacji — lata szkolenia koni w Belle Haven dawały ramy do zrozumienia nawet tak skrajnych zachowań. Ból mógł wywołać podobną reakcję, ale sprawdziła go dokładnie przed wsiadaniem i nie dostrzegła śladów urazu. Lęk? Przed czym? O tej porze park był niemal pusty, zwykłe zapalniki końskiego strachu, jak psy czy nagłe ruchy, nie pojawiały się. Pozostawało jedno wytłumaczenie — najbardziej niepokojące i zarazem najbardziej prawdopodobne: ktoś celowo rozdrażnił konia przed jej przybyciem.

Zanim jednak zdołała rozwinąć tę zatrważającą myśl, Pegasus nagle przestał brykać i rzucił się w oślepńczy galop. Clara nagle znalazła się na ponoszącym koniu; wodze o mało nie wyrwały się z jej dłoni od gwałtowności ruchu. Błyskawicznie się jednak pozbierała, zgarnęła rzemienie i spróbowała choć trochę przejąć kontrolę nad kierunkiem, jeśli nie nad prędkością.

Park rozmywał się wokół, gdy Pegasus pruł przez otwartą przestrzeń, a jego potężne susy połykały dystans w niepokojącym tempie. Nieliczni wczesnoranni jeźdźcy i spacerowicze rozbiegali się z krzykiem. Clara skupiła się bez reszty na pozostaniu w siodle i na kierowaniu rozhisteryzowanym zwierzęciem z dala od przeszkód, które mogłyby skończyć się dla nich obojga ciężkim wypadkiem.

— Skręć, skręć — wysyczała przez zęby, naciskając wodzami i łydką, by wprowadzić Pegasusa na koło. Koń może biec prosto niemal bez końca, ale skręcanie go męczy, co ułatwia odzyskanie kontroli. To podstawowa zasada jeździectwa, która wielokrotnie się jej sprawdzała przy trudnych wierzchowcach.

Pegasus stawiał zaskakująco silny opór, szyję miał wygiętą przeciw naciskowi wędzidła, ciało parło naprzód jakby ścigany przez demony, które tylko on widział. Ramiona Clary paliły z wysiłku, gdy utrzymywała kontakt z pyskiem, nie chcąc jednak szarpać tak, by wywołać jeszcze większą panikę. Uda płonęły od nieustannego napięcia, koniecznego, by utrzymać dosiad przy jego szarpanych ruchach.

— Spokojnie teraz — mówiła, zdumiewająco opanowana jak na kryzys, a każde słowo przerywał wstrząs galopu. — Zwolnijmy i zastanówmy się nad tym.

Ton, który zazwyczaj koił nawet najbardziej nerwowe konie, nie zrobił na Pegasusie żadnego wrażenia. Jeśli już, to zdawał się jeszcze przyspieszać, pędząc z zatrważającą determinacją ku kępie drzew na skraju parku. Clara wzmogła wysiłki, by go obrócić, wiedząc, że drzewa niosą nowy poziom zagrożenia. Nisko zwieszona gałąź mogła ją łatwo zrzucić, a co gorsza, Pegasus mógł w ślepym popłochu wpaść na pień.

Ryzykując, obejrzała się przez ramię i dostrzegła Matthew na grzbiecie Ajaxa, pędzącego za nimi; jego twarz zastygła w twardych liniach niepokoju. Ten obraz trwał ledwie chwilę, bo zaraz musiała znów skupić całą uwagę na coraz bardziej desperackiej walce o panowanie nad sytuacją.

Zbliżali się do drzew zbyt szybko. Clara błyskawicznie oceniła kurczące się możliwości. Mogła nadal próbować skrętu, ryzykując, że w uporze Pegasus wpadnie między pnie. Mogła sięgnąć po bardziej drastyczny sposób zatrzymania, jak wodza ściągowa, choć siła potrzebna do jej użycia mogła wywrócić konia na grzbiet. Albo spróbować go stopniowo zwolnić, godząc się na wejście między drzewa, mając nadzieję, że do tego czasu odzyska nad nim większą kontrolę.

Wybrała trzecią opcję i zaczęła rytmicznie oddawać i ponownie brać kontakt na wodzach — krótkie odpuszczenie nacisku, po którym następowało jego delikatne przyłożenie — technikę, która czasem przełamywała końską panikę, nie wywołując kolejnego oporu. Ku jej uldze, krok Pegasusa nieco się skrócił, a szaleńczy pęd przeszedł w szybki kłus-galop.

— O, tak lepiej — zachęciła, kontynuując pulsujący kontakt. — Znakomicie. A teraz odejdźmy od tych drzew.

Przez moment zdawało się, że odpowie na jej prowadzenie. Łeb opuścił się odrobinę, uszy drgnęły, nasłuchując jej głosu. Clara pozwoliła sobie na oddech nadziei i nieco zluzowała kontakt na pysku w nagrodę za ten drobny przejaw współpracy.

To był błąd. W tej samej chwili Pegasus znów wystrzelił naprzód, po czym gwałtownie, ostro skręcił w prawo — tak nagle i brutalnie, że żaden jeździec, choćby najzręczniejszy, nie zdołałby tego przewidzieć. Clara poczuła, jak zsuwa się na bok, równowaga poszła wniwecz przez niespodziewaną zmianę kierunku. Walczyła, by wrócić do dosiadu, palce kurczowo zacisnęły się na grzywie Pegasusa, lecz impet był zbyt wielki.

Przez jedną zawieszoną chwilę Clara wiedziała, że spadnie. W tym ułamku czasu zadziałał trening. Wyswobodziła stopę ze strzemienia, przycisnęła brodę do piersi i spróbowała przetoczyć się z dala od dudniących kopyt, gdy czuła, jak zrywa ją z siodła.

Ziemia runęła ku niej z nieubłaganą twardością.

Uderzenie wybiło z płuc cały oddech, zostawiając Clarę dyszącą jak wyrzucona na brzeg ryba na wilgotnej trawie Hyde Parku. Przez kilka dezorientujących chwil mogła tylko leżeć, wpatrzona w blade poranne niebo, które wirowało nad nią mdło. Ciało zdawało się dziwnie odłączone, obecne, lecz niechętne posłuchowi. Potem ból wdarł się falą — tępy puls w prawym barku i biodrze, którymi uderzyła w ziemię, a w ślad za nim ostrzejsze pieczenie otartych dłoni, gdzie rękawiczki rozdarły się o chropawy grunt. Nic złamanego, oceniła automatycznie — instynktowny przegląd szkód po upadku. Posiniaczona, owszem; najgorsza rana dotykała jednak jej dumy, doszczętnie stłuczonej, gdy usłyszała narastający łoskot kopyt — Matthew pędził jej na ratunek już po raz drugi w ich znajomości.

Usiłowała usiąść, sycząc, gdy obolałe mięśnie zaprotestowały. W oddali dostrzegła Pegasusa wciąż pędzącego na oślep; fakt, że niósł już nikogo, bynajmniej nie koił jego niezrozumiałej paniki. Widok ten zalał ją falą zawodowego upokorzenia, boleśniejszego niż jakikolwiek fizyczny uraz. Ona, Clara Bell, która jeździła, zanim nauczyła się chodzić, która radziła sobie z najtrudniejszymi końmi w Belle Haven bez incydentów, która wyszkoliła konia, by kłaniał się na komendę samemu księciu regentowi, została zrzucana jak świeżak — i to przy świadkach.

A co gorsza, nie mogła złapać tchu. Została pozbawiona powietrza, a jego brak sprawiał, że robiło jej się słabo; czerń zaczynała podchodzić od krawędzi pola widzenia.

To mogła być najgorsza chwila w jej życiu.

Rozdział dziewiąty

MATTHEW Z PRZERAŻENIEM, w którym był zupełnie bezsilny, patrzył, jak Pegasus porywa się przez park, a Clara kurczowo trzyma się jego grzbietu. Chwilę wcześniej demonstrowała nienaganną kontrolę, jej ciało poruszało się w harmonii z koniem, kiedy próbowała go uspokoić, a już w następnej sekundzie walczyła rozpaczliwie, by utrzymać się w siodle, gdy wałach wpadł w szał wspięć i baranków. Serce waliło mu o żebra, kiedy obserwował jej biegłe próby odzyskania panowania — każda technika zawodziła wobec niewytłumaczalnej paniki zwierzęcia. Coś było straszliwie nie w porządku i ta świadomość przeszyła go lodem.

— Ajax! — zawołał ostro, odwracając się do stajennego, który trzymał jego folbluta kilka kroków dalej. Mężczyzna zareagował natychmiast, podprowadzając gniadosza, gdy Matthew doskoczył do niego, ledwie rejestrując teatralne westchnienia przerażenia Virginie u swego boku.

— Proszę tu zostać — rozkazał Virginie, nie zaszczycając jej nawet spojrzeniem; całą uwagę miał skupioną na malejącej sylwetce Clary, podczas gdy Pegasus pędził ku linii drzew. Wskoczył w siodło z wyćwiczoną szybkością, jednym płynnym ruchem zbierając wodze. — Odprowadźcie Lady Virginie do wejścia — polecił luzakom, już wbijając pięty w boki Ajaxa.

Folblut odpowiedział natychmiast, rwąc do przodu pod nim. Matthew pochylił się nisko nad szyją konia, popędzając go do większej prędkości, gdy grzmieli przez wilgotną trawę. Przed sobą widział, jak Clara wciąż walczy o kontrolę — jej drobna postać zachowywała idealną równowagę mimo gwałtownych ruchów Pegasusa. Nawet w tej chwili kryzysu Matthew nie mógł nie podziwiać jej niezwykłej sztuki jeździeckiej. Każdy słabszy jeździec spadłby już przy pierwszym brutalnym wspięciu wałacha.

— Claro! — krzyknął, choć wiedział, że nie może go usłyszeć przez dystans i łoskot kopyt. Niepokój rozdzierał mu pierś, gdy zobaczył, jak z niebezpieczną prędkością zbliża się do zagajnika. Jeśli Pegasus wpadnie tam na oślep, i koń, i jeździec ryzykują katastrofalne obrażenia.

Pogonił Ajaxa mocniej; potężny folblut rozpędził się w pełny galop, pożerając kolejne metry z każdym susem. Doganiali, ale zbyt wolno. Szczęka Matthew zacisnęła się, gdy patrzył, jak Clara próbuje odciągnąć Pegasusa od drzew, a wałach z uporem godnym maniaka opiera się jej wysiłkom.

Przez moment wydawało się, że może się uda. Pęd ogiera nieco osłabł, krok mu się skrócił, gdy Clara zastosowała jakąś technikę, która zdawała się przebijać przez jego panikę. W sercu Matthew zapłonęła nadzieja — tylko po to, by rozprysnąć się w następnej chwili, kiedy Pegasus nagle ostro odbił w prawo, a ten gwałtowny ruch całkowicie zaskoczył Clarę.

— Nie! — krzyk wyrwał mu się z gardła, gdy zobaczył, jak jej smukłe ciało odrzucone na bok walczy o równowagę, po czym spada, jakby w okrutnym zwolnionym tempie. Uderzyła o ziemię z przeraźliwą siłą, raz się przetoczyła i zastygła w zmiętym kłębku na trawie.

Ogarnął go terror, jakiego jeszcze nigdy nie doświadczył. Ledwie zauważył, że Pegasus, już bez jeźdźca, wciąż pędzi w panice i znika między drzewami. Widział tylko nieruchomą postać Clary, myślał tylko o tym, że mogła doznać ciężkich obrażeń, a nawet gorzej. Ajax odpowiedział na jego rozpaczliwe ponaglenie, pokonując ostatni odcinek w sekundy, które dłużyły się jak męczarnie godzin.

Matthew zeskoczył z siodła, zanim Ajax całkiem stanął, potykając się w pośpiechu, gdy dobiegał ostatnie kroki do Clary. Padł przy niej na kolana, serce miał w gardle, desperacko wypatrując oznak życia.

— Claro! Czy Pani mnie słyszy? Czy coś Pani się stało? — Własny głos wydał mu się obcy, ściśnięty strachem, którego nie był w stanie ukryć. Wyciągnął drżące ręce, zawahał się jednak tuż przed dotknięciem jej, nagle przerażony, że mógłby wyrządzić większą krzywdę.

Ku jego ogromnej uldze Clara poruszyła się, powieki jej zadrżały i uniosły się, by wpatrzyć się w niebo nad sobą. Zaczerpnęła poszarpanego tchu, potem kolejnego, a kolor stopniowo wracał do jej bladłych policzków. Matthew ostro wypuścił powietrze, nieświadom, że sam wstrzymywał oddech aż do tej chwili.

— Proszę się nie ruszać — polecił, ton miał łagodniejszy, choć wciąż naglący. — Może mieć Pani coś złamane. Pozwolę sobie posłać po lekarza.

Clara zamrugała; świadomość wróciła do jej spojrzenia, gdy skupiła wzrok na jego twarzy. Rumieniec upokorzenia spłynął jej na policzki, wypierając bladość szoku. — Nic mi nie jest — powiedziała, głos miała napięty, lecz pewny. — Tylko dech mi zaparło.

Zanim Matthew zdążył ją powstrzymać, podparła się i usiadła, lekko się krzywiąc przy ruchu. Wyciągnął rękę odruchowo, by ją podtrzymać, lecz odsunęła się od jego dotyku, potrząsając głową.

— Proszę tego nie robić — odezwała się cicho, grzecznie, lecz stanowczo. Rozejrzała się, najwyraźniej na moment zdezorientowana, po czym jej wzrok wyostrzył się zawodową troską. — Gdzie jest Pegasus? Czy coś mu się stało?

— Pobiegł w stronę drzew — odparł Matthew, wciąż kręcąc się przy niej niespokojnie. — Ale nie o konia teraz chodzi, Panno Claro. Czy na pewno nic Pani nie jest? To był koszmarny upadek.

— Bywało gorzej w Belle Haven — upierała się, choć zaciśnięte powieki zdradzały, że boli ją bardziej, niż przyzna. Bezskutecznie strzepywała ziemię i trawę plamiące jej strój do jazdy, ruchy miała szarpane, jakby stłumione emocjami. — Nie rozumiem, co się stało. Nigdy jeszcze nie straciłam nad koniem panowania w taki sposób.

To samobiczowanie w jej głosie było nie do zniesienia. Matthew potrząsnął gwałtownie głową. — To nie była Pani wina. Ten koń zachowywał się bardzo dziwnie jeszcze zanim Pani na niego wsiadła. Coś było nie tak.

— Wytrawna amazonka powinna poradzić sobie nawet z trudnym wierzchowcem — odparła Clara. — Byłam zbyt pewna siebie, lekkomyślna. Powinnam dokładniej ocenić sytuację, zanim spróbowałam na nim jechać.

— Nonsens — uciął Matthew, sfrustrowany jej niechęcią do uznania nadzwyczajnych okoliczności. — Widziałem, jak dokładnie Pani go sprawdziła. Nie było żadnych oznak problemu, dopóki Pani nie była w siodle. Nikt nie mógł przewidzieć tak gwałtownej reakcji.

Clara nie słuchała. Z trudem podniosła się na nogi, odganiając ruchem głowy wyciągniętą dłoń Matthew. — Muszę znaleźć Pegasusa — powiedziała, znów się krzywiąc, gdy się wyprostowała. — Mógł odnieść obrażenia.

— Mój stajenny go znajdzie — zapewnił Matthew, wstając obok niej na tyle blisko, by złapać ją, gdyby się zachwiała, ale szanując jej wyraźne życzenie, by jej nie dotykać. — Powinna Pani chwilę odpocząć, przynajmniej dopóki nie będziemy pewni, że nie odniosła Pani urazu.

— Naprawdę nic mi nie jest — odparła Clara, choć kruchość tonu zdradzała co innego. Patrzyła wszędzie, byle nie na Matthew, ramiona miała lekko zgarbione, jakby próbowała skurczyć się w sobie. — To jest po prostu potwornie upokarzające. Stracić kontrolę i to... publicznie.

Przy Panu — o to jej chodziło. Matthew poczuł niewypowiedziane słowa jak cios fizyczny. Jej duma była zraniona równie mocno jak ciało, a może i bardziej, a jego obecność wyraźnie potęgowała jej rozpacz. Ta wiedza bolała, choć była logiczna. Po tym, jak ją traktował przez ostatnie tygodnie, nic dziwnego, że nie chciała go jako świadka tej chwili bezbronności.

— Claro — powiedział łagodnie — proszę mnie posłuchać. To, co się stało, nie było Pani porażką. Podejrzewam, że z koniem było coś nie w porządku, coś, czego nie mogliśmy dostrzec. — Zawahał się, po czym dodał ostrożnie: — A może nawet ktoś zrobił to celowo.

To zwróciło jej uwagę. Gwałtownie uniosła głowę, zielone oczy zwęziły się, gdy po raz pierwszy spojrzała mu prosto w twarz. — Co Pan ma na myśli?

Zanim Matthew zdołał rozwinąć temat, przerwał im odgłos zbliżających się kopyt. Pojawił się stajenny, prowadząc Pegasusa, który teraz szedł potulnie za nim, jakby wcześniejszy popłoch nigdy nie miał miejsca. Kontrast był tak uderzający, że tylko wzmocnił podejrzenia Matthew, ale to nie był moment, by je wypowiadać.

— Powinniśmy wrócić do Lady Virginie — powiedziała Clara. — Martwi się o swojego konia.

Matthew bardzo w to wątpił, zważywszy na to, co zaobserwował podczas kryzysu, ale skinął głową. — Może Pani iść, czy woli Pani wrócić na Ajaxie?

— Mogę doskonale iść o własnych siłach — odparła Clara, unosząc podbródek z dumą, od której Matthew ścisnęło się serce. — Idziemy?

Nie miał wyboru, jak tylko zrównać krok z Clarą; kilka kroków za nimi podążał stajenny z teraz już potulnym Pegasusem. Metamorfoza konia była niezwykła, niemal nienaturalna; jeszcze przed chwilą rozszalałe ze strachu zwierzę, które o mały włos nie zabiło Clary, teraz dawało się spokojnie prowadzić, uszy miało nastawione, krok równy i cichy. Matthew posłał podejrzliwe spojrzenie przez ramię na wałacha — ta rozbieżność w zachowaniu tylko utwierdzała go w przekonaniu, że ktoś świadomie rozdrażnił konia, zanim Clara na niego wsiadła.

— Teraz wydaje się całkiem normalny — zauważył neutralnym tonem. — Jakby nic się nie stało.

Clara skinęła głową, w wyrazie twarzy miała skupioną refleksję, mimo smug brudu na policzku i potarganych, złocistych włosów. — To dziwne. Gdyby rzeczywiście się czegoś bał, lęk by się utrzymywał. To wygląda raczej na działanie chwilowego czynnika drażniącego. — Zawahała się, po czym dodała niechętnie: — Albo na celową prowokację.

Matthew przyjrzał się jej profilowi, dostrzegając, jak profesjonalna analiza bierze górę nad osobistym upokorzeniem. Nawet teraz podchodziła do problemu przede wszystkim jak amazonka; ego schodziło na drugi plan wobec chęci zrozumienia, co poszło nie tak. To była kolejna cecha, która go do niej przyciągała — umiejętność odłożenia dumy w imię prawdy.

— Lady Virginie wspomniała, że Pegasus był dziś rano trudny, zanim Pani przyjechała — powiedział ostrożnie. — Jej stajenny miał kłopot z osiodłaniem go.

— Tak, właśnie to mi powiedziała. — Clara lekko zmarszczyła brwi. — Ale kiedy go badałam, nie było widocznych oznak bólu ani niepokoju. Może powinnam była być jeszcze dokładniejsza. Sprawdzić popręg, wędzidło...

— Claro — zwrócił się do niej, a to rzadkie użycie imienia przyciągnęło jej uwagę — jestem głęboko przekonany, że ktoś celowo rozdrażnił tego konia. I bardzo wątpię, by zrobił to stajenny.

Zanim Clara zdołała odpowiedzieć, dobiegły ich głosy. Szedł właśnie jednym z krętych parkowych traktów, oddzielonych od głównej alei rzędem wysokich żywopłotów. Gdy minęli zakręt, ukazała im się scena: Virginie, otoczona już przez niewielną grupkę porannych jeźdźców i spacerowiczów. Jej głos niósł się wyraźnie w wilgotnym, porannym powietrzu — modulowany tak, by osiągnąć maksymalny efekt dramatyczny.

— ...to było absolutnie straszne, nie mają Państwo pojęcia! — mówiła, jedną rękę w rękawiczce teatralnie przyciskając do serca. — Po wszystkich swoich wzniosłych przechwałkach o radzeniu sobie z trudnymi końmi straciła kontrolę niemal natychmiast. Biedny Pegasus był całkiem do opanowania, zanim uparła się, żeby na niego wsiąść.

Matthew poczuł, jak Clara sztywnieje u jego boku; jej krok na moment się zachwiał, nim zmusiła się iść dalej. Jego własny wydłużył się nieświadomie, a w piersi narastała złość, gdy fałszywa relacja Virginie trwała.

— Oczywiście próbowałam ją ostrzec — westchnęła Virginie, zwracając się do zahipnotyzowanej publiczności szerokimi, niewinnymi oczami. — Pegasus bywa żywiołowy, mówiłam, ale ona tak nalegała. Dodała jeszcze z wielką pewnością siebie, że wyszkoliła znacznie trudniejsze konie. A potem zobaczyć, jak leci z siodła jak worek kartofli zaraz po dosiadzie...

Wśród zgromadzonych — większość Matthew rozpoznawał jako członków towarzystwa, którzy o tej porze regularnie jeździli po parku — przebiegł chichot. Był tam Lord Debney; jego zwykle pogodne oblicze miało nietypowo poważny wyraz, gdy zerkał to na Virginie, to na zbliżających się Matthew i Clarę.

— Obawiam się, że teraz może być zrujnowany — ciągnęła Virginie, ściszając głos do tragicznego szeptu, który jednak niósł się do uszu Matthew bez trudu. — Konie pamiętają takie doświadczenia, proszę Państwa. Wątpię, by ktokolwiek mógł go po tym dosiąść. Ojciec będzie *wściekły*.

Dłonie Matthew zacisnęły się w pięści, wściekłość narastała w nim fala po fali. Celowe odwrócenie prawdy, złośliwa intencja stojąca za tym wszystkim — zapierały dech wyrachowaniem. Wiedział, że Virginie jest rozpieszczona, widział nawet jej skłonność do małostkowości, ale ta skalkulowana okrutność odsłoniła mrok charakteru, którego dotąd do końca nie pojmował. A jeśli to ona zrobiła coś Pegasusowi, by wywołać taką reakcję — to już było nie do wybaczenia. Clara miała niebywałe szczęście, że nie odniosła poważnych obrażeń, mogła nawet zginąć.

Spojrzał na Clarę, a gniew natychmiast złagodniał w troskę na ten widok. Krew całkiem odpłynęła jej z twarzy; cera pod smugami brudu po upadku miała popielaty odcień. Oczy, zwykle pełne błysku inteligencji i temperamentu, pociemniały od bólu, który sięgał o wiele głębiej niż jakikolwiek uraz fizyczny. A jednak szła naprzód, z wyprostowanymi plecami i uniesionym podbródkiem, w postawie godności, która wzruszyła go do głębi.

Gdy podeszli bliżej, Virginie wreszcie zdawała się zauważać ich pojawienie. Jej popis na moment się zachwiał; przez rysy przemknęło coś jakby niepokój, nim znów przywdziała wyuczony uśmiech.

— Ach, nareszcie jesteście — zawołała, tonąc w fałszywej trosce. — Właśnie opowiadałam wszystkim, jak straszliwie się o was oboje martwiłam. I o mojego biednego Pegasusa! Czy coś mu jest?

Matthew już otwierał usta — cięta riposta cisnęła mu się na język — ale lekki nacisk palców Clary na jego ramieniu go powstrzymał. Spojrzał w dół i zobaczył jej subtelny ruch głową, a w oczach milczącą prośbę: *Nie rób sceny. Nie skupiaj na tym upokorzeniu jeszcze więcej uwagi.*

Kosztowało go to niemal fizycznie, ale przełknął gniew, zmuszając rysy do spokoju, który przeczył wściekłości wciąż w nim buzującej. Dla dobra Clary nie da Virginie satysfakcji publicznej konfrontacji, nie dołoży widowisku, którego mimowolną centralną postacią stała się Clara.

— Pegasus zdaje się nieucierpiał — odparł chłodno, lecz panując nad sobą. — Jak Pani widzi, jest teraz całkiem spokojny.

— Cóż za szczęście — odparła Virginie, uśmiech nie sięgnął jednak jej oczu. — Choć zastanawiam się, czy to potrwa, kiedy ktoś znowu spróbuje na nim jechać. Takie doświadczenia potrafią urazić końską naturę, wie pan.

— Istotnie — zgodził się Matthew, a jego ton stwardniał mimo wysiłków, by zachować powściągliwość. — Choć z mojego doświadczenia konie reagują przede wszystkim na to, co odczuwają w danej chwili. Ich pamięć o konkretnych zdarzeniach nie jest tak rozwinięta jak u ludzi. — Wbił w Virginie znaczące spojrzenie. — W przeciwieństwie do ludzi, którzy potrafią wyraźnie pamiętać złośliwe czyny, często przez długie lata.

Lekkie rumieńce wspięły się na szyję Virginie na to ledwie zawoalowane ostrzeżenie, lecz zachowała spokój i przeniosła uwagę na Clarę. — Moja droga, wyglądasz doprawdy nędznie. Ten upadek musiał być jeszcze gorszy, niż wyglądało z oddali.

— Pannie Bell szczęśliwie udało się uniknąć poważnych obrażeń — wtrącił Matthew, zanim Clara zdołała odpowiedzieć, nie zamierzając dać Virginie kolejnej okazji do przeinaczenia wydarzeń. Skinął na stajennego. — Williams odprowadzi Pegasusa do pani stajni, Lady Virginie. Sugeruję, by pani własny stajenny dokładnie go obejrzał, zanim znów ktoś spróbuje na nim jechać.

Nie czekając na jej odpowiedź, odwrócił się do Clary, która mimo szeptów i spojrzeń kierowanych w jej stronę trzymała się z godnością. — Czy mogę odprowadzić Panią do domu, panno Bell? Przypuszczam, że zechce Pani odpocząć po takim wstrząsie.

— Jakże rycersko — skomentowała Virginie, a jej rozwlekły ton nie zdołał ukryć ostrości w głosie. — Miałam jednak nadzieję, że wznowimy naszą lekcję, gdy tylko wrócisz, Claro. Chyba drobna przeciwność nie wymaga, by całkiem porzucać nasze plany?

Matthew poczuł, jak niebezpiecznie puszczają mu nerwy na widok tej świeżej demonstracji bezduszności. Otworzył usta, by udzielić Virginie należnej jej nagany — niech się dzieje, co chce — lecz Clara znów go uprzedziła.

— Myślę, że najlepiej będzie przełożyć, Lady Virginie — powiedziała, a jej głos pozostawał zaskakująco równy mimo napięcia zdradzanego przez postawę. — Może gdy Pegasus będzie miał czas ochłonąć po porannych emocjach.

Cicha godność, z jaką wypowiedziała to niedopowiedzenie, tę życzliwą interpretację czegoś, co najwyraźniej było celowo sprokurowaną katastrofą, głęboko poruszyła Matthew. Odmowa Clary, by zniżyć się do poziomu małostkowości Virginie, tylko uwydatniła kontrast między charakterami obu kobiet.

— Jak pani sobie życzy — odparła Virginie z niedbałym wzruszeniem ramion, choć jej oczy nieco się zwęziły na widok opanowania Clary. — Sądzę, że możemy spróbować w przyszłym tygodniu, o ile poczuje się pani... na siłach.

— Panno Bell — rzekł Matthew, ofiarowując ramię z pełną kurtuazji formalnością — czy możemy?

Clara zawahała się na moment, po czym położyła w rękawiczce dłoń na jego rękawie, tak lekko, że ledwie czuł dotyk przez materiał surduta. Skinęła grzecznie zgromadzonym gapom, których miny wahały się od współczucia po ledwie skrywaną uciechę, po czym pozwoliła Matthew odprowadzić się z miejsca upokorzenia.

Gdy odchodzili, Matthew usłyszał za sobą, jak Lord Debney, niezwyczajnie ostry, zwraca się do Virginie: —

Mało to fair zrzucać winę na jeźdźca, kiedy koń wyraźnie dostał szału, prawda, Lady Virginie?

Matthew pozwolił sobie na mały, ponury uśmiech satysfakcji. Może jednak konsekwencje dla działań Virginie nadejdą, nawet jeśli nie z jego ręki.

Szli w krępującym milczeniu ścieżką prowadzącą z Hyde Parku w stronę Hanover Square. Poranna mgła rozwiała się już zupełnie, a jesienne niebo przybrało rześki, czysty błękit, jakby na przekór posępnemu nastrojowi między nimi. Matthew raz po raz zerkał na Clarę, szukając słów, które mogłyby przebić mur cichej godności, jaki wokół siebie wzniosła. Sztywność jej postawy sugerowała ból, którego nie chciała przyznać, i bez słowa dostosował krok do jej wolniejszego tempa, tak by nie zwracać uwagi na to ustępstwo.

— Pani stajenny odprowadził Guineverę do pani stajni — odezwał się w końcu, przerywając milczenie, które zapadło między nimi, odkąd zostawili za sobą Virginie i jej audytorium. — Mam nadzieję, że to Pani odpowiada. Uznałem, że najrozsądniej będzie założyć, iż nie zechce Pani dziś rano ponownie wsiadać.

Clara skinęła głową, wpatrzona w ścieżkę przed sobą. — Dziękuję. To było uprzejme.

Formalność w jej głosie zraniła go bardziej, niż chciałby przyznać. Zniknęła energiczna młoda kobieta, która przy ich pierwszym spotkaniu nad rzeką potrafiła mu się postawić; zastąpiła ją zdystansowana, grzeczna nieznajoma, zdeterminowana, by trzymać go na dystans. Trudno było mu ją winić, biorąc pod uwagę jego własne zachowanie w ostatnich tygodniach, a jednak rozpaczliwie pragnął odzyskać choć cień więzi, która ich niegdyś łączyła.

— Mogę sprowadzić dorożkę, jeśli woli Pani nie iść pieszo — zaproponował, znów zauważając ostrożny sposób, w jaki się poruszała, jakby chroniąc się przed gwałtowniejszymi ruchami. — Albo, jeśli wolałaby Pani jechać, Ajax jest całkowicie do Pani dyspozycji. Jest zadziwiająco łagodny mimo swoich rozmiarów.

— Spacer w zupełności wystarczy — odparła Clara, wciąż nie patrząc mu w oczy. — Ruch zapobiegnie zesztywnieniu mięśni po upadku.

Matthew skinął głową, szukając innej drogi. — Mówiłem poważnie, że podejrzewam celowe działanie względem Pegasusa. Jego zachowanie było zbyt skrajne, zbyt nagłe, by było naturalne. A to, jak szybko się uspokoił potem... — Pokręcił głową. — To co najmniej podejrzane.

To przynajmniej przyciągnęło jej uwagę; zawodowe zainteresowanie na moment przesłoniło osobisty niepokój. — Co mogłoby wywołać taką reakcję, jak Pan sądzi? Zastanawiałam się nad tym, ale muszę przyznać, że jestem w kropce.

— Istnieją substancje nakładane na skórę, które wywołują silne podrażnienie — odparł Matthew, z ulgą, że wreszcie podjął z nią rozmowę. — Na przykład pewne oleje albo proszki umieszczone pod siodłem lub popręgiem.

Mogą nie zadziałać od razu, co tłumaczyłoby, dlaczego Pegasus wydawał się względnie spokojny, dopóki Pani nie dosiadła konia i siodło nie docisnęło drażniącej substancji do skóry.

Clara zmarszczyła brwi, rozważając te informacje. — To byłoby umyślnie okrutne wobec konia, nie tylko wobec mnie.

— Wątpię, by dobro konia było szczególną troską osoby, która to zrobiła — odparł ponuro Matthew.

Jej zielone oczy po raz pierwszy od początku spaceru spotkały się z jego spojrzeniem. — Uważa Pan, że odpowiada za to Lady Virginie.

To nie było pytanie, ale Matthew i tak skinął głową. — Nie przychodzi mi do głowy nikt inny, kto miałby i motyw, i sposobność. Miała dostęp do Pegasusa przez cały poranek przed Pani przybyciem i zadziwiająco szybko zaczęła rozpowszechniać swoją wersję wydarzeń, gdy tylko Panią zrzucił.

— Ale dlaczego? — zapytała Clara, a szczere zdumienie zmąciło jej rysy. — Prosiła mnie o pomoc. Była przyjazna, gościnna. Jaki mogłaby mieć powód, żeby chcieć mnie upokorzyć?

Matthew zawahał się, rozdarty między chęcią szczerości a świadomością, że jego odpowiedź nieuchronnie postawi go w złym świetle. — Sądzę, że widzi w Pani potencjalną rywalkę — powiedział ostrożnie.

— Rywalkę? — powtórzyła Clara z niedowierzaniem. — W czym?

Miał sposobność się wytłumaczyć, a jednak nagle zabrakło mu słów. Jak wyjaśnić, że Virginie postrzega Clarę jako konkurentkę do jego uwagi, nie brzmiąc przy tym nieznośnie zarozumiale? Jak wyznać, że pozwolił Virginie wierzyć, iż odwzajemnia jej zainteresowanie, i to wszystko przez fatalne nieporozumienie co do pochodzenia Clary?

— W łaskach towarzystwa — powiedział zamiast tego, wybierając bezpieczniejszy wyjaśnienie, które nie było całkiem nieprawdziwe. — Od debiutu stała się Pani prawdziwą sensacją. Sam Książę-Regent darzy Panią wyraźną uwagą. Virginie była niekwestionowaną królową piękności przez trzy sezony, dotąd bez rywalki.

Clara pokręciła głową, nieprzekonana. — To błahy powód dla tak wyrachowanej złośliwości.

— Ludzie dopuszczali się znacznie gorszych czynów z o wiele mniej istotnych pobudek — odparł Matthew. — Zwłaszcza ci, którzy przywykli być w centrum uwagi.

Dotarli już do skraju parku, a przed nimi rozciągały się gwarniejące ulice Mayfair. Poranek posuwał się naprzód i modne towarzystwo zaczynało się budzić, a powozy i piesi mnożyli się na drodze do Hanover Square. Matthew boleśnie odczuwał, że ich obecna sytuacja — spacer bez przyzwoitki — już nagina granice przyzwoitości. Clara zdawała się to rozumieć, bo przyspieszyła kroku mimo widocznego dyskomfortu.

— Wkrótce powinienem wrócić do siebie — powiedział Matthew, dotrzymując jej kroku. — Ale chciałem najpierw poruszyć jeszcze jedną sprawę, jeśli Pani pozwoli.

Clara rzuciła mu ostrożne spojrzenie. — Słucham.

To była jego szansa — moment, by zacząć wyjaśniać nieporozumienie, które doprowadziło do jego wycofania, by przeprosić za niewybaczalne zachowanie ostatnich tygodni. Wziął głęboki oddech, szukając właściwych słów.

— Jestem Pani winien wyjaśnienie — zaczął, dobierając słowa z namysłem. — Moje ostatnie zachowanie wobec Pani było karygodne i pragnę najserdeczniej przeprosić za wszelki ból, jaki mogłem sprawić.

Krok Clary nieznacznie się zachwiał, na jej twarzy mignęło zaskoczenie, nim znów wygładziła rysy do ostrożnej neutralności. — Nie ma potrzeby przepraszać, Lordzie Whitmore. Nie jest mi Pan nic winien.

— Nie zgadzam się — odparł stanowczo Matthew. — Zachowałem się podle, wycofując przyjaźń bez słowa wyjaśnienia po...

— Po czym? — przerwała Clara, a błysk temperamentu, który tak w nim podziwiał, na moment rozświetlił jej twarz. — Po kilku przypadkowych spotkaniach? Po ratunku nad rzeką i byciu na tych samych przyjęciach? Przypisuje Pan zbytnią wagę naszej znajomości, mój panie. Nie byliśmy na tyle bliscy, by rozstanie wymagało tłumaczeń.

To celowe umniejszenie ich relacji zabolało go tym bardziej, że Matthew wiedział, iż było nieprawdziwe. Było między nimi coś — iskra zainteresowania i porozumienia, wykraczająca poza kurtuazyjne uprzejmości. Clara teraz się broniła, udając obojętność, by ocalić dumę, i znów nie mógł mieć do niej o to pretensji.

— Niemniej jednak — podjął — chciałbym się wytłumaczyć, jeśli zechce mi Pani dać sposobność. Może moglibyśmy porozmawiać na osobności, w najbliższym dogodnym dla Pani terminie? Jutro, na przykład?

Dotarli przed wynajęty dom rodziny Bellów przy Hanover Square, którego elegancka fasada wznosiła się przed nimi. Clara zatrzymała się u stóp schodów prowadzących do frontowych drzwi i wreszcie zwróciła się do Matthew wprost.

— Dziękuję za eskortę, Lordzie Whitmore, ale dalej poradzę sobie sama — powiedziała chłodno i formalnie. Poranne światło uchwyciło złote refleksy w jej włosach, podkreślając dumnie uniesiony podbródek, mimo brudu wciąż znaczącego policzek i nieładu w stroju. Nawet potargana i posiniaczona emanowała godnością, co głęboko go poruszyło.

— Claro — powiedział cicho, porzucając formalność w desperacji, by do niej dotrzeć. — Proszę pozwolić, że odwiedzę Panią jutro. Mam tak wiele do powiedzenia.

Coś mignęło w jej oczach, krucha nuta, szybko jednak zamaskowana. — Myślę, że najlepiej będzie zachować uprzejmy dystans, mój panie. Ostatnie wydarzenia jasno pokazały, że nasze kręgi towarzyskie, choć czasem się stykają, zasadniczo są odrębne. Pan ma swój świat, ja mam swój.

— To nieprawda — zaprotestował Matthew, a frustracja w nim narastała. — Różnice towarzyskie nie są tak nie do pokonania, jak Pani sugeruje.

— Naprawdę? — odparła Clara z nutą goryczy. — Przyszły książę musi przecież zważać na swoją pozycję, czyż nie? Na obowiązek wobec tytułu i rodu?

Matthew lekko się cofnął, rozpoznając słowa, jakich użył wobec ojca. Słowa, które jego ciotka włożyła mu do głowy — i ewidentnie wypowiedziała głośno, przy Clarze.

— Nie miałem na myśli... — zaczął, lecz przerwało mu otwarcie frontowych drzwi.

— Panna Bell! — zawołał lokaj, a jego zwykle nieporuszona twarz wyraźnie zdradzała niepokój na widok jej niechlujnego stanu. — Czy jest Panna ranna? Sprowadzić doktora?

— Nie trzeba, Phillips — odparła Clara, odwracając się od Matthew do służącego. — Po prostu spadłam z konia. Nic poważnego. — Zerknęła z powrotem na Matthew, znów przybierając maskę nieskazitelnej uprzejmości. — Dziękuję za dzisiejszą pomoc, Lordzie Whitmore. Do widzenia.

Po tych słowach pospiesznie weszła do środka, plecy trzymając prosto mimo oczywistego bólu, zostawiając Matthew samego na chodniku. Drzwi zamknęły się zdecydowanie za nią, a miękki trzask jakby podkreślił ostateczność jej odprawy.

Stał tak jeszcze chwilę, targany sprzecznymi emocjami. Troska o fizyczne zdrowie Clary mieszała się z frustracją z powodu jej odmowy wysłuchania go. Złość na rozmyślną okrutność Virginie rywalizowała z samopotępieniem za własną rolę w stworzeniu tej sytuacji. A pod tym wszystkim narastała pewność jego uczuć do Clary Bell — uczuć, które teraz wydawały się coraz mniej skłonne do odwzajemnienia.

Przejeżdżający powóz rozchlapał wodę z kałuży przy krawężniku, o włos nie brudząc butów Matthew i wyrywając go z zamyślenia. Dzień posuwał się naprzód, a ponure stanie przed domem Bellów nie przyniosłoby nic prócz potencjalnych plotek. Westchnąwszy, ruszył w stronę domu, a jego myśli już biegły naprzód, ku temu, jaki powinien być jego następny krok.

Clara wyraźnie pragnęła dystansu, a konwenanse nakazywały uszanować jej wolę. A jednak nie mógł zostawić spraw w takim stanie, nie mógł pozwolić, by machinacje Virginie pozostały bez odpowiedzi, nie mógł poddać się rosnącym uczuciom do Clary bez choćby próby rzetelnego wyjaśnienia się.

— Jaka przeszkoda stanie na drodze następna? — mruknął, kierując się ku Allanworth House, a jego nastrój ciemniał z każdym krokiem. Między jego własnymi potknięciami, złośliwością Virginie i zranioną dumą Clary, droga do odzyskania jej zaufania zdawała się coraz bardziej ciernista. A jednak poranne wydarzenia tylko wzmocniły jego determinację. Clara Bell była warta walki, choć bitwa zdawała się teraz bardziej zniechęcająca niż kiedykolwiek.

Rozdział dziesiąty

Clara siedziała samotnie w swojej sypialni, tępo wpatrując się w odbicie w lustrze toaletki. Młoda kobieta, która patrzyła na nią z drugiej strony, wydawała się obca: włosy wysuwające się z misternie upiętej fryzury, smuga brudu na policzku i oczy czerwone od łez, którym wreszcie pozwoliła popłynąć, kiedy była bezpieczna za zamkniętymi drzwiami. Nawet jej postawa, zwykle tak prosta i dumna, zapadła się do środka niczym kwiat więdnący od niespodziewanego przymrozku. Upadek w Hyde Parku pozostawił ciało obolałe, ale to duma pulsowała ostrzejszym bólem.

Przyłożyła ostrożnie palce do prawego biodra, krzywiąc się na dotyk w miejscu, gdzie uderzyła o ziemię. Tam tworzył się siniak — i to spektakularny, sądząc po bólu. Ramię również protestowało przy każdym gwałtowniejszym ruchu, a tuzin drobniejszych dolegliwości dawał o sobie znać, ilekroć zmieniała pozycję. Szkody fizyczne zagoją się dość szybko, osądziła na podstawie poprzednich doświadczeń takich upadków; tydzień lub dwa, najwyżej. Inne rany — te zadane jej reputacji i pewności siebie — będą się goić znacznie dłużej, o ile w ogóle.

— Rzucona jak worek zboża — szepnęła, powtarzając okrutny opis Lady Virginie, który poniósł się tak wyraźnie przez park. Słowa paliły w jej pamięci, wypalając się obok przerażonych twarzy gapiów, którzy byli świadkami jej upokorzenia. Jak szybko najnowsza sensacja tonu stała się jego najświeższym pośmiewiskiem.

Clara zamknęła oczy, ale to tylko pogorszyło sprawę. Bez rozpraszającego widoku własnego rozczochranego odbicia jej umysł odtwarzał katastrofalną scenę z doskonałą, bezlitosną dokładnością. Pegasus, koń, na którym jeździła wielokrotnie bez najmniejszego kłopotu, nagle przemieniający się w dzikie stworzenie, zdeterminowane, by ją zrzucić. Gwałtowne wspięcia i baranki, które wystawiły na próbę każdy gram jej pokaźnych umiejętności. Chwila, gdy koń ostro odbił przy pełnym galopie, wytrącając ją z równowagi mimo lat treningu. Mdłe uczucie spadania, świadomość, że nie zdoła odzyskać siodła. Uderzenie o ziemię, które wybiło z niej oddech.

A najgorsze były twarze. Lord Whitmore z wyrazem, w którym mieszała się troska i coś jeszcze, czego nie potrafiła nazwać. Lady Virginie, której piękne rysy ułożyły się w maskę fałszywej współczującej troski, niezdolną ukryć triumfu w szafirowych oczach. Zebrani widzowie — jedni przerażeni, inni ledwie skrywający rozbawienie na widok prowincjuszki sprowadzonej do parteru. To wspomnienie sprawiło, że żołądek znów ścisnął jej się z upokorzenia.

— Nigdy nie tracę panowania — wyszeptała do swojego odbicia, a słowa zatrzeszczały boleśnie w jej gardle. — Nigdy.

Oczywiście, że wcześniej spadała — ale rzadko. Zawsze wtedy, gdy przeceniała własne możliwości albo zbyt szybko pchała młodego konia do czegoś, na co nie był jeszcze gotów, i nie zdarzało się to od kilku lat, odkąd stała się bardziej biegła i doświadczona. Umiejętność trafnej oceny i opanowania każdego konia, na którego wsiadała, była jej dumą, tożsamością, jedyną rzeczą, która ją wyróżniała i dawała wartość mimo okoliczności urodzenia. A teraz, w najbardziej publiczny z możliwych sposobów, ta umiejętność ją zawiodła.

Delikatne pukanie do drzwi przerwało jej spiralę myśli. Clara pośpiesznie otarła oczy wierzchem dłoni, choć wiedziała, że ślady łez wciąż są na jej twarzy aż nazbyt widoczne.

— Proszę — zawołała, głosem pewniejszym, niż się czuła.

Drzwi otworzyły się, ukazując rodziców, z troską wypisaną na twarzach. Zwykle pewna siebie postawa Sir Richarda jakby przygasła, jakby ból córki stał się jego własnym. Obok niego oczy Theresy lśniły macierzyńskim niepokojem.

— Moja najdroższa — odezwał się ojciec cicho, przechodząc przez pokój, by stanąć za jej krzesłem. Ułożył dłonie delikatnie na jej ramionach, uważając, by ominąć to posiniaczone, które wyraźnie oszczędzała. — Phillips powiedział nam, co się stało. Bardzo się poturbowałaś? Od dawna już nie spadałaś. Możemy wezwać lekarza...

— Tylko siniaki — odparła Clara, próbując uśmiechu, który nie sięgnął oczu, i potrząsając głową na znak, że nie chce spełnić jego sugestii. — Nic poważnego.

Theresa usiadła na brzegu łóżka, nie odrywając łagodnego spojrzenia od twarzy Clary. — Fizyczne urazy mogą być drobne, ale podejrzewam, że rana w twojej duszy jest głębsza.

Starannie zbudowana powściągliwość Clary pękła pod prostym zrozumieniem w głosie przybranej matki. Dolna warga zadrżała jej mimo usilnych starań, by nad sobą panować.

— Nie rozumiem, co się stało — przyznała, a słowa popłynęły z niej, jakby pękła tama. — Pegasus był w porządku, kiedy go sprawdzałam. A potem nagle, jak tylko wsiadłam... jakby oszalał. Nic, co robiłam, nie przynosiło skutku. I wszyscy patrzyli, Lady Virginie o to zadbała. Zebrała widownię, zanim jeszcze spadłam na ziemię.

Palce Sir Richarda nieznacznie zacisnęły się na jej ramionach, a jego wyraz twarzy pociemniał. — Lady Virginie de Mortimer zawsze wydawała mi się młodą damą, której bardziej zależy na pozorach niż na treści.

— Brzmiało to tak, jakbym przechwalała się swoimi umiejętnościami, jakbym uparła się jechać na Pegazie wbrew jej radzie — głos Clary załamał się pod naporem nowych łez. — Ale to był jej pomysł, wszystko. Poprosiła mnie o pomoc w swojej jeździe.

— Oczywiście, że tak — powiedziała Theresa, a jej zwykle miękki głos zabrzmiał nadzwyczaj stanowczo. — Twoje umiejętności z końmi są wyjątkowe, Claro. Jedno niefortunne zdarzenie tego nie zmienia.

Clara pokręciła głową, niezdolna przyjąć pociechy. — Przy połowie londyńskiego towarzystwa jako świadkach? To zmienia wszystko.

Łzy, z którymi walczyła, w końcu popłynęły, spływając jej po policzkach bez przeszkód. — Proszę, czy możemy wrócić do domu? Z powrotem do Belle Haven? Nie zniosę, by znów stawić im czoła, patrzeć na litość i drwinę w ich oczach.

Sir Richard obszedł krzesło i uklęknął przed nią, ujmując jej drżące dłonie w swoje. W jego jasnoniebieskich oczach było tylko współczucie.

— Moja najdroższa — powiedział delikatnie — zabrałbym cię do domu choćby w tej chwili, gdybym mógł. Ale zobowiązaliśmy się uczestniczyć w gali Księcia Regenta za dwa dni. To nie jest zaproszenie, które możemy odrzucić bez ciężkiej zniewagi, nie po jego szczególnej życzliwości wobec naszej rodziny.

Serce Clary zatonęło. Gala Księcia Regenta miała być ukoronowaniem Małego Sezonu, olśniewającą uroczystością, która przyciągnie każdy znaczny członek towarzystwa. Myśl o wejściu do tej sali balowej, o ciężarze setek ciekawskich spojrzeń, o szeptach, które z pewnością podążą za nią niczym cień, była niemal nie do zniesienia.

— Rozumiem — powiedziała bezbarwnie, choć w istocie pragnęła tylko uciec, wrócić do komfortu i bezpieczeństwa Belle Haven, gdzie konie zachowywały się przewidywalnie, a opinie towarzystwa nie miały żadnego znaczenia.

Theresa wstała z łóżka i stanęła obok męża, kładąc dłoń na policzku Clary z macierzyńską czułością. — Nie musisz iść, kochanie — oznajmiła stanowczo. — Wytłumaczymy twoją nieobecność, powiemy, że to lekka niedyspozycja. Nikt nie będzie tego kwestionował po takim upadku.

Uczucie ulgi zalało Clarę na myśl o tym niespodziewanym ratunku. — Na pewno? — zapytała, zerkając to na jedno, to na drugie. — Nie chciałabym was zawieść.

— Jedyną rzeczą, która by nas zawiodła — odparł Sir Richard — byłby twój smutek. Odpocznij, odzyskaj ducha. Kiedy będziesz gotowa znów stanąć wobec towarzystwa, będziemy przy tobie, a wraz z nami ci, którzy są twoimi prawdziwymi przyjaciółmi, zapewniam.

— Dziękuję — wyszeptała Clara, czując pierwszy, malutki promyk spokoju od czasu feralnego upadku.

Theresa ujęła jej dłoń i ścisnęła ją zachęcająco. — Chcesz herbaty? Może czegoś do zjedzenia? Po takim przeżyciu na pewno jesteś wygłodniała.

Clara pokręciła głową. Na myśl o jedzeniu ścisnęło jej żołądek, który wciąż był splątany resztkami lęku i upokorzenia. — Może później. Myślę, że chciałabym chwilę odpocząć, jeśli nie macie nic przeciwko.

— Oczywiście — skinął Sir Richard i ucałował czule czubek jej głowy. — Będziemy na dole, jeśli czegokolwiek ci potrzeba.

— A ja każę pokojówkom przynieść gorącej wody, żebyś mogła się odświeżyć — dodała rzeczowo Theresa. — Poczujesz się lepiej po kąpieli i zmianie stroju.

Wyszli po ostatnich, pełnych troski spojrzeniach, domykając cicho drzwi. Znów sama, Clara odwróciła się do lustra, widząc na powrót obcą z przygaszonym spojrzeniem i rozczochraną fryzurą. Musiała jakoś pogodzić w sobie tę wstrząśniętą, upokorzoną dziewczynę z pewną siebie amazonką, za którą zawsze się miała.

Ale nie dziś. Dziś pozwoli sobie na luksus żałoby po czymś cennym, co wydawało się nieodwracalnie utracone: pewności we własne umiejętności, jedynym darze, który zawsze ją wyróżniał i nadawał wartość w świecie, który inaczej mógłby ją zbyć.

Późnym popołudniem Clara siedziała przy oknie swojej sypialni z otwartą, lecz nieczytaną książką na kolanach. Słowa nie potrafiły przykuć jej uwagi; umysł wciąż odtwarzał poranne upokorzenie w nieskończonej, dręczącej pętli. Na zewnątrz, wzdłuż Hanover Square turkotały powozy, wioząc pasażerów na popołudniowe wizyty i towarzyskie spotkania. Clara nigdy nie czuła się bardziej odłączona od tego świata, jakby szkło oddzielało ją teraz od towarzystwa, które na krótko ją przyjęło.

Lekki puk w drzwi wyrwał ją z melancholijnych rozmyślań. — Panna Bell — powiedziała cicho pokojówka — lokaj powiada, że Lady Persephone Pemberton jest na dole i prosi do pani. Mam przekazać, że pani jest niedysponowana?

Lady Persephone? Co mogło skłonić kuzynkę Matthew do wizyty, i to dziś, z wszystkich dni? A jednak nagle zapragnęła zobaczyć Persephone; szczerość i życzliwość tamtej mogły być właśnie tym, czego teraz potrzebowała. Persephone na pewno by z niej nie drwiła — tego była pewna.

— Nie — odparła, szybko wstając i sycząc z bólu, gdy odezwało się posiniaczone biodro. — Zejdę zaraz.

Gdy pokojówka odeszła, Clara podeszła do toaletki tak szybko, jak pozwalało obolałe ciało. Odbicie potwierdziło jej obawy: blade policzki, oczy wciąż zaczerwienione od płaczu, i loczki wymykające się ze spinek. Uporządkowała wygląd najlepiej, jak umiała: uszczypnęła się w policzki, by dodać im koloru, i wygładziła włosy w bardziej prezentowne upięcie. Przynajmniej pozwoliła Benson ubrać się na nowo wcześniej, po zmyciu brudu; siedzenie w szlafroku w środku dnia wydawało się jej niedorzeczne. Zielona suknia dzienna wystarczy, by przyjąć przyjaciółkę na prywatnej wizycie.

Kiedy zeszła po schodach do salonu, Clara wygładziła rysy w maskę spokojnej uprzejmości, która kryła kipiący pod spodem niepokój. Zatrzymała się w progu, wzięła uspokajający oddech i weszła.

Lady Persephone stała przy kominku, śliczna w miękkiej, błękitnej sukni. Jej lśniące brązowe pukle były modnie ułożone pod skromnym kapelusikiem przystrojonym wstążką w kolorze sukni. Na wejście Clary odwróciła się szybko, a jej jasnoniebieskie oczy rozbłysły wyraźną ulgą.

— Panno Bell — odezwała się, podchodząc z zapałem, który kłócił się z jej zwykłą nieśmiałością. — Mam nadzieję, że wybaczysz ten najazd. Ja... to znaczy, martwiłam się po porannych wydarzeniach.

Clara zdobyła się na uśmiech, który miała nadzieję, że wygląda bardziej szczerze, niż się czuła. — Lady Persephone, to bardzo miło z twojej strony. Proszę, usiądź. Mam zadzwonić po herbatę?

— Och, nie, dziękuję — odparła Persephone, siadając na sofie, lecz zasiadając na samym skraju, jakby gotowa do pośpiesznego odejścia. — I proszę, prosiłam już, żebyś mówiła do mnie Persephone, albo nawet Seph.

Clara zajęła fotel naprzeciw, zachowując uprzejmy wyraz mimo niezręczności sytuacji. Co powiedzieć kuzynce mężczyzny, który był świadkiem najbardziej upokarzającej porażki? Mężczyzny, którego zainteresowanie zapowiadało się tak obiecująco, po czym nagle ostygło z powodów, których Clara wciąż nie pojmowała, by znów okazał jej względy dziś rano? Clara w najmniejszym stopniu nie rozumiała Matthew Whitmore'a, ale to nie on siedział przed nią, więc z wysiłkiem odsunęła od siebie myśli o drażniąco niekonsekwentnym markizie i skupiła się na jego kuzynce.

— Mam nadzieję, że masz się dobrze, Persephone — powiedziała, uciekając się do towarzyskiego konwenansu. — Twoja mama w dobrym zdrowiu, mam nadzieję?

Persephone odpędziła uprzejmości zaskakującą stanowczością. — Clara, proszę. Nie przyszłam wymieniać grzeczności. — Pochyliła się, a jej zwykle miękki głos nabrał niezwykłej intensywności. — Widziałam, co się stało dziś rano w parku.

Clara poczuła, jak rumieniec napływa jej na policzki. — Byłaś tam? Nie zauważyłam cię wśród... — urwała, niezdolna wypowiedzieć słowa „widzów", które miało gorzki posmak na języku.

— Jechałam z luzakiem po drugiej stronie alejki — wyjaśniła Persephone. — Nie na tyle blisko, by być częścią widowni Lady Virginie, ale dość, by widzieć wszystko. — Jej okrągła twarz złagodniała szczerym współczuciem. — To nie była twoja wina.

— Jesteś bardzo uprzejma — odparła automatycznie Clara, wypowiadając przygotowaną odpowiedź dla każdego, kto zechce złożyć kondolencje po jej upokorzeniu. — Zapewniam jednak, że już doszłam do siebie po całym zajściu.

— Nie, nie rozumiesz — nalegała Persephone z niezwykłą dla niej nagłością. — Nie mam na myśli tego, że wypadki zdarzają się nawet najlepszym jeźdźcom. Mam na myśli to, że dosłownie nie była to twoja wina, bo to nie był wypadek.

Starannie utrzymywany spokój Clary zachwiał się; rozszerzyły jej się oczy, gdy wpatrywała się w szczerą twarz Persephone. — Co masz na myśli?

Persephone zerknęła w stronę drzwi, jakby upewniając się, że naprawdę są same, po czym ściszyła głos. — Powinnaś zajrzeć do stajni lorda Westbourne'a.

— Do stajni lorda Westbourne'a? — powtórzyła Clara, zdezorientowana. — Ojca Lady Virginie? Po co?

Pule, pulchne palce Persephone splotły się nerwowo na kolanach, ale jej spojrzenie pozostało pewne. — Po prostu zajrzyj. Tyle mogę powiedzieć.

Clara pochyliła się, badając twarz młodszej kobiety. — Persephone, jeśli wiesz coś o tym, co się dziś rano stało, proszę, powiedz mi. Ten koń o mało mnie nie zabił.

— Wiem — odparła Persephone, a jej twarz wyrażała autentyczne strapienie. — I chciałabym powiedzieć więcej, naprawdę. Ale już zaryzykowałam zbyt wiele, przychodząc tutaj; mama byłaby wściekła, gdyby pomyślała, że rzeczywiście zrobiłam coś, co zaszkodzi szansom Lady Virginie przy moim kuzynie. — Zerwała się nagle, wygładzając drżącymi dłońmi spódnicę. — Stajnie lorda Westbourne'a. Tylko tyle mogę ci powiedzieć.

Clara również wstała, ignorując kłucie w posiniaczonym biodrze. — Ale dlaczego? Czego mam szukać? Jak w ogóle dostanę się do stajni w cudzym domu?

— Jesteś sprytna — powiedziała Persephone, a cień uśmiechu złagodził jej zmartwiony wyraz. — I zdeterminowana. Jeśli ktokolwiek potrafi znaleźć sposób, to ty. — Ruszyła ku drzwiom, po czym zatrzymała się i odwróciła z niespodziewaną stanowczością. — Mój kuzyn bardzo cię podziwia, wiesz. Bardziej, niż sam przed sobą przyznaje.

Nagła zmiana tematu zaskoczyła Clarę. — Lord Whitmore ostatnimi tygodniami dość jasno okazał swoje preferencje — odparła, nie zdoławszy całkiem stłumić nuty goryczy. — Jego względy wobec Lady Virginie były aż nadto wyraźne.

— Rzeczy nie zawsze są takie, na jakie wyglądają — powiedziała zagadkowo Persephone. — Czasem najbardziej oczywiste wyjaśnienie jest całkiem błędne.

Zanim Clara zdołała odpowiedzieć na to zastanawiające stwierdzenie, Persephone złożyła pośpieszny dyg i wymknęła się z pokoju, zostawiając Clarę w osłupieniu.

Po chwili pojawił się lokaj. — Czy mam odprowadzić Lady Persephone, panno Bell?

— Tak, dziękuję, panie Phillips — odparła roztargniona Clara, a myśli wirowały jej wokół implikacji zagadkowej rady Persephone.

Gdy znów została sama, zaczęła przemierzać salon tam i z powrotem, zapominając o bólu biodra, bo w jej wnętrzu roznieciło się podekscytowanie. Czy w stajniach lorda Westbourne'a znajdzie się wyjaśnienie tego, co stało się z Pegazem? Co to mogłoby być? I jak przeprowadzić dochodzenie, nie dając się przy tym przyłapać?

Podeszła do okna i patrzyła, jak powóz Persephone odjeżdża. Na zewnątrz światło gasło wraz z krótkim zimowym dniem, a nad Hanover Square wisiało ołowiane niebo z groźbą deszczu. Powozy toczyły się dalej, wioząc pasażerów na kolacje i wieczorne rozrywki. Rytm życia towarzyskiego płynął nieprzerwanie, niewzruszony chwilowym wycofaniem Clary z jego kręgów.

Gala Księcia Regenta. Myśl uderzyła ją nagłą jasnością. Za dwa dni cały ton zbierze się w Carlton House, łącznie z hrabią Westbourne'em i jego rodziną. Stajnie będą obsadzone minimalnie, uwaga domowników skupi się gdzie indziej. To idealna okazja.

Po raz pierwszy od porannej katastrofy Clara poczuła, że duch jej się podnosi. Oto coś namacalnego, działanie zamiast biernego cierpienia. Jeśli Lady Virginie rzeczywiście zaaranżowała jej upokorzenie, jeśli w stajniach lorda Westbourne'a można znaleźć dowody, Clara je znajdzie.

Mały, zdecydowany uśmiech wykrzywił jej usta. Może spadła z konia, ale Clara Bell wcale nie była pokonana. A jeśli Lady Virginie de Mortimer faktycznie miała udział w jej hańbie, wkrótce przekona się, że Clara nie jest przeciwniczką, którą można lekceważyć.

Wieczór gali Księcia Regenta nadszedł wraz z krzątaniną w całym domu Bellów. Służący śpieszyli korytarzami, zanosząc świeżo wyprasowane stroje i wypolerowane buty do pokoi Sir Richarda i Lady Bell. Tymczasem Clara, sama w swojej sypialni, przygotowywała się w zupełnie inny sposób. Zamiast wybierać klejnoty czy układać włosy, rozłożyła najpraktyczniejsze ze swoich rzeczy: ciemny płaszcz z głębokim kapturem, solidne trzewiki, które nie zadźwięczą na bruku, oraz małą latarenkę, którą podprowadziła z kuchni, wraz z kieszonkowym krzesiwem.

— Idealnie — mruknęła, krytycznie zerkając na zgromadzony zestaw. Jej zwyczajny londyński strój to modne muśliny i delikatne pantofelki — ubrania stworzone, by olśniewać w salonach i salach balowych, nie do skradania się ciemnymi podwórkami w poszukiwaniu dowodów. Na szczęście spakowała kilka praktycznych rzeczy z Belle Haven, nigdy nie potrafiąc porzucić prostszych ubrań, które wolała na poranne przejażdżki i prace w stajni. Jej amazoński strój był granatowy i wystarczy jako nierzucający się w oczy ubiór.

Clara rozłożyła na łóżku małą mapę Mayfair, pożyczoną z gabinetu ojca. Palcem odrysowała drogę z Hanover Square do Berkeley Square, gdzie stał elegancki dom hrabiego Westbourne'a, ze stajniami dostępnymi od tyłu, przez mews. Odległość nie była wielka — może piętnaście minut pieszo — ale na myśl o błądzeniu po ulicach nocą przygryzła nerwowo wargę. Nawet za dnia nie wolno jej było wychodzić samej; to nie było bezpieczne. Ojciec nigdy by jej nie wybaczył takiego ryzyka.

Wyjęła z komody sakiewkę i przeliczyła monety. Nie miała wiele; ojciec zawsze tylko mówił, że może kupować, co zechce, a on ureguluje rachunki, więc Clara nigdy nie potrzebowała pieniędzy w kieszeni. Uznała jednak, że wystarczy na dorożkę do Berkeley Square i z powrotem, i wsunęła sakiewkę do kieszeni ciemnej sukni — praktycznej, z granatowej wełny, która nie odbijała światła i nie szeleściła przy ruchu.

Clara zerknęła na mały zegar na kominku. Sir Richard i Theresa mieli wyruszyć w ciągu godziny, zostawiając ją rzekomo odpoczywającą w pokoju na wieczór, jako że zjadła już kolację. Czas między ich wyjazdem a jej własnym najlepiej było poświęcić na przećwiczenie ewentualnych wyjaśnień, gdyby ją przyłapano.

— Och, tylko zaczerpnęłam powietrza — przećwiczyła, przybierając wyraz niewinnego zaskoczenia. Nie, to nie wyjaśniłoby jej obecności w okolicy stajni lorda Westbourne'a. — Uważam, że konia celowo spłoszono — spróbowała zamiast tego, tonem twardym od słusznego oburzenia. Ale to zbyt jasno zdradziłoby jej podejrzenia.

— Martwiłam się o Pegaza po jego dziwnym zachowaniu — mruknęła, uznając to wyjaśnienie za najbardziej wiarygodne. Troska o konia zamiast oskarżeń. To może się przydać, jeśli ktoś zacznie pytać.

Clara usiadła przy oknie i patrzyła, jak powozów na ulicy przybywa, wioząc elegancko ubranych pasażerów do Carlton House, gdzie miała się wkrótce rozpocząć gala Księcia Regenta. Dostrzegła kilka znanych herbów, w tym charakterystyczne godło Lady Pemberton na mijającym powozie. Czy Persephone była w środku? Czy właśnie teraz zastanawiała się, czy Clara posłucha jej zagadkowej rady?

Wreszcie Clara usłyszała nieomylną wrzawę towarzyszącą wyjazdowi rodziców: głęboki głos ojca, wydającego ostatnie dyspozycje lokajowi, lżejszy ton Theresy, żegnającej się z gospodynią, ciężkie trzaśnięcie frontowych drzwi. Podbiegła do okna w samą porę, by zobaczyć, jak wsiadają do karety: Sir Richard, olśniewający w stroju wieczorowym, pomagał Theresie, promieniejącej w lawendowej sukni przystrojonej srebrnymi wstążkami.

Clara odczekała jeszcze pół godziny. Odgłosy w domu stopniowo cichły, gdy służba, mając mniej zajęć w nieobecności państwa, wycofała się do swoich kwater na wczesny spoczynek.

Wreszcie nadszedł moment. Clara narzuciła płaszcz, starannie dopinając zapięcie pod gardłem, po czym naciągnęła kaptur na włosy. Wsuwając stopy w trzewiki, wdzięczna była za ich solidne podeszwy i pewne trzymanie. Na końcu włożyła rękawiczki — miękka skóra nie krępowała ruchów, a chroniła dłonie przed chłodem nocnego powietrza.

Otwierając drzwi z najwyższą ostrożnością, zatrzymała się w progu i nasłuchiwała, czy ktoś nie porusza się korytarzem. Gdy nic nie usłyszała, wysunęła się i bezszelestnie domknęła za sobą drzwi. Przed nią ciągnął się korytarz — pośrodku wyłożony dywanem, z gołymi deskami przy krawędziach. Trzymała się dywanu, poruszając się szybko, lecz cicho w stronę schodów.

Na dole znów się zatrzymała, serce biło jej prędzej, gdy ciężar misji dał o sobie znać. Dom był cichy, lecz nie milczący; dochodziły drobne odgłosy życia: odległy brzęk naczyń w kuchni, skrzypnięcie krzesła w kredensie lokaja, gdzie Phillips zapewne siedział z wieczornym kuflem piwa. Clara wstrzymała oddech, odliczając sekundy, aż nabrała pewności, że nikt zaraz nie pojawi się na korytarzu.

Przemknęła korytarzem do gabinetu Sir Richarda — wybranego ze względu na wygodne wyjście do ogrodu przez podwójne drzwi balkonowe. Zawiasy na szczęście nie wydały głosu, gdy uchyliła je tyle, by się prześlizgnąć.

Chłodne powietrze owiało jej twarz, gdy wyszła na zewnątrz, głębiej nasuwając kaptur, by ukryć rysy w cieniu. Ogród był mały, lecz zadbany — typowa miejska własność z równymi ścieżkami prowadzącymi do tylnej furtki wychodzącej na wąskie podwórko gospodarcze używane głównie przez tragarzy.

Clara poruszała się teraz szybko, nie martwiąc się już o odgłosy, ale wciąż czujna, by nie dać się wypatrzeć sąsiadom lub przechodzącej służbie. Zasuwa furtki poddała się bez protestu i pozwoliła jej przemknąć na podwórze, które w mroku leżało puste.

Londyn nocą to zupełnie inny świat niż ten, który Clara poznała podczas Sezonu. Modne ulice Mayfair, zazwyczaj pełne powozów i przechodniów, teraz ciche i w znacznej mierze puste — większość towarzystwa zebrała się w Carlton House na gali Księcia Regenta. Krążyło jednak kilka dorożek i Clara zebrała odwagę, by jedną zatrzymać.

— Berkeley Square — powiedziała, starając się brzmieć pewnie, choć trzymała kaptur nisko, by ukryć twarz. Furman ledwie na nią spojrzał, mruknął tylko na znak, że usłyszał. Clara wspięła się do kabiny i uśmiechnęła się pod nosem, czując, jak w środku rozkwita małe poczucie triumfu nad tym, jak łatwa okazała się pierwsza część misji.

Trudniejsze dopiero przed tobą — zganiła się w myślach. — *Nie popadaj w samozachwyt!*

Berkeley Square wyłonił się prędzej, niż się spodziewała; jego centralny ogród był czarną masą kształtów na tle nocnego nieba. Kamienica hrabiego Westbourne'a stała po wschodniej stronie — imponująca, z oknami rozświetlonymi tylko minimalnie dla służby podczas nieobecności rodziny. Za nią, dostępne przez wąski przesmyk między budynkami, leżały mews, gdzie trzymano powozy i konie.

— Tu wystarczy — zawołała do furmana, który mruknął coś i ściągnął wodze.

— Dwa szylingi — burknął, a Clara z ulgą odnotowała, że nie zażądał więcej. Odliczyła monety i zapłaciła, czekając, aż odjedzie, nim zwróciła uwagę na cel. Przy wjeździe do mews płonęła pojedyncza latarnia, dając akurat tyle światła, by naprowadzić wracającego woźnicę, lecz nie dość, by w pełni oświetlić okolicę. Idealnie dla niej: widzieć, nie będąc łatwo dostrzeżoną.

Wciągnęła głęboki oddech, gotowa na to, co może odkryć. Siniaki dawały się we znaki, nerwy brzęczały od napięcia, ale determinacja pozostała niewzruszona. Jeśli są tu jakieś dowody, znajdzie je. Jeśli Lady Virginie rzeczywiście zaplanowała jej upokorzenie, Clara odkryje prawdę — choć co z tą wiedzą zrobi, jeszcze nie wiedziała.

Ostatni raz rozejrzała się, by mieć pewność, że nikt jej nie obserwuje, po czym wysunęła się w cień i ruszyła ku stajniom Westbourne'ów z milczącą, skupioną intensywnością łowczyni, która śledzi swoją zwierzynę.

Rozdział jedenasty

Matthew stał przed lustrem w swojej garderobie, z lekkim grymasem poprawiając po raz trzeci fałdy krawata. Śnieżnobiały, sztywny len uparcie odmawiał współpracy, podobnie jak jego myśli, które krążyły wciąż wokół Clary Bell, mimo że usiłował skupić się na nadchodzącym wieczorze. Gala księcia regenta wymagała jego obecności, najwytworniejszego stroju i nienagannych manier, a jednak potrafił myśleć wyłącznie o zranionej dumie w oczach Clary, gdy widział ją po raz ostatni, i o słowach, których nie pozwoliła mu wypowiedzieć.

— Do licha — mruknął, znów luzując krawat. Jego kamerdyner, który krążył w pobliżu z niemą dezaprobatą, zrobił krok naprzód i westchnął w sposób, który oddawał zarazem współczucie, jak i zniecierpliwienie.

— Jeśli wolno, mój panie? — zapytał, już wyciągając rękę po krnąbrny materiał.

Matthew skinął głową, opuścił ręce i wpatrzył się w swoje odbicie, podczas gdy zwinne palce kamerdynera zamieniły len w nieskazitelną kaskadę ostrych fałd. Twarz, która spoglądała na niego z lustra, wyglądała jak zawsze — mocna szczęka odziedziczona po ojcu, ciemne oczy, znak rozpoznawczy rodu Whitmore'ów — a jednak w ostatnich tygodniach coś w jego wyrazie się zmieniło. Zniknęła pewna lekkość, ustępując miejsca powadze, która czyniła go starszym, niż wskazywały jego lat dwadzieścia pięć.

— Oto i jest, mój panie — oznajmił kamerdyner, odsunąwszy się, by ocenić efekt. — Pozwolę sobie stwierdzić, że nader zadowalająco.

— Dziękuję, Simmons — odparł Matthew, sięgając po granatowy frak rozłożony na łóżku. Zapiął guziki, wyprostował ramiona i kiwnął głową, aprobując doskonały krój i dopasowanie. Cokolwiek działo się w jego wnętrzu, przynajmniej wyglądem sprosta surowym wymogom londyńskiej socjety.

Myśli znów powędrowały ku Clarze, gdy wybierał z szuflady nieskazitelnie białe rękawiczki. Czy doszła już do siebie po upadku? Siniaki wciąż musiały być widoczne, choć może już nie tak wściekle fioletowe jak na początku. Bardziej niepokoiło go jednak to, co stało się z jej duchem — upokorzenie, którego doznała z rąk Virginie. Wysłał kwiaty i liścik następnego dnia po zajściu, ale posłaniec wrócił z jednym i drugim, a pieczęć na liście pozostała nienaruszona. Clara nie była jeszcze gotowa wysłuchać jego wyjaśnień i trudno było mu mieć jej to za złe.

Ciche pukanie do drzwi przerwało jego zadumę. — Proszę — zawołał, odwracając się, gdy do pokoju wszedł ojciec, a Simmons szybko usunął mu się z drogi.

Książę Allanworth stanął w progu, olśniewający w wieczorowym stroju, z gwiazdą Orderu Podwiązki lśniącą na piersi. Mimo upływających lat pozostawał postacią imponującą, jego postura była tak dumna i prosta, jak za młodu.

— Prawie gotów? — zapytał książę, z aprobatą ogarniając bystrym wzrokiem wygląd syna. — Karetka czeka, a nie powinniśmy się spóźnić. Jego Wysokość jest ostatnio szczególnie czuły na punkcie punktualności.

— Już prawie — odparł Matthew, wsuwając drugą rękawiczkę. — Choć wyznam, że z pewną niechęcią myślę o tym wieczorze.

Brwi księcia lekko się uniosły. — Doprawdy? I z jakiego powodu? Nigdy dotąd nie miałeś nic przeciwko królewskim zgromadzeniom.

Matthew zawahał się, niepewny, jak ubrać w słowa złożony węzeł emocji, który sprawiał, że perspektywa błyszczącego wydarzenia towarzyskiego stała się nagle nie do zniesienia. — Nic konkretnego — wykręcił się. — Może po prostu nastrój.

— Nastrój o imieniu Clara Bell, być może? — zasugerował ojciec, a w oczach błysnęło mu porozumienie. — Rozumiem, że nie będzie dziś obecna. Widziałem w klubie sir Richarda i wspomniał, że wciąż dochodzi do siebie po nieszczęśliwym wypadku.

Matthew skinął głową — nie zaskoczony, lecz mimo to rozczarowany. Jakaś mała, nierozsądna część jego samego żywiła nadzieję, że mimo wszystko się pojawi, że zyska jeszcze jedną szansę rozmowy. — To pewnie lepiej — przyznał. — Towarzystwo bywa bezlitosne dla tych, którym powinie się noga publicznie.

— Prawda — zgodził się książę — choć podejrzewam, że panna Bell ma dość hartu ducha, by przetrwać tę burzę. A teraz? Ruszamy? Cierpliwość Księcia, w przeciwieństwie do jego kamizelek, nie jest rozległa.

Matthew skinął głową i ruszył za ojcem z pokoju, a następnie po wspaniałych schodach prowadzących do holu wejściowego. Lokaj uchylił przed nimi drzwi frontowe i skłonił się, gdy przechodzili. Na zewnątrz czekała kareta, a jej czarne, lakierowane panele błyszczały w świetle latarni gazowych ustawionych wokół Berkeley Square.

Gdy Matthew schodził po stopniach ku karecie, ruch po drugiej stronie skweru przyciągnął jego uwagę. Smukła postać w ciemnym płaszczu zsunęła się z dorożki i z cichą determinacją ruszyła w stronę stajni za rezydencją lorda Westbourne'a. Było w sposobie poruszania się tej osoby coś znajomego, gracja dziwnie nie na miejscu w tak potajemnych okolicznościach. Wyprostowana, arystokratyczna sylwetka, a jednocześnie krok dłuższy niż drobny trucht, jaki prezentowała większość dam w towarzystwie.

Znał tę postawę, ten krok, który połykał przestrzeń.

— Clara? — wyszeptał, nagle stając na ostatnim stopniu.

— Co się stało? — zapytał książę, odwracając się od drzwi karety, przy których już stanął.

Matthew wskazał dyskretnie. — Tam, przy domu Westbourne'a. To Clara Bell, jestem tego pewien. Co u licha robi, skradając się o tej porze? I czemu akurat tam?

Książę podążył za spojrzeniem syna akurat w chwili, gdy okryta płaszczem postać znikała w wąskim przejściu prowadzącym do stajni. Wyraz jego twarzy przeszedł od konsternacji do nagłego zrozumienia, po czym rozbłysła w nim iskra rozbawienia. — No proszę — mruknął. — Wygląda na to, że panna Bell prowadzi własne dochodzenie.

— Dochodzenie? — powtórzył Matthew, już ruszając ku krawędzi skweru, wpatrzony w miejsce, gdzie zniknęła Clara. — Jakie dochodzenie zaprowadziłoby ją do stajni Westbourne'a?

Książę parsknął ciepłym śmiechem, w którym nie było potępienia, lecz szczera aprobata. — Pomyśl, chłopcze. Skąd wziął się tamten gniady wałach? Ten, który tak widowiskowo ci ją zrzucił? I czyja córka zdaje się stać za całą tą upokarzającą inscenizacją?

Zrozumienie rozjaśniło oblicze Matthew. — Podejrzewa, że Virginie celowo zaaranżowała jej upadek. Szuka dowodów.

— Na to wygląda — przytaknął książę. — I to samotnie, co świadczy albo o godnej podziwu odwadze, albo o wątpliwym rozsądku, zależnie od punktu widzenia.

Matthew był już kilka kroków dalej, całkowicie skupiony na wąskim przejściu, w którym zniknęła Clara. — Powinienem za nią pójść — rzucił, zerkając na ojca. — Jeśli przyłapią ją na wtargnięciu do stajni Westbourne'a...

Książę skinął głową i machnął w rękawiczce ręką, jakby go popędzał. — Naturalnie, idź.

— Nie masz nic przeciwko? — zapytał Matthew, zaskoczony łatwą zgodą ojca. — Co powiesz Księciu?

— Że zostałeś nieuchronnie zatrzymany sprawą najwyższej wagi — odparł książę z lekkim uśmiechem. — Co zresztą jest czystą prawdą. A Książę wśród setek gości raczej nie zauważy jednego mniej. — Spoważniał. — Upewnij się, że panna Bell jest cała. Takie przygody, choć cne w duchu, bywają niebezpieczne w realizacji.

Z wdzięcznym skinieniem Matthew szybko przeciął skwer, jego wieczorowe pantofle na szczęście cicho stukały o kocie łby. Zbliżając się do przejścia prowadzącego do stajni Westbourne'ów, zwolnił, świadom potrzeby ostrożności. Jeśli Clara rzeczywiście tropiła dowody zdrady Virginie, ostatnim, czego jej było trzeba, było głośne obwieszczenie jej obecności przez jego nieuwagę.

Przejście było wąskie i ciemne, a skąpe światło latarni ze skweru szybko słabło, im głębiej się zapuszczał. Przed sobą ledwie dostrzegał nikłą poświatę pojedynczej latarni rozświetlającej wejście do stajni. Gdzieś w tym mrocznym świetle Clara Bell ryzykowała reputację, a może i bezpieczeństwo, w poszukiwaniu odpowiedzi. Cokolwiek ją tu przywiodło, jakie by nie były jej uczucia względem niego, Matthew nie mógł pozwolić, by stawiła czoła tym zagrożeniom sama.

Im bliżej stajni, tym wyraźniejsza stawała się wonna mieszanka koni i siana. Przed nim smukła postać w kapturze zatrzymała się przed drzwiami, a jedna ręka w rękawiczce niepewnie sięgnęła po żelazną zasuwę. Clara.

Przyspieszył, pilnując cienia. Mews były puste, o ile mógł dojrzeć — fornal Westbourne'ów towarzyszył zapewne chlebodawcom na gali księcia regenta, a stajenni korzystali z zasłużonego odpoczynku, póki kareta nie wróci — ale ktoś mógł jednak kręcić się w pobliżu, dopinając późnowieczorne obowiązki. Gdyby Clarę odkryto tutaj, samą i nieproszoną, skandal byłby natychmiastowy i druzgocący. Jej reputacja, już nadwątlona przez upokarzający upadek w Hyde Parku, mogłaby się nigdy nie podnieść po takiej nieroztropności.

Drzwi stajenne były z ciężkiego dębu, spatynowane wieloletnim użyciem. Gdy palce Clary zacisnęły się na żelaznej zasuwie, Matthew wysunął się w krąg światła rzucany przez pojedynczą latarnię zawieszoną przy wejściu.

— Panno Bell — powiedział cicho — co pani tutaj robi?

Clara odwróciła się ze stłumionym okrzykiem, a dłoń poleciała jej do gardła. Kaptur zsunął się z płaszcza, odsłaniając twarz bladą z przestrachu w świetle latarni. Przez moment wyglądała jak spłoszona łania, gotowa do ucieczki, z szeroko otwartymi ze zdumienia i niepokojem zielonymi oczami.

— Lordzie Whitmore! — szepnęła ostro. — O mało co nie przyprawił mnie pan o zawał!

— Przepraszam, że panią przestraszyłem — odparł Matthew, stawiając kolejny krok. — Choć może nie tak bardzo, jak powinienem, biorąc pod uwagę, że właśnie przyłapałem panią na próbie włamania do cudzych stajni.

Podbródek Clary uniósł się w znajomym geście przekory, który zdążył w nim wzbudzić podziw, mimo niepokoju malującego się w jej rysach. — Nie włamuję się — upierała się. — Ja tylko... prowadzę dochodzenie.

— Dochodzenie — powtórzył Matthew, nie mogąc powstrzymać nuty rozbawienia w głosie. — W stajniach hrabiego Westbourne'a. Nocą. Samotnie. I w stroju przypominającym zwykłą włamywaczkę.

Rumieniec wypłynął Clarze na policzki, widoczny nawet w nikłym świetle. — Nie sądzę, by mój ubiór przypominał strój włamywaczki — odcięła się. — I nie widzę, by moje zajęcia były pańską sprawą, mój panie.

Jej lodowata formalność ukłuła go, choć wiedział, że sobie na nią zasłużył po ostatnich wydarzeniach. Ale to nie był ani czas, ani miejsce na osobiste żale.

— Stają się moją sprawą, kiedy wiążą się z potencjalnym niebezpieczeństwem — odparł, zerkając wokół, czy nikt ich nie obserwuje. — Nie wspominając o szkodzie dla pani reputacji, jeśli zostałaby pani tu odkryta.

Clara zawahała się, a pewna mina lekko się zachwiała. — Doskonale znam ryzyko — powiedziała ciszej. — Ale mam powody, by sądzić... — urwała i przyjrzała mu się uważnie, jakby chciała ocenić, czy może mu zaufać.

Napięcie ostatnich ich spotkań zawisło między nimi jak niemal dotykalna przeszkoda. Matthew czekał, pozwalając jej samej zdecydować, czy się zwierzy. Ciszę wypełniały odgłosy mews: odległe parsknięcie konia, miękki tupot kopyt o słomę, skrzypienie skóry, gdy ktoś kilka budynków dalej poprawiał uprząż.

Wreszcie Clara jakby podjęła decyzję. — Lady Persephone odwiedziła mnie po moim upadku — wyszeptała.

— Moja kuzynka? — mrugnął Matthew, zaskoczony. Czegokolwiek się spodziewał, to nie tego. Co Persephone mogła powiedzieć, co zaprowadziło Clarę tutaj?

— Zasugerowała, by zajrzeć do tych stajni, jeśli pragnę zrozumieć, co stało się z Pegazem. Była dość zagadkowa, ale sugestia była wyraźna.

— Pani sądzi, że Lady Virginie celowo sprawiła, by została pani zrzucona — stwierdził Matthew.

Clara skinęła głową, a w jej rysach mignęła ulga, że został zrozumiany. — Coś w tym koniu było nie tak. Jeździłam na Pegazie kilka razy bez żadnych incydentów, a nagle zachował się jak nieujarzmiony źrebak. To nie ma sensu. Ale potrzebuję dowodów, nie samych podejrzeń.

Matthew przypomniał sobie gwałtowność upadku Clary, jak blisko była poważnej kontuzji. Myśl, że to mogło zostać zaaranżowane, wywołała w nim lodowaty przypływ gniewu. — Dlaczego Persephone by ci to powiedziała? I skąd by wiedziała?

Clara opuściła wzrok i wygładziła na płaszczu nieistniejące zagniecenie. — Sądzę, że Lady Persephone widzi i słyszy więcej, niż ludziom się wydaje. Jej matka — pani ciotka, Lady Pemberton — jest wielką przyjaciółką hrabiny Westbourne. Być może coś zasłyszała. Zasugerowała, że pewne... wyobrażenia mogą być błędne. Że pozory mylą. — Znowu zaróżowiły jej się policzki. — Myślę, że nie mówiła wyłącznie o koniach.

Sugestia była jasna, choć Matthew nie był pewien, jak na nią odpowiedzieć. To nie był moment, by rozplątywać nieporozumienia między nimi, nie gdy stali na widoku na podwórzu przy stajniach lorda Westbourne'a.

— O pozorach i wyobrażeniach porozmawiamy później — zdecydował. — Teraz, jeśli naprawdę zamierza pani prowadzić dochodzenie, nie powinna pani robić tego sama.

Brwi Clary uniosły się. — Proponuje mi pan pomoc we włamaniu, lordzie Whitmore? Doprawdy szokujące jak na przyszłego księcia.

Mimo powagi sytuacji Matthew poczuł, że trudno mu stłumić uśmiech na jej drobne droczenie się — pierwszy przebłysk ciepła z jej strony od tygodni. — Wolę myśleć o tym jako o zapewnieniu bezpieczeństwa damie, która podjęła dość niekonwencjonalną misję w imię sprawiedliwości — odparł. — Poza tym dwoje oczu widzi lepiej niż jedno.

— A jeśli nas złapią? — zapytała Clara, jak zwykle praktyczna.

— Wtedy moja obecność choć w części ochroni pani reputację — odrzekł Matthew. — Lordowi Westbourne'owi trudno byłoby formułować oskarżenia przeciwko synowi i dziedzicowi księcia Allanwortha, podczas gdy młoda dama sama byłaby znacznie bardziej narażona.

Clara rozważyła to, mierząc go uważnym spojrzeniem. — Pański ojciec nie pochwaliłby takich działań.

Matthew nie mógł powstrzymać cichego śmiechu. — Przeciwnie, niemal kazał mi panią śledzić. Przesyła zresztą wyrazy uznania za to, że woli pani szukać dowodów, zamiast ot tak przyjmować wersję Lady Virginie.

Na twarzy Clary zamigotało zaskoczenie, po czym coś na kształt ostrożnej przyjemności. — Wuj William tak powiedział?

— Mówisz do niego „wuj William"? — Matthew sam nie wiedział, czemu akurat ta informacja tak go zdumiała, skoro ojciec wyznał, że uważa całą rodzinę Bellów niemal za krewnych, ale istotnie go to zaskoczyło.

Clara zarumieniła się. — Cóż... tak, ale w Londynie nie powinnam. Nie chcemy, by ktoś pytał, dlaczego książę... — urwała.

Byli o krok od rozmowy, którą oboje uznali za przeznaczoną na później. Matthew uniósł dłoń, by ją powstrzymać. — Może przejdźmy do dochodzenia, zanim ktoś zauważy, że stoimy tu i gawędzimy na widoku?

Clara skinęła głową i uchyliła drzwi na tyle, by mogli się przecisnąć; zawiasy zaprotestowały miękkim skrzypnięciem, które w ciszy nocy wydało się alarmująco głośne. Spojrzała na Matthew, a w jej oczach mieszały się determinacja i niepokój.

— Gotów? — wyszeptała.

Matthew skinął, ignorując głos rozsądku, który upierał się, że to czyste szaleństwo. Jeśli Clara miała rację, jeśli Lady Virginie rzeczywiście zaaranżowała jej upokorzenie i sprowadziła na nią niebezpieczeństwo, chciał poznać prawdę równie mocno jak ona. A jeśli przy okazji zdoła zacząć naprawiać szkody, jakie wyrządziło jego własne zachowanie w ich relacji, tym lepiej.

— Proszę pierwsza, panno Bell — powiedział łagodnie, wskazując przejście. — Znajdźmy pani dowody.

Wnętrze stajni Westbourne'ów okazało się zaskakująco ciepłe po chłodzie zimowej nocy, a powietrze ciężkie od kojących woni siana, natłuszczonej skóry i końskiej sierści. Matthew zatrzymał się tuż za progiem, pozwalając oczom przywyknąć do mroku. Na końcu głównej alejki paliła się pojedyncza, dobrze osłonięta latarnia, rzucając długie cienie. Wszystko tu mówiło o bogactwie i pieczołowitości — od lśniącej uprzęży wiszącej na ścianach po świeżą słomę w każdym boksie.

— Hrabia nie szczędzi na konie — mruknął Matthew, zauważając wypolerowane mosiężne okucia i nienaganną czystość całego budynku.

Clara skinęła głową, już całkowicie skupiona na zadaniu. — Boksy są ponumerowane — szepnęła, wskazując mosiężne tabliczki. — Sprawdźmy każdy po kolei.

W stajniach panowała zbawienna cisza; większość koni drzemała o późnej porze. Tylko sporadyczne ciche parsknięcie czy miękkie stuknięcie kopyta o drewno przerywało spokój, gdy ostrożnie posuwali się wzdłuż alejki. Clara sięgnęła pod płaszcz i wyjęła małą latarnię, którą zapaliła wprawnym ruchem.

— Przyniosłam ją z domu — wyjaśniła, przygaszając płomień tak, by dawał dość światła, ale nie zbyt wiele. — Pomyślałam, że może trzeba będzie dostrzec szczegóły.

Matthew docenił jej przewidywanie. — Dobrze się pani przygotowała — zauważył, idąc za jej przykładem, gdy zaczęli sprawdzać kolejne boksy.

Pierwszych kilka mieściło piękne okazy: siwka cętkowaną z białą łysiną, kasztana z czterema skarpetkami, smukłego karym o nerwowym usposobieniu, który uskoczył przed ich światłem, parę masywnych, dobranych gniadoszy. Wszystkie to były oczywiście cenne zwierzęta, lecz żaden nie był podobny do gniadego wałacha, który strącił Clarę w parku.

— Pegaz musi tu gdzieś być — wyszeptała Clara, a w jej głos wkradła się nuta frustracji, gdy dotarli do połowy stajennego bloku. — Lady Persephone nie wysłałaby mnie tu bez powodu.

Matthew uspokajająco położył jej dłoń na ramieniu. — Sprawdziliśmy dopiero połowę. Idźmy dalej.

Ruszyli głębiej w stajnie. Gdy zbliżali się do końca budynku, Clara nagle przystanęła i wolną ręką ścisnęła rękaw Matthew.

— Spójrz — wydyszała. — Tam.

Matthew wytężył wzrok we wskazanym kierunku. W przedostatnim boksie po prawej stał gniady wałach, którego sierść błyszczała w świetle latarni, z ledwie widoczną białą gwiazdką na czole.

— Oto Pegaz — wyrwali jednocześnie, po czym spojrzeli na siebie zdezorientowani.

W boksie dokładnie naprzeciw konia, którego dostrzegł Matthew, stał inny gniady, niemal identyczny pod względem wzrostu i budowy, również z niewielką białą gwiazdką.

— Co pan ma na myśli? — zapytała Clara, marszcząc brwi. — O którego panu chodzi?

— Tego po prawej — odparł Matthew, wskazując bliższy boks. — Czy to nie na nim pani jechała, gdy spadła?

Clara powoli pokręciła głową, znów zerkając na oba gniadosze. — Myślałam, że to był ten po lewej. — Zbliżyła się do boksów i podniosła latarnię, by lepiej oświetlić konie. — Są niezwykle podobne. Na pierwszy rzut oka niemal identyczne.

Matthew podszedł za nią i teraz dostrzegał subtelne różnice. Ten po prawej miał nieco mocniejsze zady, temu po lewej głowa wydawała się odrobinę szlachetniejsza. Ale podobieństwo było uderzające: od ogólnej wielkości po umiejscowienie gwiazdki na czole.

— Mogłyby być bliźniakami — zauważył, gdy oba konie odwróciły łby ku światłu i zastrzygły uszami z zaciekawieniem.

Clara podała mu latarnię. — Proszę potrzymać — poprosiła i już ruszyła do pierwszych drzwi boksu. — Muszę przyjrzeć się im z bliska.

Matthew uniósł latarnię, by najlepiej oświetlała, gdy Clara ostrożnie odsunęła zasuwę prawego boksu. Gniadosz zarżał cicho i wyciągnął chrapy w jej stronę, gdy weszła. Poruszała się pewnie, lecz łagodnie, przemawiając do zwierzęcia cichym, kojącym głosem.

— Witaj, piękny — mruknęła, sunąc wprawną dłonią po jego szyi i kłębie. — Pamiętasz mnie?

Koń chętnie znosił jej dotyk, stojąc spokojnie, gdy ją badała. Clara przez kilka minut sprawdzała nogi, przesuwając dłońmi po każdej z uważną dokładnością. Na koniec podeszła do łba i ujęła chrapy w dłonie.

— Matthew, proszę bliżej światło — poprosiła, całkiem zapomniawszy o formalnościach w skupieniu. — Muszę obejrzeć zęby.

Matthew przysunął latarnię ponad jej ramieniem, gdy delikatnie rozchyliła końskie wargi. Zwierzę bez protestu pozwoliło dokładnie obejrzeć sobie pysk.

— Ten ma sześć lat, mniej więcej — orzekła w końcu, klepiąc konia czule, po czym wyszła z boksu i zasunęła rygiel.

Natychmiast przeszła do drugiego boksu i powtórzyła czynności przy lewym gniadoszu. Ten był nieco bardziej płochliwy i na początku potrząsnął łbem, gdy podeszła, lecz szybko się uspokoił pod jej wprawną ręką. Znów przeprowadziła dokładne oględziny, a gdy Matthew przysunął latarnię, szczególną uwagę poświęciła pysku.

— A ten — stwierdziła, cofając się z miną ponurej satysfakcji — nie ma więcej niż trzy.

Matthew zmarszczył brwi, nie od razu pojmując wagę odkrycia. Nigdy nie jeździł młodych koni; zawsze kupował już przygotowane do swoich potrzeb i niewiele wiedział o ich zajeżdżaniu. — Co nam to mówi?

Twarz Clary stężała, gdy zatrzasnęła drugi boks. — Mówi nam wszystko. Sześciolatek to wciąż młody koń, lecz może mieć dwa lata lub więcej pod siodłem. Nawet jeśli bywa ognisty i wrażliwy na otoczenie, przy właściwym obchodzeniu reaguje przewidywalnym posłuszeństwem. — Wskazała na młodszego. — Trzylatek natomiast to koń „zielony". Może mieć podstawy pracy z ziemi, ale brak mu doświadczenia i stateczności starszego, a mógł nawet nie być jeszcze zajeżdżony.

Zrozumienie rozjaśniło twarz Matthew. — Zamieniła je — powiedział, a elementy układanki wskoczyły na miejsce. — Za pierwszymi razy, kiedy z nią jeździłaś, siedziałaś na starszym wałachu.

— Tak — przytaknęła Clara, a w jej głosie zabrzmiała tłumiona złość. — Ale tamtego dnia w parku dała mi tego młodego, niezajeżdżonego konia. Nic dziwnego, że spanikował, kiedy wsiadłam. Być może nigdy wcześniej nie nosił siodła, dlatego próbował kopnąć stajennego przy siodłaniu. Kiedy usiadłam mu na grzbiecie, biedak nie miał pojęcia, co robić. Musiał być przerażony.

Oblicze Matthew pociemniało, gdy w pełni pojął konsekwencje. — Chciała, żebyś się skompromitowała — powiedział cicho. — Albo gorzej: żebyś odniosła obrażenia. Celowo wystawiła cię na niebezpieczeństwo, wiedząc, że niedoświadczony koń może zareagować gwałtownie.

— Musiała to planować od pewnego czasu — zauważyła Clara rzeczowo, ponad osobistą urazę przedzierając się zawodowy ogląd. — Znalezienie dwóch gniadoszy tak podobnych z wyglądu nie mogło być dziełem przypadku. Musiałaby szukać sobowtóra dla swojego Pegaza.

— Pytanie brzmi: dlaczego — powiedział Matthew, choć podejrzewał już odpowiedź. Lady Virginie widziała w Clarze rywalkę — nie tylko o łaski towarzystwa, ale i o jego uwagę. Uświadomienie tego napełniło go odrazą do własnej roli w całej sprawie, choćby i niezamierzonej.

Clara odwróciła się do niego w pełni, a światło latarni rozświetliło determinację w jej zielonych oczach. —

„Dlaczego" wydaje się dość oczywiste. Chciała mnie publicznie upokorzyć, zniszczyć moją reputację amazonki. Cóż lepszego, niż sprawić, bym wyszła na nieudolną przed pół Londynu?

— To było złośliwe — przyznał Matthew, a z każdą chwilą narastała w nim wściekłość. — I bardzo niebezpieczne. Mogłaś się poważnie poturbować, Clar... panno Bell, mogłaś nawet zginąć. Zaryzykowała twoje życie dla towarzyskiej przewagi.

— Nie tylko moje — zauważyła Clara, znów głaszcząc szyję młodszego gniadosza. — Ten biedak też mógł ucierpieć. Wystawienie nieprzygotowanego konia na taki stres i zamęt jest okrutne.

Jej troska o zwierzę mimo własnej krzywdy poruszyła w Matthew coś głębokiego. To było tak bardzo w jej stylu — umieć odsunąć osobistą urazę, by okazać współczucie stworzeniu, które, choć niewinnie, przyczyniło się do jej cierpienia.

— Co zrobisz z tą wiedzą? — zapytał, patrząc, jak daje młodszemu gniadoszowi ostatnie poklepanie, po czym odsuwa się od boksu.

Clara wyprostowała ramiona, a jej twarz stężała w postanowieniu. — Jeszcze nie wiem. Upublicznienie występku Lady Virginie wywołałoby skandal, który może przynieść więcej szkody niż pożytku. Ale nie mogę pozwolić, by wierzyła, że udało jej się zrujnować moją reputację i pewność siebie.

— Cokolwiek postanowisz — powiedział ostrożnie Matthew — mam nadzieję, że pozwolisz mi cię wesprzeć.

To, co zrobiła, jest nie do usprawiedliwienia i zasługuje na konsekwencje.

Clara długo mu się przyglądała, a migotliwe światło latarni rysowało na jej twarzy cienie, utrudniając mu odgadnięcie myśli. — Dlaczego miałby się pan opowiedzieć przeciw Lady Virginie ze względu na mnie? — zapytała wreszcie. — Wszyscy wierzą, że w ostatnich tygodniach stara się pan o jej względy.

To było otwarcie, na które Matthew liczył, choć okoliczności nie były wymarzone. A jednak, pośród koni, w stajni pachnącej sianem i skórą, gdy Clara patrzyła na niego tymi jasnymi, pytającymi oczami, nie potrafił dłużej lawirować.

— Nigdy nie zalecałem się do Lady Virginie — powiedział po prostu. — Pozwoliłem jej sądzić, że mogę być zainteresowany, bo próbowałem zdystansować się od pani, ale serca nigdy w to nie zaangażowałem. To był okropny błąd, którego głęboko żałuję.

Światło latarni odbiło się w lekkim rozszerzeniu oczu Clary, w rozchylonych z zaskoczenia ustach. Zanim jednak zdołała odpowiedzieć, do ich uszu dobiegł odgłos głosów za drzwiami stajni i oboje drgnęli.

— Ktoś idzie — wyszeptał Matthew, ujmując Clarę pod ramię i odciągając od boksów. — Musimy wyjść. Natychmiast.

Przyspieszając ku tyłowi stajni w poszukiwaniu innego wyjścia, Matthew pomyślał, że po raz kolejny okoliczności sprzysięgły się, by nie pozwolić mu należycie wyjaśnić się Clarze. Przynajmniej jednak znała już prawdę o Pegazie i być może zechce wysłuchać reszty, gdy będą już bezpieczni, z dala od stajni lorda Westbourne'a.

Rozdział dwunasty

Matthew poprowadził Clarę przez wejście dla służby z boku Allanworth House, kładąc dłoń lekko na jej lędźwiach, gdy wślizgiwali się do środka. W domu panowała cisza i półmrok; większość służby wycofała się już do kwater, odkąd książę wyruszył na bal księcia regenta. Jedynie pojedyncze świece rozświetlały im drogę, rzucając długie cienie tańczące po wypolerowanej posadzce, gdy szybkim krokiem przemierzali korytarze. Serce biło mu prędko, nie z wysiłku, lecz z powodu dziwnej, niemal poufnej bliskości: Clara w jego domu, w takich potajemnych okolicznościach.

— Tędy — wyszeptał, prowadząc ją obok drzwi do kuchni, skąd dobiegały dalekie głosy rozmawiających służących. — Gabinet mojego ojca to najbezpieczniejsze miejsce na rozmowę. Nikt nam tam nie będzie przeszkadzał.

Clara skinęła głową, twarz miała częściowo ukrytą pod kapturem peleryny, ale oczy błyszczały czujnie. Uciekli ze stajni lorda Westbourne'a, gdy głosy zbliżały się coraz bardziej, wymykając się tylnymi drzwiami na boczną aleję.

— A twój ojciec nie będzie miał nic przeciwko? — zapytała cicho, gdy skręcili w następny korytarz.

— Ani trochę — zapewnił ją Matthew, zatrzymując się na rogu, by nasłuchiwać kroków, po czym ruszył dalej. — Wprost przeciwnie, sądzę, że byłby raczej rozczarowany, gdybym nie udzielił ci schronienia po tym, co odkryliśmy.

Dotarli do jego gabinetu, nie natykając się na żadnego ze służących — szczęśliwy traf, który Matthew przypisał późnej porze i nieobecności księcia. Otworzył ciężkie dębowe drzwi i wprowadził Clarę do środka, po czym zamknął je mocno i przekręcił klucz w zamku. W pokoju panował niemal całkowity mrok, rozświetlany jedynie przez dogasające żarzące się węgielki w kominku.

— Chwileczkę — powiedział, podchodząc do paleniska i chwytając pogrzebacz. Poruszył żar, po czym dorzucił kilka szczap ze stosu przy kominku. Ogień szybko zajął, języki płomieni uniosły się, rzucając ciepłą, złocistą poświatę na pokój wypełniony księgami. Podniósł lichtarz, zapalił świecę i od niej kolejne, rozjaśniając wnętrze tak, by mógł dobrze widzieć Clarę. Nie chciał błędnie odczytać jej wyrazu twarzy podczas rozmowy, którą zamierzali odbyć.

Clara odsunęła kaptur, ukazując zarumienione policzki i lekko potargane włosy. W świetle ognia wyglądała przepięknie, pomyślał Matthew, obserwując, jak zaczęła przemierzać perski dywan rozłożony na środku gabinetu.

— Wciąż nie mogę w to uwierzyć — powiedziała, a jej głos był napięty od powstrzymywanego gniewu. — Celowo dać mi nieujeżdżonego konia, wiedząc, jakie to niebezpieczne... to niegodziwe.

Matthew skinął głową, opierając się o biurko ojca i patrząc, jak się porusza. — To była wyrachowana podłość, która mogła skończyć się poważnym urazem zarówno dla ciebie, jak i dla konia — przyznał. — Jestem zdumiony twoją jazdą, Claro. Większość jeźdźców zostałaby zrzucona w chwili, gdy tak młode, zielone zwierzę poczuje ciężar na grzbiecie być może po raz pierwszy, i to bez należytego przygotowania.

— Lata pracy z trudnymi końmi — odparła roztargniona, myślami wciąż przy ich odkryciu. — Nie rozumiem tylko, jak ona sądziła, że to ujdzie jej płazem. Przecież ktoś musiałby zauważyć dwa niemal identyczne gniadosze w jednej stajni.

— Wątpię, by hrabia regularnie zaglądał do swoich stajni — zauważył Matthew. — Zostawiłby to stajennym, którym Virginie zapewne zapłaciła za milczenie. A podobieństwo widać naprawdę, dopiero gdy patrzy się na oba konie obok siebie. Lady Virginie liczyła zapewne na to, że nikt nie połączy faktów. I w gruncie rzeczy dwa podobne konie nie są niczym niezwykłym — konie do karet sprzedaje się parami. Jedyną osobą, która miałaby powód, by zakwestionować, że Pegasus ma jakby bliźniaka, jesteś ty.

Clara przystanęła, zwracając się do niego wprost. Jej zielone oczy błysnęły oburzeniem, ale było w nich także coś jeszcze — postanowienie, które świadczyło o rozważnej decyzji, a nie porywie.

— Nie zdemaskuję jej publicznie — oznajmiła, choć dłonie kurczyły jej się u boków z wyraźnej frustracji. — Wywołałoby to skandal, który odbiłby się źle na wszystkich, nie tylko na Lady Virginie.

Matthew nie potrafił ukryć zaskoczenia. Po tak przemyślanej zniewadze, po tak wyrachowanej złośliwości opanowanie Clary wydawało się niezwykłe. — Masz pełne prawo domagać się sprawiedliwości — powiedział ostrożnie. — To, co zrobiła, było nie tylko niemiłe, ale wręcz niebezpieczne.

— Nie zniżę się do jej poziomu — odparła twardo. — Rozgłaszanie jej oszustwa sprawiłoby tylko, że wyszłabym na mściwą, a może nawet wzbudziłoby to wobec niej litość. Mogłaby wszystkiemu zaprzeczyć i nazwać mnie kłamczuchą, udawać, że mi współczuje, bo rzekomo zmyślam wymówki dla własnej porażki — i część ludzi by jej uwierzyła, wiesz, że tak. Poza tym — dodała z małym, smutnym uśmiechem — szkoda dla mojej reputacji już się stała. Pół Londynu widziało, jak spadałam jak nowicjuszka.

Matthew poczuł przypływ podziwu dla jej prawości, choć widział ból kryjący się pod opanowaną powierzchnią. Plan Lady Virginie zadziałał dokładnie tak, jak miał — publicznie upokorzył Clarę w chwili, gdy powinna święcić sukces towarzyski. To, że Clara odmawiała odwetu w tym samym stylu, mówiło o niej więcej niż tysiąc słów.

— Jesteś niezwykła — wyszeptał, nim zdołał rozważyć, czy wypada to powiedzieć.

Clara podniosła wzrok, na moment zaskoczona jego otwartym podziwem. Rumieniec spłynął jej na policzki i nie miał nic wspólnego z ciepłem ognia. — Jestem po prostu praktyczna — odparła. — Zemsta rzadko przynosi korzyść temu, kto jej szuka.

— Być może — przyznał Matthew — ale to nie umniejsza mojego podziwu dla twojej powściągliwości. — Odepchnął się od biurka, gdy zrodził mu się w głowie pomysł. — A gdyby znalazł się sposób, by Lady Virginie poniosła konsekwencje, bez wywoływania publicznego skandalu?

Brwi Clary uniosły się pytająco. — Co masz na myśli?

— Księgę zakładów w White's — odparł Matthew, a na jego twarzy rozlał się powolny uśmiech. — Anonimowy wpis ostrzegający dżentelmenów, by nigdy nie przyjmowali konia od Lady Virginie bez zajrzenia mu najpierw w zęby i sprawdzenia, czy wiek zgadza się z tym podanym. Implicite wszystko stanie się jasne dla tych, którzy znają się na koniach, ale nie będzie bezpośredniego oskarżenia, które mogłoby doprowadzić do skandalu.

— Wieść rozeszłaby się po kręgach dżentelmenów — powiedziała powoli Clara, a zrozumienie rozświetliło jej oczy. — Wszyscy, na których zdaniu zależy, będą wiedzieć, by się jej wystrzegać, bez żadnej publicznej konfrontacji.

— Dokładnie tak — potwierdził Matthew. — To dżentelmeński sposób załatwiania takich spraw. Subtelny, ale skuteczny.

Clara rozważała tę propozycję, w milczeniu ważąc jej zalety. Wreszcie skinęła głową, a napięcie nieco zeszło z jej ramion. — To uczciwy kompromis — zgodziła się. — Nie pragnę zniszczyć Lady Virginie, chcę tylko mieć pewność, że nie powtórzy tego oszustwa wobec kogoś, kto może nie mieć tyle szczęścia i dozna poważnej krzywdy.

— Zajmę się tym jutro — obiecał Matthew.

Clara obdarzyła go wdzięcznym uśmiechem, który rozgrzał go skuteczniej niż ogień. — Dziękuję — powiedziała cicho. — Nie tylko za rozwiązanie, ale i za to, że mi uwierzyłeś na tyle, by pójść za mną do tamtych stajni.

Matthew poczuł, jak ściska mu się serce na dźwięk jej prostej, szczerej wdzięczności. Po tygodniach unikania jej, pielęgnowania niedorzecznych lęków i pozwalania, by sądziła, że odrzucił ją na rzecz Lady Virginie, jej podziękowanie wydawało mu się niezasłużone. A jednak otwierało drogę do zadośćuczynienia, szansę wyjaśnienia się i — jeśli dopisze mu szczęście — naprawienia szkód, które wyrządził.

— Muszę wiele wyjaśnić — powiedział, patrząc jej prosto w oczy. — O moim zachowaniu w ostatnich tygodniach. O tym, dlaczego tak nagle wycofałem się z twojego towarzystwa.

Clara odwróciła się do niego całkiem, na jej twarzy wdzięczność w jednej chwili ustąpiła miejsca ciekawości. Światło ognia wydobyło złote refleksy z jej włosów, gdy zrobiła krok bliżej — tak, że dostrzegał bursztynowe plamki w jej zielonych oczach. — Dlaczego *właściwie* mnie unikałeś? — zażądała odpowiedzi, głosem spokojnym, lecz podszytym zranieniem, którego nie potrafiła do końca ukryć. — Raz jesteś wszędzie, gdzie się nie obejrzę, a za chwilę spijasz z ust każde słowo Lady Virginie i udajesz, że nie istnieję, dopóki nie jesteś zmuszony mnie zauważyć. Myślę, że zasługuję na wyjaśnienie.

Bezpośredniość pytania na moment odebrała Matthewowi mowę. Zamierzał podejść do tematu ostrożnie, płynnie wejść w wyznanie starannie dobranymi słowami. Ale Clara, wierna swojej szczerości, przecięła problem w samym rdzeniu. Niespokojnie przesunął się z miejsca, odkładając pióro, którym od wejścia bezwiednie się bawił.

— Masz rację — przyznał, nie potrafiąc spojrzeć jej w oczy. — Moje zachowanie było nie do wybaczenia i faktycznie zasługujesz na wyjaśnienie.

Czekała, z ramionami skrzyżowanymi na piersi, a jej niewzruszone spojrzenie uniemożliwiało mu dalsze wykręty. Matthew wziął głęboki oddech, szukając punktu wyjścia, który nie odsłoni od razu pełni jego głupoty.

— Zaczęło się od czegoś, co wspomniał lord Debney — powiedział w końcu, odchodząc od biurka i stając przed kominkiem, potrzebując pretekstu, by podłubać przy polanach. — O twoim pochodzeniu, o okolicznościach twoich narodzin.

Ryzykując, zerknął na Clarę i dostrzegł, jak nieznacznie sztywnieją jej ramiona. — Moja nieślubność nie jest tajemnicą — odparła ostrożnie. — Choć dziwi mnie, że lord Debney uznał to za godne plotek.

— Nie o to chodziło — pospieszył z wyjaśnieniem Matthew. — Raczej... wspomniał, że nikt nie jest pewien, kim był twój ojciec. — Pogrzebacz zaskrzypiał o kamień paleniska z niepotrzebną siłą. — Że Sir Richard nigdy nie zdradził tej informacji, nawet najbliższym przyjaciołom.

Wyraz twarzy Clary pozostał nieprzenikniony. — I to ci jakoś przeszkadzało? Że tożsamość mojego ojca nie jest znana towarzystwu?

Matthew odłożył pogrzebacz, wiedząc, że nie zdoła dłużej odwlekać prawdy. — Zbiegło się to z moimi własnymi obserwacjami — ciągnął, każde słowo trudniejsze od poprzedniego. — Doroczne wyjazdy ojca do Hampshire, rzekomo do Belle Haven. Jego niezwykła skrytość w ich kwestii. Jego oczywista sympatia do twojej rodziny, zwłaszcza do ciebie.

Zrozumienie zaczęło świtać w oczach Clary. — Whitmore — powiedziała powoli — co dokładnie insynuujesz?

Przeciągnął dłonią po włosach, psując staranne ułożenie. — Pomyślałem... to znaczy bałem się... że możesz być córką mojego ojca. — Słowa zawisły między nimi, równie niedorzeczne na głos, jak brzmiały w jego głowie. — Moja przyrodnia siostra — dodał niepotrzebnie, na wypadek gdyby sens nie był dość jasny.

Clara wpatrywała się w niego w osłupieniu, z rozchylonymi z zaskoczenia ustami. Przez dłuższą chwilę jedynym dźwiękiem w gabinecie był trzask płomieni i tykanie zegara na kominku. Matthew oglądał paradę emocji przesuwających się po jej twarzy: oszołomienie, konfuzję, rodzące się zrozumienie i wreszcie — ku jego zdumieniu — rozbawienie.

Wydobył się z niej cichy dźwięk, coś między westchnieniem a chichotem. Przycisnęła palce do ust, jakby próbując go stłumić, lecz daremnie. Chichot przeszedł w śmiech — i kolejny — aż Clara zaniosła się wesołością, chwytając oparcie skórzanego fotela, gdy perlisty śmiech rozbrzmiewał po wyłożonym księgami gabinecie.

— Mój ojciec — wydusiła między napadami chichotu — był lokajem! — To wyznanie jakby jeszcze dolało oliwy do ognia; łzy napłynęły jej do oczu, a śmiech nie ustawał. — Lokajem w domu mojego dziadka, który uwiódł moją matkę, siostrę Sir Richarda.

Matthew poczuł, jak rumieniec wstępuje mu na twarz, a wstyd oblewa go falą, gdy zrozumiał, jak dalece chybione były jego przypuszczenia. A jednak pojawiła się też ulga — potężna i natychmiastowa — że jego lęki okazały się zupełnie bezpodstawne.

— Lokajem? — powtórzył słabo.

Clara skinęła głową, wciąż walcząc ze śmiechem. — Tak, przystojnym młodzieńcem, który zniknął, gdy tylko moja matka powiedziała mu, że jest z nim w ciąży, uciekając przed gniewem mojego dziadka. Sir Richard nie mówi o nim, bo nie ma o czym mówić, nie dlatego, że jest jakiś wielki sekret do ochrony. — Starła łzy z kącików oczu, a ramiona wciąż drżały jej od tłumionego rozbawienia. — Och, Matthew, pomyśleć, że wyobraziłeś sobie, jakoby książę Allanworth...

Jej śmiech na nowo się wzmógł i tym razem Matthew nie potrafił się nie przyłączyć. Niedorzeczność jego podejrzeń uderzyła go z całą mocą. Napięcie, które ściskało go tygodniami, rozpłynęło się w ich wspólnym śmiechu, ustępując miejsca lekkości, jakiej nie czuł od pierwszych spotkań z Clarą.

— W istocie zapytałem o to wprost ojca — przyznał, gdy śmiech na tyle ustał, że mógł mówić. — Zrobiłem z siebie kompletnego głupca. Powinnaś była widzieć jego minę, kiedy zasugerowałem, że możesz być jego córką.

— Domyślam się — odparła Clara, wciąż zarumieniona od śmiechu. — Co powiedział?

— Najpierw był zszokowany, potem raczej rozbawiony — wyznał Matthew. — A potem wyjaśnił prawdę o Laurze Jane i Charlotte Grace: że to jego bratanice, córki jego siostry, Laury. Że wasza rodzina przyjęła je do siebie, kiedy zmarła przy porodzie.

Wyraz twarzy Clary złagodniał na wspomnienie młodszych sióstr. — Tak, to dla nich przyjeżdża latem. Żeby je zobaczyć, dopilnować, że niczego im nie brakuje, i by wiedziały, że są kochane zarówno przez rodzinę z krwi, jak i przez tę, która je przyjęła. — Pokręciła głową, a rozbawienie wciąż igrało w jej oczach. — Choć ciekawa jestem, co cię skłoniło do tak niezwykłego wniosku.

Matthew oparł się o gzyms kominka, czując się głupio, lecz zbyt szczęśliwy, by się tym trapić. — Splot wielu rzeczy — wyjaśnił. — Oczywista sympatia ojca do ciebie. Tajemnica otaczająca jego wizyty w Belle Haven. Pozorna niechęć matki do tych wyjazdów. — Wzruszył bezradnie ramionami. — A może i moje własne uczucia dołożyły tu swoją cegiełkę.

— Twoje uczucia? — podchwyciła Clara, a ciekawość wyparła rozbawienie.

— Poczułem się... przyciągany do ciebie — przyznał Matthew, a słowa przychodziły mu teraz łatwiej, skoro największy lęk rozwiał się jak dym. — Od naszego pierwszego spotkania nad rzeką. Najlogiczniejszym wytłumaczeniem wydawało mi się, że tak natychmiastowa więź z kimś niemal nieznanym może wynikać z nieświadomego rozpoznania wspólnej krwi...

— Jakże gotyckie — droczyła się Clara, choć jej wyraz twarzy znów się zmienił, tym razem w sposób, którego nie potrafił odczytać, ale miał nadzieję, że oznaczał odwzajemnienie. — Jak u pani Radcliffe: tajemnicze pochodzenie, zakazana namiętność.

— W twoim ujęciu brzmi to rzeczywiście absurdalnie — przyznał Matthew z krzywym uśmiechem. — Ale wtedy bardzo mnie to dręczyło. Do tego stopnia, że uznałem, iż nie mam wyboru i muszę się od ciebie zdystansować.

— Przywiązując się do Lady Virginie — zauważyła Clara, a cień dawnego zranienia wrócił do jej głosu.

— Decyzja, której niemal natychmiast pożałowałem — zapewnił szybko Matthew. — Nigdy nie byłem nią naprawdę zainteresowany. Po prostu usiłowałem przekonać siebie i wszystkich, że moje uczucia do ciebie nie są niczym niezwykłym.

Clara pokręciła głową, wciąż wyraźnie rozbawiona całą sytuacją. — Przez cały ten czas sądziłam, że uznałeś, iż mi czegoś brakuje. Że jestem zbyt prowincjonalna albo zbyt wygadana jak na londyńskie salony. — Znów się zaśmiała, tym razem łagodniej. — A ty w tym czasie dręczyłeś się lękiem przed przypadkowym kazirodztwem. To doprawdy komiczne.

— Do cna komiczne — zgodził się Matthew, a kąciki jego ust uniosły się. — Pozostaje mi tylko mieć nadzieję, że wybaczysz mi, iż zachowywałem się jak skończony głupiec.

Clara przyjrzała mu się uważnie; śmiech ucichł, choć w oczach wciąż igrało rozbawienie. — Być może zdołam — odparła tonem zwodniczo lekkim. — Choć nie jestem pewna, czy powinnam ci to ułatwiać, biorąc pod uwagę tygodnie, w jakie wprawiłeś mnie w konsternację.

Żartobliwa nuta w jej głosie dała Matthewowi nadzieję, że jego niedorzeczne lęki nie zniszczyły bezpowrotnie jego szans. Patrząc, jak ogień igra na jej uśmiechniętej twarzy, postanowił naprawić swoje błędy i dowieść, że zasługuje na przebaczenie.

— Ojciec wyjaśnił mi wszystko o twoich siostrach wieczór przed twoim upadkiem w parku — powiedział, wracając myślami do rozmowy, która odmieniła wszystko. — Zamierzałem od razu z tobą porozmawiać, wytłumaczyć się, ale Lady Virginie zaaranżowała tę fatalną lekcję jazdy, a potem nie chciałaś mnie widzieć.

— Byłam upokorzona — przyznała cicho Clara. — I zdezorientowana twoją nagłą odmianą. Łatwiej było trzymać się na dystans.

Matthew skinął głową, doskonale to rozumiejąc. — Straszliwie wszystko zawikłałem — wyznał, przeczesując dłonią i tak potargane już włosy. — Pomyśleć, ile tygodni zmarnowałem przez moje niedorzeczne przypuszczenie... Mogę tylko mieć nadzieję, że pozwolisz mi to naprawić.

— Ciekawa jestem, co dokładnie powiedział ci ojciec — podjęła, siadając w jednym ze skórzanych foteli po obu stronach kominka. Ogień miękko rysował jej rysy, czyniąc ją piękniejszą niż kiedykolwiek. — O Laurze Jane i Charlotte Grace.

Matthew poczuł, jak spada mu z ramion ciężar, gdy tak swobodnie poprowadziła rozmowę naprzód, dając mu drogę do odkupienia przez szczerość. Usiadł naprzeciwko, pochylając się, z łokciami opartymi na kolanach.

— Wyjaśnił, że to jego bratanice, córki mojej ciotki Laury — zaczął, wdzięczny, że znalazł się na bezpieczniejszym gruncie. — Że Laura zakochała się w żonatym dyplomacie, który porzucił ją, gdy wyznała, że jest z nim w ciąży. Ojciec przywiózł ją do Belle Haven, kiedy jej stan stał się niemożliwy do ukrycia, a twoi rodzice bez wahania przyjęli ją pod swój dach.

Clara skinęła głową, a jej twarz spoważniała. — Twoja ciotka była taka młoda — wyszeptała. — I taka przerażona. Byłam wtedy dzieckiem, ale pamiętam, jak wielką dobrocią otoczyli ją moi rodzice. Kiedy zmarła przy narodzinach bliźniaczek, nikt nie miał wątpliwości, że staną się częścią naszej rodziny.

— Ojciec co lato je odwiedza — ciągnął Matthew — by mieć pewność, że niczego im nie brakuje, i by spędzać czas z rodziną, która dała im tak kochający dom. Wyjaśnił, że matka nalegała na dyskrecję, by uniknąć skandalu, dlatego nie znałem prawdy aż do teraz.

— I dlatego książę darzy nas, dziewczęta Bell, taką sympatią — dodała Clara z lekkim uśmiechem. — W pewnym sensie staliśmy się dla niego drugą rodziną.

Matthew skinął głową, czując ukłucie żalu za relacjami, które mógł nawiązać lata wcześniej, gdyby znał prawdę. — Żałuję, że ojciec nie zaufał mi wcześniej — powiedział zamyślony. — Może poznałbym twoją rodzinę — i ciebie — o wiele prędzej.

Myśl zawisła między nimi, nim Matthew lekko pokręcił głową. — A może i dobrze, że nie — dodał. — Że poznałem cię teraz, dorosłą, a nie jako dziecko czy podlotka. Nasza znajomość wyglądałaby wtedy zupełnie inaczej.

— To prawda — zgodziła się Clara, wodząc palcami po wzorze na poręczy fotela. — Choć zastanawiam się, czy nie oszczędziłoby mi to intryg Lady Virginie, gdybyś znał prawdę od początku.

— Nigdy sobie nie wybaczę roli, jaką niechcący odegrałem w jej planie. Pomyśleć, że mogła ci zrobić poważną krzywdę... — Nie zdołał dokończyć; obraz upadku Clary wciąż miał przed oczami.

— To już przeszłość — ucięła Clara, odganiając jego obawy lekkim gestem dłoni. — A my mamy sposób, by nie próbowała tego ponownie.

Matthew patrzył na nią chwilę, uderzony jej odpornością i wielkodusznością. Nawet po publicznym upokorzeniu zaaranżowanym przez rywalkę bardziej troszczyła się o zapobieżenie niż o zemstę. To budziło w nim najgłębszy podziw.

— Wiem, że masz wielu adoratorów — powiedział, a jego głos spoważniał, gdy przeszedł do kwestii, która ciążyła mu od rozmowy z ojcem. — Lord Carroway, choćby, zdaje się tobą oczarowany.

Brwi Clary drgnęły lekko na tę zmianę tematu. — Lord Carroway był uprzejmy — przyznała — podobnie jak kilku innych panów od mojego przyjazdu do Londynu.

Choć muszę wyznać, że żaden szczególnie mnie nie zaintrygował.

Słowa te rozpaliły w Matthew nadzieję, choć starał się ją tonować rozwagą. — Ojciec wspomniał, że Carroway napisał do swojego wuja w Yorkshire — powiedział, uważnie śledząc jej reakcję. — Wygląda na to, że prosi o pozwolenie, by ci się oświadczyć.

— Doprawdy? — Clara szczerze się zdziwiła. — Nic mi nie dał do zrozumienia, że ma tak poważne zamiary. Choć przypuszczam, że to właściwe — najpierw uzyskać aprobatę rodziny, zanim zwróci się do mnie.

Matthew pochylił się, zbierając odwagę. To był moment, by mówić jasno, złożyć jej serce u stóp i mieć nadzieję, że nie odrzuci go z miejsca. — Claro — rzekł cicho, szczerze — w ostatnich tygodniach zachowywałem się podle i nie mam prawa o nic cię prosić. Ale chciałbym zalecać się do ciebie należycie, jeśli mi na to pozwolisz. Nie z daleka, bez nieporozumień między nami, tylko otwarcie i uczciwie.

Wypatrywał w jej twarzy choćby śladu uczuć, świadom, że po całym zamieszaniu i bólu mogła go odrzucić. — Wiem, że masz wiele możliwości — dodał, gdy milczała. — Mężczyzn bez mojej historii głupoty. Ale mam nadzieję, że rozważysz danie mi szansy, bym dowiódł, że zasługuję na twoją przychylność.

Sekundy, w których Clara rozważała jego słowa, dla Matthew ciągnęły się jak godziny. Przyglądała mu się uważnie, a zielone oczy odbijały tańczące płomyki w palenisku.

— Myślę, że bardzo bym tego chciała — odparła w końcu, miękko, ale wyraźnie. Jej palce zacisnęły się lekko na poręczy fotela, zdradzając cień emocji skrytej pod spokojem. — Choć muszę przyznać, że odrobinę obawiam się, jakie nowe nieporozumienia mogą nas jeszcze czekać.

Łagodna nuta żartu w jej głosie rozluźniła ucisk w piersi Matthew. — Obiecuję, że w przyszłości wszelkie wątpliwości będę wyjaśniał z tobą wprost — uśmiechnął się, a uśmiech rozlał się po jego twarzy jak wschód słońca. — Koniec z gotyckimi wyskokami.

— Brzmi rozsądnie — przyznała Clara, a jej własny uśmiech rozgrzał rysy. — Muszę jednak powiedzieć, że prawda o naszej dotychczasowej historii nadawałaby się na nie lada powieść. Tajemne bratanice, pomyłki w pochodzeniu, mściwe rywalki...

— Nie zapominaj o ratowaniu szczeniąt z rzeki i śmiałym, nocnym śledztwie w stajniach nikczemnika — dodał Matthew, niemal oszołomiony ulgą i szczęściem. — Wyjątkowo niekonwencjonalne zaloty pod każdym względem.

Clara roześmiała się, a dźwięk wypełnił gabinet ciepłem. — Istotnie. Choć może odtąd prowadźmy się bardziej konwencjonalnie? Mój ojciec będzie oczekiwał, że złożysz mu formalną wizytę, jeśli twoje zamiary są poważne.

— Są jak najpoważniejsze — zapewnił Matthew. — Jutro, jeśli wyrazisz zgodę, zjawię się i porozmawiam z Sir Richardem. I obiecuję przyjść o przyzwoitej porze, zamiast przemycać cię przez wejście dla służby w środku nocy.

— Cóż za rozczarowanie — odparła Clara z udawaną powagą. — A już zaczynałam doceniać twoją awanturniczą naturę, Lordzie Whitmore.

Serce Matthew wezbrało na dźwięk figlarnej czułości w jej głosie. Po tygodniach dręczenia się wyimaginowanymi przeszkodami ścieżka przed nim nagle wydała się zaskakująco prosta. Clara Bell była wszystkim, co cenił: inteligentna, pryncypialna, odważna, a do tego obdarzona poczuciem humoru, które potrafiło zmienić nawet jego najbardziej kompromitujące wyznanie we wspólną chwilę śmiechu.

— Myślę, że przygód nam nie zabraknie — powiedział cicho. — Choć może w mniej skandalicznym wydaniu.

Oczy Clary spotkały się z jego przez przestrzeń między nimi, a w ich głębi błysnęła obietnica, od której zaparło mu dech. — Przytrzymam cię za słowo, Matthew — odparła, a jego imię na jej ustach zabrzmiało jak własna przysięga.

Ogień trzaskał w palenisku, posyłając cienie do tańca po ścianach gabinetu, lecz Matthew czuł jedynie obecność Clary. Wziął głęboki oddech, w pełni świadom, że sytuacja już dawno wyszła poza granice przyzwoitości; była z nim sama, w jego domu, późno w nocy i bez przyzwoitki. Gdyby ktoś się o tym dowiedział, musiałby natychmiast się jej oświadczyć, a ona musiałaby przyjąć, by uniknąć całkowitej kompromitacji. Nie chciał jednak jej pośpieszać, więc ujął jej dłoń w obie swoje.

— Wynajmę dorożkę i bezpiecznie cię odprowadzę do domu — powiedział. — A jutro... zaczniemy od nowa.

Rozdział trzynasty

Wciąż zbyt obolała, by wsiąść na konia — i, co tu
kryć, nazbyt stremowana, by pokazać się konno publicznie
po ostatniej kompromitacji — Clara spędziła poranek
w osobliwym stanie oczekiwania, krążąc niespokojnie od
okna do fortepianu i półki z książkami, niezdolna skupić
się na żadnym zajęciu dłużej niż przez kilka minut. Myśli
uparcie wracały do niezwykłych wydarzeń poprzedniej
nocy: potajemnego rekonesansu w stajniach lorda Westbourne'a, odkrycia dwóch niemal identycznych koni i,
najbardziej niepokojącego, wyznania Matthew oraz jego
późniejszej deklaracji. Wspomnienie jego dłoni trzymającej
jej dłoń — ciepłej i pewnej w blasku ognia w gabinecie jego

ojca — wywołało w jej piersi trzepot, zarazem alarmujący i rozkoszny. Obiecał, że dziś złoży wizytę, by porozmawiać z jej ojcem jak należy, i Clara łapała się na tym, że zerka na zegar znacznie częściej, niż pozwalałyby na to dobre maniery i godność.

Kiedy Phillips wreszcie zapowiedział przybycie lorda Whitmore'a tuż po trzeciej, Clara musiała się zmusić, by pozostać na miejscu, dłonie złożone skromnie na kolanach, podczas gdy serce rwało się do galopu w sposób zupełnie nieprzystojny. Matthew wszedł do salonu z ledwie skrywaną energią, której nie tłumił ani formalny strój, ani nienagannie zawiązana krawatka. Jego ciemne oczy natychmiast odnalazły jej spojrzenie, a na twarzy rozbłysł uśmiech o takiej serdeczności, że Clara poczuła, jak policzki płoną jej rumieńcem.

Oczywiście najpierw przywitał się z Theresą. Matka Clary powitała go swoim znakiem rozpoznawczym — serdecznością, życzliwym uśmiechem, który potrafił każdego uspokoić — po czym rzekła: — Jeśli pozwolicie, wyjdę na chwilę do przedpokoju, by naradzić się z Phillipsem w drobnej sprawie gospodarskiej. Zostawię drzwi otwarte, rzecz jasna, dla zachowania przyzwoitości.

— Oczywiście — powtórzyła Clara, uradowana, że Theresa ufa jej na tyle, by pozwolić im na tę króciutką chwilę prywatności. Nie wyznała rodzicom, co wydarzyło się poprzedniego wieczoru; powiedziała matce tylko, że lord Whitmore wspomniał, iż dziś złoży wizytę. Theresa posłała jej dodający otuchy uśmiech i opuściła pokój.

Matthew nie zwlekał ani chwili, nim stanął przed nią. — Panno Bell — przywitał się, kłaniając z nienaganną ogładą, która w jakiś sposób przekazywała i szacunek, i poufałość.

— Mam nadzieję, że doszłaś do siebie po naszej wczorajszej przygodzie?

— Całkowicie, dziękuję, lordzie Whitmore — odparła, gestem zapraszając go na fotel naprzeciwko. — Choć przyznam, że trudno mi było myśleć o czymkolwiek innym.

Błysk w oczach Matthew sugerował, że on również miał z tym trudność. — Właśnie wracam z White's — powiedział, ściszając nieco głos, choć w salonie byli sami. — I sądzę, że nasz plan został przeprowadzony z wielkim powodzeniem.

Clara pochyliła się z przejęciem, na moment zapominając o przyzwoitości. — Wpisałeś się do księgi zakładów? Opowiedz mi wszystko, proszę. Cały dzień zastanawiałam się, jak to przyjęto.

Matthew rozsiadł się w fotelu, wyraźnie rad jej zainteresowaniu. — Zjawiłem się tam wcześnie rano, kiedy klub bywa zwykle cichy, chyba że zjawiają się jacyś dżentelmeni, by podleczyć bóle głowy po poprzednich uciechach. Księga zakładów stoi na postumencie przy kominku, wiesz, wielki tom oprawny w skórę, gdzie panowie zapisują zakłady, a czasem dzielą się spostrzeżeniami, które uznają za godne potomności.

Clara potrafiła doskonale wyobrazić sobie tę scenę na podstawie jego opisu: wyciszone, boazerią wyłożone wnętrze ekskluzywnego klubu, poranne światło sączące się przez wysokie okna, zapach wypolerowanej skóry, francuskiej brandy i drogiego tytoniu, unoszący się w powietrzu.

— Podszedłem obojętnie — ciągnął Matthew — jakbym był jedynie ciekaw ostatnich wpisów. Strona była otwarta na wczorajszą datę, więc sięgnąłem po pióro z miną, która — miałem nadzieję — wyrażała tylko próżniacze zainteresowanie. — Naśladował gest, arystokratyczne palce zaciskały się na wyimaginowanym gęsiorze. — Najstaranniejszym pismem napisałem po prostu: — Słowo przestrogi dla panów: nigdy nie przyjmujcie konia od Lady Virginie de Mortimer bez uprzedniego sprawdzenia mu zębów.

— Doskonale — westchnęła Clara, podziwiając elegancką prostotę przekazu. Zrozumiałe dla tych, którzy znają się na koniach, a jednak dość ogólne, by uniknąć bezpośredniego oskarżenia.

— Podpisałem — Spostrzegawczy Jeździec, a nie własnym nazwiskiem — dodał Matthew. — Choć podejrzewam, że kilku obecnych doskonale wiedziało, kto dokonał wpisu.

— A reakcja? — ponagliła go Clara, zafascynowana tym wglądem w świat dżentelmenów, który na ogół był przed nią zamknięty.

Uśmiech Matthew się poszerzył. — Do południa klub był niezwykle ożywiony. Ulokowałem się w jednym ze skórzanych foteli przy księdze zakładów, rzekomo czytając The Times, a w rzeczywistości obserwując rosnące zainteresowanie moim anonimowym ostrzeżeniem. Panowie podchodzili pojedynczo, czytali wpis, po czym przywoływali przyjaciół, by i oni go zobaczyli.

— I czy ktoś powiązał to z moim upadkiem w parku? — zapytała Clara, jednocześnie obawiając się i pragnąc usłyszeć odpowiedź.

— Lord Debney — odparł Matthew z skinieniem. — Powinienem był się tego spodziewać, prawdę mówiąc. Ten człowiek nigdy nie spotkał plotki, której nie przygarnąłby natychmiast niczym ulubionego pieska. Ustawił się przy księdze jak mistrz ceremonii, z zapałem rozwodząc się nad wszystkim, co tylko mogło zainteresować słuchaczy.

Oczy Clary się rozszerzyły. — Co dokładnie mówił?

— Cóż — na twarzy Matthew pojawił się cień zażenowania — wspomniał może, że pewna młoda dama z jego znajomych, znana z wyjątkowych umiejętności jeździeckich, niedawno zaliczyła nietypowy dla siebie upadek, dosiadając wierzchowca Lady Virginie. I że to zastanawiające, iż ów koń dotąd zachowywał się nienagannie, a w chwili, gdy nasza młoda amazonka przejęła wodze tego konkretnego dnia, przemienił się w dziką bestię.

Przeciągnął dłonią po włosach, burząc ich staranne ułożenie. — Do południa spekulacje sięgnęły zenitu. Kilku panów, którzy hodują konie, długo rozprawiało o prawdopodobieństwie celowej podmiany ujeżdżonego zwierzęcia na nieokiełznane, podobne wyglądem. Inni przytaczali własne doświadczenia ze skłonnością Lady Virginie do... powiedzmy, przesadnej rywalizacji. Gdy wychodziłem, wśród dżentelmenów panowała zgoda: twoja reputacja amazonki pozostała nieskazitelna, podczas gdy charakter Lady Virginie pocierpiał nie lada uszczerbek.

Clara przyjęła te wieści, czując, jak z jej ramion spada ciężar, którego dotąd w pełni nie uświadamiała sobie. Powtarzała sobie, że zdanie towarzystwa nie ma znaczenia, że zna własne umiejętności niezależnie od jednej publicznej porażki, lecz to zadośćuczynienie smakowało słodziej, niż przewidywała.

— I to wszystko bez bezpośredniego oskarżenia — zamyśliła się. — Bez skandalu, który mógłby się na nas odbić, a jednak przekaz dotarł, i to jak.

— Właśnie. — Matthew sięgnął przez mały stolik między nimi i ujął jej dłoń; od jego dotyku znów rozkołatało się jej serce. — Twoja reputacja została przywrócona — i to bez potrzeby konfrontacji czy widowiska. Sprawiedliwości stało się zadość, w ten szczególnie angielski sposób: nigdy nie mówimy wprost, co mamy na myśli, a jednak wszyscy rozumieją.

Clara parsknęła cicho, rozpoznając w jego słowach sporo prawdy. — Dziękuję, lordzie Whitmore — powiedziała. — Nie tylko za wpis do księgi, ale za to, że mi uwierzyłeś, kiedy poczułam, że coś jest nie tak. Że poszedłeś za mną do tamtych stajni, gdy większość panów po prostu zbyłaby moje obawy.

Jego palce mocniej zacisnęły się na jej dłoni. — To raczej ja powinienem dziękować tobie — odparł, ściszając głos do tonu, od którego serce Clary przyspieszyło — za to, że dałaś mi drugą szansę po moim niewybaczalnym zachowaniu. Obiecuję, że nie będziesz tego żałować.

Ciepło w jego ciemnych oczach było tak szczere, że Clara na moment straciła głos. Zamiast odpowiedzi po prostu ścisnęła jego dłoń, w milczeniu potwierdzając porozumienie, które się między nimi rodziło.

Salon Lady Pemberton lśnił w popołudniowym słońcu; eleganckie kremowo-złote meble dobrano tak, by świadczyły i o majątku, i o nienagannym guście. Clara zatrzymała się tuż za progiem, przez chwilę obserwując towarzystwo z nowo nabraną pewnością siebie. Minęły zaledwie cztery dni od anonimowego wpisu Matthew w księdze zakładów White's, a pejzaż towarzyski odmienił się równie gwałtownie jak letni ogród po burzy. Jedne kwiaty wystrzeliły w górę, odświeżone ulewą, inne oklapły, poturbowane przez ten sam deszcz, który nakarmił ich sąsiadów. I w tym konkretnym ogrodzie — zauważyła Clara z mieszaniną satysfakcji i dyskomfortu — Lady Virginie de Mortimer należała zdecydowanie do tych poturbowanych.

Piękna brunetka siedziała samotnie na błękitnej, jedwabnej kanapie, plecy miała wzorowo wyprostowane, a suknia — wykwintne dzieło z szafirowego atłasu — idealnie podkreślała kolor jej oczu. A jednak mimo bezbłędnej prezencji coś zasadniczego się zmieniło. Dwór adoratorów, który zwykle ją otaczał, rozproszył się, by odtworzyć się wokół innych młodych dam, których towarzystwo nagle wydało się bardziej pożądane. Uśmiech Virginie pozostał na twarzy przyklejony, kruchy jak cienki lód, gdy udawała, że jest całkowicie zajęta poprawianiem koronek przy rękawiczkach.

Wyglądało na to, że sprawiedliwości stało się zadość — i to bez jednego oskarżenia z ust Clary. Tajemniczy wpis w księdze White's dokonał tego, czego bezpośrednia konfrontacja nigdy by nie zdołała: subtelnej, ale nieomylnie odczuwalnej zmiany w ocenach towarzystwa. Upadek Clary z Pegaza przestał być dowodem jej nieudolności, a stał się raczej świadectwem intrygi i dwulicowości Lady Virginie. Ta świadomość powinna przynieść Clarie czystą satysfakcję, lecz gdy obserwowała narastającą izolację Virginie, poczuła pod nią niespodziewane ukłucie litości.

— Sama na siebie to ściągnęła — mruknęła Clara, przypominając sobie o wyrachowaniu, z jakim Virginie naraziła zarówno ją, jak i niewinnego konia. A jednak było coś niepokojącego w oglądaniu, jak szybko i bezlitośnie społeczeństwo wydaje wyrok, nawet jeśli tym razem sprzyja on własnej sprawie.

Po drugiej stronie salonu lord Debney, olśniewający w kamizelce w kolorze pawiego pióra, która podkreślała jego z natury anielskie loczki, podszedł do Lady Persephone z wyraźnym entuzjazmem. Jeszcze tydzień temu należał do ścisłego kręgu Virginie, kręcił się przy jej łokciu i głośno śmiał się z każdej jej błyskotki. Teraz pochylił się ku Persefonie, komplementując jej właśnie zakończony występ przy fortepianie z tak szczerą aprobatą, że nieśmiej dziewczynie aż zapłonęły policzki.

— Zawsze uważałem, że późne dzieła Mozarta zdradzają dojrzałość wyrazu, której brak wcześniejszym kompozycjom — mówił Debney z przejęciem. — Czy nie sądzisz, Lady Persephone?

— Jego Requiem porusza mnie szczególnie — odparła łagodnie Persefona, a jej zwyczajna powściągliwość ustąpiła miejsca autentycznemu zapałowi. — Choć łamie mi serce myśl, że nie dane mu było go ukończyć.

Clara przyglądała się tej wymianie z zainteresowaniem, dostrzegając, jak Persefona rozkwita pod wpływem uwagi, a jej zwykła nieśmiałość ustępuje cichej ożywności. Była to miła przemiana i Clara uśmiechnęła się na ten widok, choć jednocześnie zauważyła, jak z oddalenia zwęziły się oczy Virginie, śledzącej tę samą scenę ze swojej odosobnionej pozycji.

Po salonie przebiegła fala świadomości, subtelna, lecz nie do pomylenia, i Clara wiedziała bez odwracania się, że Matthew przybył. Ta nowa czułość na jego obecność była zarazem ekscytująca i niepokojąca, niczym szósty zmysł, którego nie szukała i którego nie spodziewała się rozwinąć. Powstrzymała odruch, by natychmiast się odwrócić, zamiast tego upiła miarowy łyk lemoniady, gdy szmer powitań zbliżał się ku niej.

— Panno Bell — odezwał się wreszcie jego głos, ciepły i jakby strojon y pod jej uszy. — Cóż za przyjemność zastać panią tutaj.

Clara odwróciła się i ujrzała, że Matthew stoi bliżej, niż wymagałaby przyzwoitość, a jego ciemne oczy spoczywają na niej z natężeniem, od którego zaparło jej dech. Tego dnia wyglądał szczególnie przystojnie: wysoka sylwetka świetnie prezentowała się w surducie z granatowego superfine, a krawatka była ułożona z misterną starannością, świadczącą o cierpliwości i kunszcie jego kamerdynera.

— Lordzie Whitmore — odparła, zadowolona, że jej głos zabrzmiał pewnie mimo nagłego przyspieszenia pulsu. — Zaczynałam już myśleć, że możesz się nie pojawić.

— I stracić okazję, by cię zobaczyć? Prędzej przestanę oddychać. — Słowa brzmiały lekko, niemal żartobliwie, ale szczerości skrytej pod nimi nie sposób było nie wyczuć. — Mogę przynieść ci herbaty? Zdaje się, że podają ten Darjeeling, o którym wspominałaś, że ci smakuje.

Zanim Clara zdążyła odpowiedzieć, już odwrócił się ku stolikowi z poczęstunkiem, by po chwili wrócić z delikatną, porcelanową filiżanką. — Jedna kostka cukru, bez mleka — rzekł, podając jej naczynko. — Jeśli dobrze pamiętam.

— Masz znakomitą pamięć — zauważyła Clara, wzruszona, że zapamiętał tak drobny szczegół. Gdy sięgnęła po filiżankę, ich palce musnęły się na moment, a przez jej ramię przebiegło przyjemne ciepło. Poczuła, jak policzki oblewa rumieniec, wyraźnie świadoma, jak uważnie Matthew obserwuje jej reakcję.

— Nie znakomitą — poprawił łagodnie. — Raczej wybiórczą. O tobie zapamiętuję wszystko z krystaliczną wyrazistością.

Clara upiła łyk herbaty, by ukryć zmieszanie wywołane jego słowami, pozwalając, by bogaty smak rozlał się po języku, podczas gdy zbierała myśli. Wokół nich salon toczył dalej elegancki taniec konwersacji, które wznosiły się i opadały jak frazy kwartetu smyczkowego.

— Zauważyłaś zmianę towarzyskich prądów? — zapytał Matthew ciszej, pochylając ku niej głowę. — Nasz drobny wpis w księdze White's zdaje się mieć dość widowiskowe skutki.

Clara skinęła, a jej spojrzenie powędrowało znów ku odosobnionej sylwetce Virginie. — Nie mogę się powstrzymać od odrobiny współczucia dla niej — przyznała. — Choć wiem, że nie powinnam, biorąc pod uwagę to, co próbowała zrobić.

— Twoje współczucie dobrze o tobie świadczy — odrzekł Matthew, a jego wyraz twarzy złagodniał. — Przyznam jednak, że mnie trudno o podobne odruchy. Zaryzykowała twoje bezpieczeństwo bez cienia wahania. Tego łatwo nie wybaczam.

Protektorska nuta w jego głosie znów poruszyła serce Clary. Wciąż wydawało jej się niezwykłe, że ten mężczyzna, który tak niedawno unikał jej towarzystwa jak dżumy, teraz mówił o niej z taką troską, tak oczywistą czułością. Ta przemiana była równie oszałamiająca, co rozkoszna.

— Od dawna zamierzam porządnie podziękować Lady Persephone — rzekła Clara, dla bezpieczeństwa zmieniając temat. — Bez jej wskazówki o stajniach lorda Westbourne'a być może nigdy nie odkrylibyśmy prawdy.

— Moja kuzynka zawsze była bardziej spostrzegawcza, niż ludzie sądzą — zgodził się Matthew, podążając wzrokiem za Clarą ku miejscu, gdzie Persephone żywo rozmawiała z Lordem Debneyem. — Chociaż przyznaję, że zaskoczyło mnie, iż podjęła takie ryzyko. Wystąpienie przeciw Lady Virginie, nawet pośrednio, wymagało niemałej odwagi.

Wpadli w swobodną rozmowę, z głowami pochylonymi ku sobie, ściszonymi głosami omawiając najnowsze plotki.

Clara poczuła, jak rozluźnia się w towarzystwie Matthew w sposób zarazem nowy i dziwnie znajomy, jakby znali się o wiele dłużej, niż pozwalała na to ich krótka znajomość.

Lady Pemberton podeszła do nich po chwili, jej szczupłą sylwetkę opływał kosztowny jedwab, a włosy ułożono w misterną fryzurę, która, jak podejrzewała Clara, wymagała co najmniej godziny uwagi pokojówki każdego ranka.

— Lordzie Whitmore — przywitała serdecznie bratanka, po czym zwróciła znacznie chłodniejsze, choć nie całkiem wrogie spojrzenie na Clarę. — Panno Bell. Rozumiem, że miała Pani dość burzliwy tydzień.

— Istotnie, Lady Pemberton — odparła Clara, zachowując uprzejmy uśmiech. — Choć jestem wdzięczna, że w trudnych chwilach mam tak dobrych przyjaciół.

Oczy starszej damy przeskoczyły między Clarą a Matthew, odnotowując ich bliskość wyrazem twarzy łączącym rezygnację z kalkulacją. — Tak więc... — powiedziała po chwili — sądzę, że należy podziwiać odporność, nawet w nieoczekiwanych kręgach. Proszę częstować się poczęstunkiem. Kucharce udały się dziś wyborne ciasteczka migdałowe.

Z tym dwuznacznym błogosławieństwem odeszła, by zająć się innymi gośćmi, zostawiając Clarę, by wymieniła z Matthew spojrzenie z uniesioną brwią. — Sądzę, że to najbliższe aprobaty, na co mogę liczyć z ust pańskiej ciotki — mruknęła.

— W jej standardach to wręcz uścisk — zgodził się Matthew z cichym śmiechem. — Choć podejrzewam, że zmiana jej serca ma mniej wspólnego z autentycznym rozgrzaniem się do twoich wdzięków, a więcej z tym, że wyczuła, skąd wieje towarzyski wiatr.

Clara zaśmiała się miękko, doceniając jego szczerość. — Przyjmę pragmatyczną tolerancję zamiast aktywnej pogardy — odparła. — Właściwie po wydarzeniach minionego tygodnia odkryłam w sobie żywą skłonność, by doceniać nawet drobne zwycięstwa.

Gdy Matthew uśmiechał się do niej z ciepłem i czymś głębszym w ciemnych oczach — czymś, czego Clara nie była jeszcze gotowa nazwać — pomyślała, że niektóre zwycięstwa bynajmniej nie są małe.

Sala balowa Hrabiny Harrington lśniła blaskiem świec; setki płomyków odbijały się w złoconych lustrach wzdłuż ścian, tworząc złudzenie nieskończonej przestrzeni i światła. Clara stała na skraju parkietu, obserwując pary wirujące w olśniewającym korowodzie barw i ruchu, a jej złota wieczorowa suknia chwytała światło przy każdym subtelnym poruszeniu ciała. Miniony tydzień przyniósł tak niezwykłe zmiany w jej położeniu, że czasem miała wrażenie, iż za chwilę się obudzi i odkryje, że wszystko było tylko wyjątkowo plastycznym snem. Hańbę zastąpiło uniewinnienie, izolację — przyjęcie, a co najcudowniejsze, Matthew Whitmore w oszałamiającym tempie przemienił się z odległego wielbiciela w stałego towarzysza, co pozostawiało ją lekko bez tchu.

— Panno Bell, wygląda Pani na pogrążoną w zadumie — odezwał się miękki głos Lady Persephone u jej boku. — Bal nie przypada Pani do gustu?

— Wręcz przeciwnie — zapewniła ją Clara, obdarzając ciepłym uśmiechem dziewczynę, której niespodziewana interwencja zapoczątkowała tak wiele ostatnich wydarzeń. — Po prostu dziwię się, jak wiele może się zmienić w ciągu zaledwie tygodnia.

— Prawie jak w powieści, prawda? — zauważyła Persephone z zaskakującą przenikliwością. — Takiej, w której losy bohaterki odwracają się całkowicie w przeciągu jednego rozdziału.

Lord Debney, olśniewający w wieczorowym stroju, który łączył bezbłędną poprawność z subtelną oryginalnością, dołączył do nich z dwiema szklankami ponczu. — Cóż to o powieściach i bohaterkach? — zagadnął, wręczając jedną szklankę Persephone z galanterią, która wywołała na jej policzkach uroczy rumieniec. — Czyżbyście knuły literackie przedsięwzięcie? Domagam się udziału. Zawsze sądziłem, że byłbym wybornym bohaterem romansowym.

Clara roześmiała się szczerze; mimo zamiłowania Lorda Debneya do plotek bardzo go polubiła — był uosobieniem swady. — Myślę raczej, że byłbyś czarującą postacią drugoplanową, Lordzie Debney. Taką, która rozładowuje nastrój, gdy opowieść staje się zbyt poważna.

— Uznam to za komplement — oznajmił Debney, kładąc dłoń na sercu z udawaną powagą. — Choć podtrzymuję, że potrafiłbym dźwignąć powieść bez zarzutu, gdybym tylko dostał szansę.

— Co potrafiłby pan dźwignąć bez zarzutu? — zapytał Matthew, pojawiając się u boku Clary tak nagle, że ta niemal uwierzyła, iż przywołała go myślą.

— Główną rolę w powieści — wyjaśnił beztrosko Debney. — Panna Bell obsadziła mnie w roli komicznego przerywnika, co, aczkolwiek uznaje mój dowcip, nie docenia głębi mojego charakteru.

Kąciki oczu Matthew zmarszczyły się od uśmiechu, skierowanego tylko do Clary. — Jestem pewien, że Panna Bell oceniła pański literacki potencjał z właściwą sobie przenikliwością — powiedział, nie odrywając od niej wzroku.

Clara poczuła znajome ciepło rozlewające się po piersi na jego bliskość, na to, jak jego uwaga zdawała się wykluczać całą resztę zatłoczonej sali. Ta przemiana z uprzejmego dystansu w intymną świadomość wciąż ją zaskakiwała i nieustannie dziwiła się sile własnej reakcji na niego.

Kwartet zagrał żywą country dance i pary zaczęły ustawiać się w sekwencje na wypolerowanym parkiecie. Matthew otworzył usta, jakby chciał coś powiedzieć, lecz nim zdążył, do ich grupy podeszła młoda dama w bladobłękitnej sukni, z jasnymi lokami misternie ułożonymi pod wianuszkiem z jedwabnych kwiatów.

— Lordzie Whitmore — odezwała się głosem o muzycznym zaśpiewie — zdaje się, że mama wspominała, iż obiecał mi pan pierwszy taniec tego wieczoru. — Uśmiechnęła się zalotnie, wbijając w Matthew blade, błękitne oczy z nieomylnym zainteresowaniem.

— Lady Amelia — skłonił się lekko Matthew. — Istotnie, pamiętam taką obietnicę daną hrabinie. Jeśli państwo pozwolą — dodał do Clary i pozostałych — obiecałem otworzyć bal z córką Lady Harrington.

Clara skinęła grzecznie, zachowując opanowany wyraz twarzy, choć poczuła niespodziewane i zupełnie niechciane ukłucie czegoś bardzo podobnego do zazdrości, gdy Matthew poprowadził Lady Amelię na parkiet. Delikatna dłoń blondynki spoczęła na jego ramieniu z oczywistą swobodą, a ona odchylała głowę, by spoglądać na niego z uwagą graniczącą z uwielbieniem, gdy mówił.

— Panno Bell, zechce mi Pani udzielić tego zaszczytu? — Lord Carroway stanął przed nią z wyciągniętą dłonią. Clara przyjęła zaproszenie z uprzejmym uśmiechem, pozwalając poprowadzić się do formującej się sekwencji, dokładnie naprzeciw miejsca, gdzie ustawili się Matthew i Lady Amelia.

Muzyka rozbrzmiała na dobre, a Clara poruszała się w znanych figurach tańca z wyćwiczoną gracją. Lord Carroway był kompetentnym partnerem — ani zbyt sztywnym, ani przesadnie żywiołowym — i w normalnych okolicznościach Clara czerpałaby z tańca czystą przyjemność. Ale jej uwaga uparcie uciekała na drugą stronę sali, gdzie wysoka sylwetka Matthew poruszała się ze zaskakującą zwinnością jak na mężczyznę jego postury, a jego dłoń spoczywała na talii Lady Amelii, gdy obracali się razem.

— Wydaje się Pani dziś nieco rozkojarzona, Panno Bell — zauważył Lord Carroway, gdy krążyli wokół siebie, ton miał lekki, lecz spojrzenie bystre. — Mam nadzieję, że w żaden sposób nie uchybiłem?

— Ależ skąd — zapewniła go szybko Clara, zmuszając się, by skupić uwagę na partnerze. — Jestem po prostu trochę znużona. To był dość burzliwy tydzień.

— Co nieco słyszałem — odparł, a w jego oku błysnęło zrozumienie. — Choć muszę rzec, że Pani umiejętności jeździeckie nigdy nie stały pod znakiem zapytania wśród tych z nas, którzy znają się na rzeczy. Niektóre zwierzęta potrafią być nieprzewidywalne — tym bardziej, gdy ktoś je celowo drażni.

Clara uśmiechnęła się, szczerze doceniając jego wsparcie. — To bardzo uprzejmie z Pana strony, Lordzie Carroway. Choć przyznam, że pragnę jak najszybciej zostawić ten incydent za sobą.

Taniec raz zbliżał ich do siebie, to znów oddalał, niosąc ich po parkiecie swoim rytmem. Za każdym razem, gdy figury rozdzielały ich, wzrok Clary znów powracał do Matthew, z narastającym przygnębieniem śledząc, jak blisko i poufale rozmawia z Lady Amelią Harrington, z głowami pochylonymi, jakby dzielili się sekretem.

Lady Amelia była bezsprzecznie piękna: delikatne rysy, smukła sylwetka — dokładnie taki wyrafinowany typ urody, który mógłby przypaść do gustu przyszłemu księciu. I w odróżnieniu od Clary w jej pochodzeniu nie było nic niekonwencjonalnego — żadnego cienia nieprawego urodzenia, który mógłby skomplikować ewentualny związek.

Niespodziewane ukłucie tych myśli zaskoczyło Clarę. Nigdy nie uważała się za podatną na zazdrość, zawsze była dumna ze swojego praktycyzmu i trzeźwej oceny sytuacji. A jednak oto była: rozproszona, z posępnym nastrojem —

tylko dlatego, że Matthew Whitmore tańczył z inną kobietą, co mu wszak przysługiwało i do czego zobowiązywała go etykieta.

To odkrycie było równie niepokojące, co oświecające. W ledwie kilka tygodni Matthew stał się dla jej szczęścia kimś centralnym w sposób, w jaki nie był jeszcze nikt. Ta rosnąca świadomość, jak głęboko sięga jej uczucie, była zarazem przerażająca i upajająca.

Gdy taniec dobiegł końca, Clara dygnęła przed Lordem Carrowayem, dziękując z automatyczną grzecznością, po czym odwróciła się i dostrzegła, że Matthew już do niej zmierza, a jego twarz rozjaśnia się, gdy ich spojrzenia się spotykają. Lady Amelii nie było nigdzie widać.

— Wierzę, że następny taniec należy do mnie — powiedział, wyciągając do Clary dłoń. — Chyba że potrzebujesz chwili wytchnienia?

— Doskonale dam radę tańczyć całą noc — odparła Clara z nutą przekory, która sprawiła, że brwi Matthew uniosły się z lekkim zaskoczeniem.

— W takim razie mam szczęście, że udało mi się zapewnić sobie twoją dłoń przynajmniej do jednego tańca — rzekł, prowadząc ją z powrotem na parkiet, gdy muzycy rozpoczynali walca.

Jego dłoń osiadła na jej talii, ciepła i pewna, wyczuwalna przez jedwab sukni. Clara położyła rękę na jego ramieniu, aż nazbyt świadoma jego wzrostu, krzepy i tego subtelnego sposobu, w jaki jego ciało prowadziło jej ciało, gdy zaczęli poruszać się w idealnej harmonii.

— Wyglądasz dziś na rozproszoną — zauważył Matthew cichym głosem, przeznaczonym tylko dla niej. — Coś cię trapi?

Clara rozważyła unik, jakąś grzeczną wymówkę, ale nie chciała uciekać się do takich sztuczek wobec niego. — Jedynie obserwuję konsekwencje naszej małej rewelacji — odparła, starając się utrzymać lekki ton mimo uporczywego dyskomfortu w piersi.

Ciemne oczy Matthew badały jej twarz z niepokojącą przenikliwością. — Tylko tyle? — zapytał miękko. — Zdawałaś się nader uważnie śledzić mój taniec z Lady Amelią.

Gorąco oblało policzki Clary, tak łatwo przyłapanej. — Jest bardzo ładna — powiedziała ostrożnie, wbijając wzrok gdzieś w okolice jego krawatu. — I wyraźnie mocno pana... ciebie podziwia.

Na ustach Matthew zatańczył ledwie dostrzegalny uśmiech. — Lord Harrington to stary przyjaciel mojego ojca — wyjaśnił, lekko wzmacniając uchwyt na talii Clary, gdy prowadził ją w obrocie. — Znam Lady Amelię, odkąd była prowadzona na sznurkach. Pytała mnie o radę, czy powinna przyjąć niebawem spodziewane oświadczyny Lorda Wexleya.

— Och — wydusiła Clara, a ulga zalała ją z zawstydzającą siłą. — Nie zdawałam sobie sprawy...

— Że wyświadczałem braterską przysługę, a nie flirtowałem? — dokończył za nią Matthew, a w jego oczach zatańczyła ledwie skrywana wesołość. — Panno Bell, czyżbyś była zazdrosna?

— Ależ skąd — odparła z całą godnością, na jaką było ją stać, choć przeczuwała, że płonące policzki ją zdradzają. — Byłam tylko... zaniepokojona twoim wyborem partnerki do tańca.

Matthew zaśmiał się cicho, a dźwięk ten zadrżał w jego piersi, o którą ich ciała niemal się ocierały. — Twój niepokój został odnotowany — powiedział, a jego głos obniżył się do tonu, który posłał po kręgosłupie Clary przyjemny dreszcz. — Choć jest całkowicie zbędny. W tej sali tylko jedna partnerka mnie interesuje — i mam to szczęście, że właśnie z nią tańczę.

Serce Clary wykonało przy tych słowach całkiem nieprzyzwoity podskok. Uniosła wzrok i zobaczyła, że patrzy na nią z intensywnością, która odebrała jej dech; jego ciemne oczy odbijały blask świec i coś jeszcze — głębszego, cieplejszego — co dopiero zaczynała pojmować.

Po drugiej stronie sali Sir Richard i Lady Bell stali, obserwując tancerzy; na ich twarzach malowało się zadowolenie, gdy patrzyli, jak Clara i Matthew poruszają się w idealnej zgodzie. Dłoń Theresy spoczywała na ramieniu męża, ściskając je lekko w milczącym porozumieniu.

— Wygląda na szczęśliwą — mruknął Sir Richard, a jego jasnoniebieskie oczy złagodniały, gdy patrzył na córkę. — Naprawdę szczęśliwą, nie tylko dzielnie stawiającą czoło światu, jak po tamtym okropnym zajściu w parku.

— Tak — przytaknęła Theresa z czułością w spojrzeniu. — A Lord Whitmore zdaje się całkiem oczarowany, prawda? Sposób, w jaki na nią patrzy, jakby była jedyną kobietą w tej sali.

Wyraz twarzy Sir Richarda spoważniał. — Myślisz, że jego zamiary są poważne? Po jego wcześniejszym zachowaniu...

— Wierzę, że tak — odrzekła Theresa z cichą pewnością. — Zaszło między nimi nieporozumienie, ale zdaje się, że zostało dość gruntownie zażegnane.

Po przeciwnej stronie sali, częściowo skryta za kolumną przystrojoną kwiatami, Lady Virginie stała samotnie, z szafirami w oczach zwężonymi, gdy patrzyła na parę na parkiecie. Jej wachlarz coraz gwałtowniej trzaskał przy otwieraniu i zamykaniu, dźwięk ginął pod muzyką, ale mimo to zdradzał frustrację. Wiejska, złotowłosa byle kto, która powinna była zostać doszczętnie upokorzona, stała się teraz w centrum admiracji, podczas gdy sama Virginie została zepchnięta na peryferie towarzystwa, którym niegdyś rządziła.

Ale najostrzejszą drzazgą w jej boku był widok Matthew Whitmore'a wpatrzonego w Clarę Bell jak w rzadki skarb — i to bez śladu uprzejmej obojętności, którą okazywał w czasie krótkiego flirtu z samą Virginią. Wachlarz zatrzasnął się ze szczególną siłą, a kościane listewki zaskrzypiały w proteście.

To jeszcze, zdecydowała Virginie, zaciskając usta w wąską linię, bynajmniej się nie skończyło.

Rozdział czternasty

Listopad 1812

Rześki listopadowy poranek przyniósł Clarze wolność, której bała się, że utraciła na zawsze. Siedząc okrakiem na Guinevere, ukochanej karej klaczy, czuła znajomy rytm potężnych mięśni pracujących pod nią, gdy kłusowały spokojniejszymi alejkami Hyde Parku. Siniaki po upadku zbielały, stając się ledwie żółtawymi cieniami na skórze, a sztywność w stawach w końcu ustąpiła dzięki wytrwałemu rozciąganiu i łagodnym ćwiczeniom. Clara wciągnęła głęboko powietrze, napełniając płuca chłodem pachnącym opadłymi liśćmi i wilgotną ziemią, a wdzięczność zalała ją za to proste, odzyskane znów szczęście.

— Wyglądasz, jakbyś się urodziła w tym siodle — zauważył Matthew, prowadząc Ajaxa tuż obok. — Nikt by nie zgadł, że zaledwie dwa tygodnie temu tak fatalnie upadłaś.

Clara uśmiechnęła się, wiatr porwał luźne kosmyki, które wymknęły się spod kapelusza do jazdy. — Guinevere i ja rozumiemy się bez słów — odparła, klepiąc lśniącą szyję klaczy. — W przeciwieństwie do biednej zastępczyni Pegasusa nie została celowo wprowadzona w błąd co do swoich obowiązków.

Wzmianka o jej katastrofalnej przejażdżce zawisła między nimi tylko na moment, zanim uśmiech Matthew ją rozwiał. Rozmawiali o tym zajściu obszernie przez ostatnie dni, odkąd przyłapano ich w stajniach lorda Westbourne'a, i Clara pogodziła się z tym, co zaszło. Anonimowy wpis w księdze zakładów w White's spełnił swoje zadanie; jej reputacja amazonki została przywrócona, a pozycja Lady Virginie ucierpiała tak dotkliwie, że być może nigdy się w pełni nie podniesie.

— Muszę przyznać — ciągnął Matthew, a jego ciemne oczy, spoczywając na jej twarzy, miały ciepły blask — poranek ci służy, panno Bell. Twój uśmiech ma szczególną jakość, gdy jesteśmy z dala od salonów i balowych sal.

— Może dlatego, że robię to, co kocham najbardziej — odparła Clara, dając Guinevere nieco wolnej ręki na kilka upajających susów, po czym znów ją zebrała. — Konie nie dbają o rodowód ani majątek. Ocenią tylko to, jak się je traktuje.

— Filozofia, którą większa część towarzystwa powinna bezzwłocznie przyjąć — zgodził się Matthew, bez trudu dotrzymując jej kroku na swoim potężnym ogierze.

Przez chwilę jechali w zgodnym milczeniu, podążając krętymi ścieżkami parku. Poranna mgła rozwiała się, odsłaniając idealnie jesienne błękity nieba, a drzewa rozpoczęły przemianę z zieleni w złoto i purpurę. Clara czuła spokój, jakiego nie doświadczała od przyjazdu do Londynu, poczucie, że niezależnie od opinii świata i przeszkód wynikających z jej nieszablonowego pochodzenia znalazła w Matthew kogoś, kto widzi ją jasno i ceni to, co widzi.

— Zrobimy jeszcze jedno okrążenie, zanim wrócimy? — zaproponowała niechętnie, choć wiedziała, że oboje mają przed sobą cały dzień towarzyskich zobowiązań.

— Jestem całkowicie do twojej dyspozycji — odparł Matthew z lekkim ukłonem z siodła, który rozbawił Clarę swą formalną poprawnością w tak swobodnym otoczeniu.

Skręcili konie na wschodnią alejkę, idąc zebranym kłusem, który podkreślał wyszkolenie obu zwierząt i umiejętności jeźdźców. Clara dostrzegała od czasu do czasu pełne uznania spojrzenia nielicznych rannych spacerowiczów, co stanowiło wyraźny kontrast wobec przerażonych spojrzeń, które towarzyszyły jej upadkowi. To była miła odmiana — znów patrzono na nią z podziwem za kunszt, a nie z litością za nieszczęście.

Gdy zbliżali się do wyjścia z parku, Clara zauważyła niewielką grupkę pieszych przy bramie. Poranni goście i kupujący — pomyślała — rozpoczynali dzień. Nie poświęciła im większej uwagi, skupiając się raczej na poprowadzeniu Guinevere wzdłuż zwężającej się ścieżki, wciąż mając u boku Matthew.

Dopiero kiedy podjechali bliżej, rozpoznała znajomą postać wśród gromadki eleganckich dam i dżentelmenów. Lady Virginie de Mortimer stała nieco z boku, szczupła sylwetka opięta modną suknią spacerową, ciemne włosy ułożone pod dopasowanym kapeluszem. Rzuciła w stronę Clary ostre, jadowite spojrzenie, po czym odwróciła się, jakby udając, że jej nie dostrzegła.

Clara skinęła grzecznie na pozdrowienie jednej z osób w grupie, trzymając mocno wodze, kiedy przeciskali się przez nagle zatłoczoną ścieżkę. Klacz poruszała się z zwyczajową, spokojną gracją, niewzruszona bliskością pieszych. Prawie ich minęli, gdy Clara zauważyła subtelny ruch Lady Virginie, która zrobiła pół kroku w bok.

Atak nastąpił tak szybko, że Clara nie miała czasu zareagować. Błysk srebra w rękawiczce Virginie, szybkie, dźgające pchnięcie — i Guinevere zapiszczała cienko ze zaskoczenia. Klacz, spłoszona, lecz doskonale wyszkolona, nie rzuciła się do ucieczki. Zamiast tego odruchowo kopnęła tylną nogą — naturalna obrona na niespodziewany ból.

Pisk Lady Virginie przeciął poranne powietrze, gdy kopyto Guinevere trafiło ją prosto w dłoń. Szpilka do kapelusza wypadła jej z ręki i wylądowała na żwirowej ścieżce, w zasięgu wzroku wszystkich. Virginie przycisnęła zranioną dłoń do piersi, a jej piękna twarz wykrzywiła się z bólu i wściekłości.

Wśród zebranych przebiegły westchnienia i pomruki, fala wstrząśniętych szeptów rozchodziła się od miejsca zajścia. Clara walczyła o utrzymanie kontroli nad Guinevere, która teraz nerwowo przestępowała z nogi na nogę, strzygąc uszami.

— Dźgnęła konia szpilką do kapelusza, na Boga! — zawołał głośno jeden z dżentelmenów. — Co za podłość!

— Spokojnie, dziewczynko — mruknęła Clara, głosem niskim i kojącym mimo gwałtownego bicia serca. — Już dobrze.

Matthew zeskoczył w mgnieniu oka, podszedł do głowy Guinevere, by pomóc uspokoić klacz, jednocześnie czujnie obserwując Lady Virginie. Jego wyraz twarzy stwardniał w maskę zimnej furii, która odmieniła zwykle ciepłe rysy. — Nic ci nie jest, panno Bell? — spojrzał na Clarę.

— Co to ma znaczyć? — rozległ się grzmiący głos na skraju zbiegowiska. Hrabia Westbourne rozsunął gapiów, a jego potężna sylwetka i arystokratyczna ogłada sprawiły, że ludzie natychmiast usunęli mu się z drogi. Dotarł do niewielkiego kręgu, który utworzył się wokół Clary, Matthew i Virginie, a jego spojrzenie objęło scenę: córkę, ściskającą zranioną dłoń, srebrną szpilkę leżącą na ścieżce na widoku wszystkich, i klacz wciąż niespokojnie przestępującą pod pewnymi rękami Clary, choć po lśniącym zadem spływała cienka strużka krwi.

Twarz hrabiego pociemniała z furii, która w jednej chwili jakby postarzyła go o całe dziesięć lat. Schylił się, podniósł szpilkę i obejrzał ją krótko, po czym zwrócił się do Lady Virginie.

— To twoje? — zażądał odpowiedzi, a jego głos poniósł się ponad zamilkłym tłumem.

Virginie uniosła podbródek wyzywająco, choć w jej głosie pobrzmiewał lekki drżenie. — Należało jej się — odparła, wskazując Clarę zdrową ręką. — Po tym, co mi zrobiła, nastawiając wszystkich przeciwko mnie swoimi kłamstwami o koniach.

Wyraz twarzy hrabiego przeszedł od gniewu do czegoś chłodniejszego i o wiele straszniejszego w swym opanowaniu. — A więc przyznajesz, że celowo skrzywdziłaś niewinne zwierzę, próbując przy tym zranić pannę Bell? — zapytał, każde słowo odmierzone i cięte jak brzytwa.

Virginie najwyraźniej zbyt późno pojęła rozmiar swego błędu. Jej oczy rozszerzyły się, gdy zerknęła na przerażone twarze świadków — wielu z nich należało do najbardziej wpływowych osób londyńskiego towarzystwa. — Nie chciałam... to znaczy, tylko chciałam...

— Cisza — rozkazał hrabia, a taka była waga jego głosu, że Virginie natychmiast zamilkła, a jej policzki zapłonęły upokorzeniem. — Po raz ostatni okryłaś nasze nazwisko hańbą. Natychmiast wrócisz do domu i spakujesz rzeczy. Przed zmrokiem wyruszysz do naszego majątku w Yorkshire i tam pozostaniesz, dopóki nie uznam, że pojęłaś, czym jest honor i należyte postępowanie.

Z twarzy Virginie odpłynęła krew. — Ojcze, nie możesz...

— Nigdy nie byłem bardziej zdecydowany — przerwał, tonem nieznoszącym sprzeciwu. — Karetka odjedzie przed zmrokiem. Radzę ci się pospieszyć i spakować to, co chcesz zabrać.

Odprawiona, Virginie zamarła na moment, a jej szafirowe oczy, pełne upokorzenia i wściekłości, wbiły się w Clarę. Potem, nie mówiąc ani słowa, odwróciła się i pospiesznie odeszła, spódnice zaszumiały wokół kostek, gdy niemal uciekła z miejsca.

Hrabia patrzył za nią ponuro, po czym zwrócił się do Clary. Podszedł i wykonał formalny ukłon, świadczący o nienagannych manierach gentlemana wychowanego w przywileju i odpowiedzialności. — Panno Bell — rzekł, a jego głos przybrał uprzejmy, pokorny ton — muszę złożyć najgłębsze przeprosiny za niewybaczalne zachowanie mojej córki. Nie ma dla takiego czynu żadnego usprawiedliwienia i zapewniam Pannę, że poniesie stosowne konsekwencje.

Clara siedziała bardzo prosto w siodle, świadoma wielu spojrzeń. Serce waliło pod amazonką, dłonie lekko drżały na wodzach, lecz zachowała opanowaną twarz i odpowiedziała spokojnym głosem.

— Dziękuję za przeprosiny, lordzie Westbourne — odparła, skłaniając z gracją głowę. — Przyjmuję je, wychodząc z założenia, że czyny jednej osoby nie kładą się cieniem na całej rodzinie. — Uśmiechnęła się lekko i dodała: — Na szczęście zarówno Guinevere, jak i ja najwyraźniej wyszłyśmy z tego bez poważniejszych szkód.

Na jej pełną taktu odpowiedź przeszedł przez tłum pomruk uznania. Surowe rysy lorda Westbourne'a nieco złagodniały, jakby z odcieniem szacunku. — Jest Panna niezwykle wielkoduszna, panno Bell — rzekł, raz jeszcze się kłaniając, po czym zwrócił się do zebranych. — Sądząc po wszystkim, ten niefortunny incydent dobiegł końca. Pozwólmy pannie Bell i lordowi Whitmore'owi kontynuować poranek bez dalszych zakłóceń.

Gdy tłum zaczął się rozchodzić, wielu rzucało w stronę Clary współczujące spojrzenia. Matthew dosiadł konia i podprowadził Ajaxa obok Guinevere. — Na pewno nic ci nie jest? — zapytał łagodnie, z troską badając jej twarz. — Wspaniale sobie poradziłaś, ale to musiało być potwornie stresujące.

Clara powoli wypuściła powietrze, pozwalając, by napięcie nieco z niej zeszło. — Myślę, że będę — odparła, gładząc uspokajająco szyję Guinevere. — Choć przyznaję, że dłonie jeszcze długo mogą mi się trząść.

Wyraz twarzy Matthew złagodniał podziwem. — Mało kto by to po tobie poznał — powiedział. — Okazałaś opanowanie na miarę księżnej.

Clara uśmiechnęła się na te słowa, znajdując w nich niespodziewaną siłę. Poranny spokój został zburzony, lecz w jego miejsce pojawiło się coś innego — coś, co zadziwiająco przypominało triumf. — Chodź — rzekła. — Jedźmy do domu. Ojciec będzie chciał obejrzeć biedną Guinevere; rana wygląda na drobną, ale zechce nałożyć swoje specjalne maści lecznicze.

Kamienica przy Hanover Place wyrosła przed Clarą niczym azyl, jej znajoma ceglana fasada obiecywała ukojenie po porannych przykrych przeżyciach. Zsiadając z pomocą stajennego, poczuła, że nogi ma mniej pewne, niż by sobie życzyła — opóźnione skutki szoku dawały o sobie znać teraz, gdy była już z dala od publicznych spojrzeń. Matthew odprowadził ją aż pod same drzwi, zanim niechętnie się pożegnał, uzyskawszy obietnicę, że prześle mu później wiadomość o swoim samopoczuciu. Clara przyłożyła wciąż drżące dłonie do rozpalonych policzków, zbierając się w sobie, zanim weszła do domu, wiedząc, że rodzice natychmiast wyczują, iż coś jest nie tak.

Phillips otworzył drzwi, zanim zdążyła sięgnąć po kołatkę; na jego zwykle nieporuszonej twarzy mignęło zaskoczenie jej wczesnym powrotem. — Panno Bell — powitał ją, ustępując z przejścia. — Sir Richard i Lady Bell są w bawialni.

— Dziękuję, panie Phillips — odpowiedziała Clara, podając mu kapelusz do jazdy i rękawiczki. — Byłby pan tak uprzejmy poprosić któregoś ze stajennych, by dokładnie obejrzał Guinevere? Otrzymała... ostry kuksaniec w zad i ma niewielką ranę, którą trzeba opatrzyć, najlepiej jedną z ojcowskich maści leczniczych.

Brwi kamerdynera lekko drgnęły, lecz tylko skinął głową. — Oczywiście, panno Bell. Natychmiast.

Clara wzięła głęboki, uspokajający oddech, idąc przez hol do bawialni. Słyszała głosy rodziców — niski pomruk rozmowy ojca, przeplatany łagodniejszym tonem Theresy. Znajomy dźwięk przyniósł niespodziewaną falę wzruszenia, nagłą tęsknotę za prostym poczuciem bezpieczeństwa Belle Haven, gdzie opinie towarzystwa znaczyły niewiele wobec uczciwej pracy przy treningu koni i prowadzeniu majątku.

Zatrzymała się w progu, chłonąc sielski obraz przed sobą. Sir Richard stał przy oknie z gazetą w ręku, podczas gdy Theresa siedziała w ulubionym fotelu przy kominku, z haftem na kolanach. Oboje podnieśli wzrok równocześnie, a ich twarze w jednej chwili z łagodnego zadowolenia przeszły w wyraz troski.

— Claro — odezwała się Theresa, odkładając robótkę i szybko wstając. — Co się stało? Blada jesteś jak mleko.

Sir Richard przemierzył pokój trzema długimi krokami, a jego jasnoniebieskie oczy przeskanowały jej twarz. — Nic ci nie jest? — zapytał ostrym z troski tonem. — Spadłaś znowu?

Clara pokręciła głową i zdołała się uśmiechnąć na ich natychmiastową troskę. — Nic mi nie jest — zapewniła. — Ale w parku zdarzył się... incydent. Usiądziemy?

Usiadła na kanapie z błękitnego adamaszku; Theresa przysiadła obok, a Sir Richard pozostał stojąc, wysoki i nabrzmiały ochronnym gniewem, czekając na wyjaśnienia.

— Rano jechałam z lordem Whitmore'em — zaczęła Clara, ściskając mocno dłonie splecione na kolanach. — Właśnie opuszczaliśmy park, gdy przy bramie natknęliśmy się na grupę pieszych. Wśród nich była Lady Virginie.

Na wzmiankę o Virginie łagodna twarz Theresy nieco stwardniała, a wyraz Sir Richarda stał się czujny. Choć Clara nie opowiedziała im szczegółów podmiany konia, której Virginie się dopuściła i która doprowadziła do upadku Clary, przeczuwała, że ojciec słyszał już pogłoski.

— Kiedy przejeżdżaliśmy — ciągnęła Clara, głosem zaskakująco równym mimo wciąż tlącego się szoku — podeszła celowo blisko Guinevere i dźgnęła ją szpilką do kapelusza. — Zawahała się na moment; w uszach wciąż brzmiał jej pisk zaskoczonej klaczy. — Guinevere zareagowała jak każdy koń: odruchowo kopnęła. Trafiła Lady Virginie w dłoń, przez co ta upuściła szpilkę na ziemię, gdzie wszyscy mogli ją zobaczyć.

— Na Boga — wykrzyknął Sir Richard, zaczynając przemierzać pokój przed kominkiem. — Mogła doprowadzić do poważnego wypadku. Gdyby Guinevere poniosło na ulicę...

— Ale nie poniosło — wtrąciła Clara, a w jej głosie zabrzmiała nuta dumy. — Jest zbyt dobrze wyszkolona. Tylko się obroniła przed bólem.

— A Lady Virginie? — zapytała Theresa, mięsiste dłonie nerwowo splotły się na kolanach. — Co było dalej?

Usta Clary wygięły się w drobny, usatysfakcjonowany uśmiech. — Nie zrobiłam nic, nie musiałam. Jej ojciec widział wszystko. Przyszedł akurat w chwili zajścia i dostrzegł szpilkę na ziemi. — Opisała gromkie pojawienie się lorda Westbourne'a, jego publiczne potępienie córki i zesłanie jej do Yorkshire. — Przeprosił mnie bardzo oficjalnie, wobec wszystkich obecnych.

Sir Richard przestał chodzić; jego wyraz twarzy przeszedł z gniewu w dumną czułość, gdy Clara opowiadała o swoim opanowaniu wobec przeprosin hrabiego. — Zachowałaś się wzorowo — powiedział chrapliwie z emocji. — Lepiej, niż ja bym potrafił na twoim miejscu. Mnie kusiłoby, żeby spoliczkować dziewczynę batem.

— Richard — zganiła go Theresa, choć w jej brązowych oczach błysnęło coś, co zdradzało, że nie całkiem się z tym nie zgadza.

Odwróciła się do Clary, wyciągając dłoń, by uścisnąć jej rękę. — Okazałaś niezwykłą klasę pod presją — powiedziała ciepłym, pełnym macierzyńskiej dumy głosem.

Clara poczuła rumieniec przyjemności na słowa matki. — W środku byłam przerażona — przyznała. — Serce biło mi tak szybko, że myślałam, iż zaraz wyskoczy mi z piersi. Ale pamiętałam, czego mnie zawsze uczyłaś: by zachować spokój, zwłaszcza kiedy inni patrzą.

— Swoją reakcją jeszcze bardziej podniosłaś swoją pozycję w towarzystwie — zauważył Sir Richard, wreszcie siadając naprzeciw nich. — Lord Westbourne to wpływowy człowiek. Jego publiczne przeprosiny, połączone z hańbą jego córki, sprawią, że nikt już nie odważy się podważać twojego charakteru. Wierzę, że wygrałaś, moja droga!

— Nie chodzi o wygraną ani przegraną — łagodnie zaprzeczyła Theresa. — Chodzi o to, by czynami pokazać, kim naprawdę jesteś. Zazdrość Lady Virginie doprowadziła ją do upadku, bo pozwoliła jej zepsuć swój charakter. Ty zwyciężyłaś nie dlatego, że coś przeciw niej knułaś, lecz dlatego, że pozostałaś wierna sobie.

Clara skinęła głową, rozumiejąc mądrość słów matki. — Nigdy nie pragnęłam jej zguby — powiedziała miękko. — Chciałam tylko, żeby mnie oceniano sprawiedliwie, według moich własnych zasług.

— I tak właśnie teraz będzie — orzekł z ostatecznością Sir Richard. — Ton nie kocha niczego bardziej niż dramatycznej sceny z wyraźnym czarnym charakterem i bohaterem. Dziś bez cienia wątpliwości byłaś bohaterką.

Rozmawiali jeszcze przez chwilę, a rozmowa stopniowo przesuwała się od porannych dramatów ku nadchodzącemu wieczorowi. Czekało na nich Almacks, ten ekskluzywny przybytek społecznej aprobaty, do którego wstęp mieli tylko ci, którym patronki udzieliły błogosławieństwa. Clarze przyznano vouchery wkrótce po jej przyjeździe do Londynu, a wpływy Lady Bridgnorth zapewniły jej akceptację.

Kilka godzin później Clara stała przed lustrem, podczas gdy pokojówka dokonywała ostatnich poprawek przy jej wieczornej toalecie, nowej sukni, której nie miała jeszcze okazji założyć. Bladozielona, jedwabna suknia spływała po jej sylwetce łagodnymi liniami; skromny dekolt i krótkie rękawy zdobił delikatny haft złotą nicią. Jasne włosy upięto w elegancki węzeł z warkoczy otaczających głowę, pozostawiając kilka miękkich loczków, by okalały twarz.

Clara studiowała swoje odbicie, zauważając subtelne zmiany, jakie poranne wydarzenia wniosły w jej postawę. Stała prościej, z podniesioną brodą — nie butnie, lecz z cichą pewnością siebie. Zielone oczy, które na nią patrzyły, zdawały się jakoś jaśniejsze, bardziej zdecydowane. Była tą samą Clarą Bell, która przybyła do Londynu pełna obaw o przyjęcie, a jednak zasadniczo się zmieniła — wzmocniona wyzwaniami, którym stawiła czoła i które pokonała.

Benson, jej pokojówka, przyniosła perłowy naszyjnik jej matki biologicznej, ostrożnie ułożyła go na skórze Clary, po czym zapięła klamrę. Perły połyskiwały miękko w blasku świec — nie krzykliwe ani ostentacyjne, lecz spokojnie, pewnie piękne. Clara musnęła je palcami, myśląc o młodej kobiecie, która nosiła je przed nią, która kochała nierozsądnie, ale podarowała Clarze życie.

— Byłabyś ze mnie dumna? — wyszeptała do wspomnienia matki, której nigdy nie poznała. Perły jakby ogrzały się na jej skórze i choć wiedziała, że to tylko ułuda, wybrała, by potraktować to jak odpowiedź, bo Elizabeth Bell również była córką Belle Haven, amazonką z krwi i kości.

Almacks lśniło miękkim blaskiem setek świec, których płomienie odbijały się w kryształowych żyrandolach zwisających z sufitu i mnożyły w wielu lustrach wyściełających ściany. Efekt był niemal eteryczny, przemieniając skądinąd dość skromne sale w scenę jak z baśni. Clara weszła, krocząc między rodzicami, świadoma subtelnej zmiany uwagi, gdy głowy odwracały się w ich stronę. Poranne zajście w Hyde Parku wyprzedziło ich najwyraźniej; szepty zaszumiały przez tłum jak jesienne liście, a towarzyszyły im skinienia aprobaty i pełne podziwu spojrzenia raczej niż litość czy drwina, których jeszcze kilka dni wcześniej mogłaby się obawiać.

— Wygląda na to, że wieści rozchodzą się szybciej, niż przewidywaliśmy — mruknął Sir Richard, klepiąc jej dłoń spoczywającą na jego ramieniu. — Choć, sądząc po tych reakcjach, historia w niczym ci nie zaszkodziła.

— Wprost przeciwnie — odparła cicho Clara, posyłając uprzejmy uśmiech i składając pełen szacunku dyg przed Lady Jersey, gdy mijali srogą patronkę. — Wydaje mi się, że w tym konkretnym dramacie obsadzono mnie w roli bohaterki.

Ojciec zachichotał, dźwiękiem ciepłym od dumy. — I słusznie. Ach, widzę, że mama znalazła nam miejsce przy Lady Pemberton. Dołączymy?

Zanim zdołali przedrzeć się przez salę, stanął przed nimi Matthew — wysoki, nienagannie ubrany we frak wieczorowy; jego ciemne oczy natychmiast odnalazły spojrzenie Clary, rozgrzane ciepłem. Złożył formalny ukłon Sir Richardowi, po czym zwrócił się do Clary z ledwie skrywaną niecierpliwością.

— Panno Bell — rzekł tonem niosącym w sam raz tyle pełnego szacunku podziwu, ile wypadało publicznie, choć spojrzenie zdradzało głębsze uczucia. — Miałbym nadzieję zarezerwować u pani pierwszy dzisiejszy taniec.

Brwi Sir Richarda nieznacznie się uniosły, ale wyraz twarzy pozostał przyjaźnie neutralny. — Wierzę, że partnerami mojej córki zarządza ona sama — powiedział, puszczając rękę Clary z dyskretnym skinieniem aprobaty.

— Byłoby mi niezmiernie miło, lordzie Whitmore — odparła Clara z radosnym uśmiechem.

Gdy Sir Richard odszedł do Theresy, Matthew podał Clarze ramię i poprowadził ją na parkiet, gdzie pary już ustawiały się do otwierającego country dance'a. — Wyglądasz dziś absolutnie olśniewająco — powiedział tak cicho, by słyszała tylko ona. — Ta zieleń wydobywa niezwykły kolor twoich oczu.

Clara poczuła, jak policzki oblewa rumieniec; wciąż nie przywykła do tak bezpośrednich komplementów z jego ust po ich tygodniach nieporozumień. — Dziękuję — odparła. — Mama zasugerowała, żebym dziś włożyła nową suknię. Uznała, że podniesie mnie na duchu po porannych emocjach.

— Twoje nastroje wydają się godne podziwu — zauważył Matthew, zajmując miejsce naprzeciw niej, gdy rozbrzmiały pierwsze tony muzyki. — Choć wyznam, że martwiłem się o ciebie, odkąd się rozstaliśmy. Taki wstrząs wytrąciłby z równowagi każdego.

Taniec się zaczął, zmuszając ich na chwilę do rozdzielenia się, po czym znów zbliżenia w rytmie figur. Clara poruszała się z naturalną gracją, kroki idealnie współbrzmiały z muzyką. — Rozmowa z rodzicami bardzo mnie podniosła na duchu — wyjaśniła, gdy mogli znów porozmawiać. — Mają niezwykły dar ustawiania spraw we właściwej perspektywie.

— Wygląda na to, że to cecha rodzinna — odparł Matthew, uśmiechając się tak, że w kącikach oczu pojawiły się drobne zmarszczki. — Twoja dzisiejsza postawa była po prostu niezwykła. Połowa dżentelmenów w White's jest tobą zachwycona, wiedz o tym.

Clara roześmiała się, a dźwięk jej śmiechu stopił się z muzyką, gdy krążyli wokół siebie. — A druga połowa?

— Kompletnie zauroczona — odparł bez wahania Matthew, z wyrazem twarzy figlarnym, lecz szczerym. — Wliczając mnie, chociaż, śmiem twierdzić, osiągnąłem ten stan na długo przed dzisiejszymi wydarzeniami.

Figura tańca znów ich rozdzieliła, zanim Clara zdołała sformułować odpowiedź na to zaskakująco bezpośrednie wyznanie. Kiedy następnym razem zetknęli się w układzie, zdołała odzyskać dość panowania nad sobą, by skierować rozmowę na bezpieczniejsze tory. — Widzę, że Lady Pemberton obserwuje nas dość uważnie — zauważyła. — Czy jej opinia o mnie się poprawiła?

Matthew spojrzał w stronę ciotki, której pociągła twarz nosiła wyraz, który łaskawie można by opisać jako pogodzoną akceptację. — Niechętnie przyznała, że twoje postąpienie wobec Lady Virginie zdradziło pewną wrodzoną jakość, która, jak twierdzi, świadczy o dobrym urodzeniu — odparł, tak wiernie naśladując wyniosły ton ciotki Mary, że Clara musiała stłumić kolejny chichot. — Jak na ciotkę Mary, to prawdopodobnie maksimum aprobaty, na jakie możesz liczyć, obawiam się.

Taniec zakończył się stanowczo zbyt szybko, a Matthew z niechęcią oddał Clarę jej następnemu partnerowi, Lordowi Carrowayowi, który z widocznym entuzjazmem zbliżył się, by odebrać obiecaną turę. Przez cały taniec Clara łapała się na porównywaniu jego całkowicie poprawnej techniki i miłej rozmowy z głębszą więzią, którą poczuła, tańcząc z Matthew. Lord Carroway był przystojny, zamożny i wyraźnie nią zainteresowany, a jednak poza uprzejmą sympatią do jego towarzystwa nie czuła nic więcej.

— Doskonale poradziła sobie pani z tą sprawą w parku — zauważył, gdy obracali się w szczególnie skomplikowanej figurze. — Choć nie byłem zaskoczony. Od przyjazdu do Londynu wykazuje pani niezwykłą ogładę.

— Jest pan bardzo uprzejmy, lordzie Carroway — odparła Clara, przyjmując komplement z grzecznym skinieniem.

— Nie uprzejmy, tylko spostrzegawczy — odparł z uśmiechem, który kilka tygodni wcześniej być może przyprawiłby ją o szybsze bicie serca. Teraz jednak zerkała ponad jego ramieniem, wypatrując wysokiej sylwetki Matthew w tłumie. Dostrzegła go stojącego z Lordem Debneyem; ich głowy zbliżone, jakby prowadzili poważną rozmowę.

W miarę jak wieczór posuwał się naprzód, Clara tańczyła z kilkoma innymi dżentelmenami, każdy zdawał się bardziej uprzejmy od poprzedniego. Spływały na nią komplementy i pełne podziwu spojrzenia z kręgów, które dotąd ją pomijały — dowód na to, jak całkowicie poranne wydarzenia odmieniły jej pozycję. A jednak przez cały czas jej wzrok raz po raz wracał do Matthew, którego przyłapywała na tym, że spogląda na nią z nieukrytym zainteresowaniem, bez względu na to, z kim akurat tańczyła.

Podczas krótkiej przerwy między tańcami Clara stanęła nieopodal stołu z przekąskami, przyglądając się skrzącej scenie przed sobą. Sale zgromadzeń wypełniły się po brzegi, a wśród gości była śmietanka londyńskiego towarzystwa. Klejnoty dam łapały blask świec, rozsiewając kolorowe refleksy po ścianach i twarzach, podczas gdy czarne i białe fraki dżentelmenów stanowiły idealne tło dla barwnych sukien wirujących po parkiecie.

To właśnie wtedy, gdy śledziła ten elegancki spektakl, Clara zauważyła, jak Lord Debney prowadzi Lady Persephone do małej, ustronnej alkowy na drugim końcu sali.

Było w ich zachowaniu coś szczególnego: pewna intensywność w zwykle wesołym wyrazie twarzy Lorda Debneya i nieśmiała, oczekująca postawa Persephone, co zwróciło uwagę Clary. Uśmiechnęła się do siebie, domyślając się, co może za chwilę nastąpić.

— Wyglądasz na szczególnie zadowoloną z czegoś — rozległ się obok niej głos Matthew, wyrywając Clarę z obserwacji. — Otrzymałaś jakieś wyjątkowo dobre wieści, czy po prostu ogólny triumf wieczoru wywołuje taki uśmiech na twojej twarzy?

Clara zwróciła się ku niemu, przyjmując szklankę lemoniady, którą jej podał. — Może po trochu jedno i drugie — odparła. — Właśnie patrzyłam, jak Lady Persephone i Lord Debney wycofują się w ustronne miejsce, i wyglądało to na ruch o dużej wadze.

Matthew podążył za jej spojrzeniem, a jego brwi nieznacznie się uniosły. — Doprawdy? Cóż, Edward jest od kilku dni niezwykle poważny. Gdy człowiek znany z tego, że wszystko obraca w żart, nagle zaczyna interesować się ceną węgla w Newcastle i właściwym zarządzaniem gospodarstwami dzierżawnymi, można nabrać podejrzeń, że myśli o założeniu własnego domu.

— Niezwykle do siebie pasują — zauważyła Clara. — Jej cichość doskonale równoważy jego żywiołowość.

— Zupełnie jak twoja praktyczność dopełnia moją okazjonalną skłonność do gotyckich wyobrażeń — zasugerował Matthew lekko, ale oczy miał poważne, gdy spotkały się z jej spojrzeniem.

Zanim Clara zdołała odpowiedzieć na to dość celne porównanie, przy jej łokciu pojawiła się sama Persephone, z okrągłą twarzą spłonioną rumieńcem i jasnoniebieskimi oczami błyszczącymi od ledwie skrywanego zachwytu.

— Clara — powiedziała, zapominając o formalnościach z przejęcia — czy mogłabym porozmawiać z tobą na osobności, na chwilkę?

Matthew skłonił się, odchodząc z godną podziwu taktownością. — Zostawię panie na naradę — rzekł, posyłając kuzynce porozumiewawczy uśmiech. — Zastrzegam sobie jednak prawo do znalezienia się w gronie pierwszych składających gratulacje, jeśli będą na miejscu.

Rumieniec Persephone pogłębił się, gdy patrzyła, jak odchodzi. — Czy to aż tak oczywiste? — wyszeptała do Clary.

— Tylko dla tych, którzy patrzą uważnie — uspokoiła ją Clara, prowadząc ją w dość cichy kąt, gdzie mogły rozmawiać bez obawy, że ktoś usłyszy. — Opowiedz mi wszystko.

Twarz Persephone rozświetliła się radością, gdy pochyliła się bliżej, ściszając głos do podekscytowanego szeptu. — Lord Debney — *Edward* — oświadczył mi się — wyznała, ściskając dłonie Clary zaskakująco mocno w rękawiczkach. — Powiedział, że nigdy nie spotkał nikogo, kto słuchałby go tak jak ja, kto dostrzega pod żartami człowieka prawdziwego. — Zawahała się, a na jej twarzy pojawił się wyraz zdumienia. — A ja nigdy nie spotkałam nikogo, przy kim czułabym się tak swobodnie, będąc po prostu sobą.

— Och, Seph — zawołała Clara, a przez jej serce przepłynęła szczera radość. Uścisnęła przyjaciółkę mocno, na moment zapominając o konwenansach. — Nikt nie zasługuje na szczęście bardziej niż ty!

Gdy się rozłączyły, oczy Persephone lśniły łzami szczęścia, które jeszcze nie spłynęły. — Nigdy nie myślałam... to znaczy, przy mojej nieśmiałości i surowych wymaganiach mamy... bałam się, że nigdy nie znajdę kogoś, kto naprawdę zechce mnie dla mnie samej.

— Lord Debney to bardzo szczęśliwy człowiek — powiedziała stanowczo Clara. — I, jak widać, ma o wiele lepszy osąd, niż większość mu przypisuje.

— Mamy wziąć ślub na wiosnę — ciągnęła Persephone, a jej ekscytacja wprost się przelewała. — W jego rodowej posiadłości w Somerset. Musisz nas odwiedzić po weselu. Edward mówi, że ogrody są najpiękniejsze wczesnym latem.

— Niczego bym nie pragnęła bardziej — odparła ciepło Clara. — A ty koniecznie przyjedź do Belle Haven. Moje siostry cię pokochają, a u nas są najwspanialsze przejażdżki po wzgórzach.

Persephone skinęła ochoczo. — Edward wspomniał, jak bardzo lubi wieś. Mówi, że londyńskie życie potrafi być strasznie wyczerpujące przez nieustanne wymagania błyskotliwej konwersacji. — Zachichotała cicho, zaskakująco melodyjnie jak na kogoś zwykle tak powściągliwego. — Twierdzi, że moja spokojna obecność działa jak balsam na jego przeciążone towarzyskie zmysły.

— Doskonale się uzupełniacie — stwierdziła Clara, rozpoznając prawdę w wypowiadanych słowach. — Jego entuzjazm zachęca cię, byś wychodziła przed szereg, a twoja rozwaga daje mu przestrzeń, by bywał poważny, kiedy tego potrzebuje.

— Właśnie tak — zgodziła się Persephone, a jej zwykle nieśmiały wyraz twarzy zmieniło szczęście. — Jakbyśmy każde dawało to, czego drugiemu brak, tworząc razem coś lepszego, niż które z nas byłoby osobno.

Rozmawiając dalej, snując plany przyszłych wizyt i dzieląc się zwierzeniami tak, jak potrafią tylko nowe przyjaciółki stojące u progu wielkich życiowych zmian, Clara poczuła, jak ogarnia ją głębokie zadowolenie. Poranne starcie z Lady Virginie zamiast zaszkodzić jej pozycji, w pewien sposób dopełniło przemiany z niepewnej panienki z prowincji w pewną siebie młodą damę towarzystwa. A w Persephone odnalazła prawdziwą, miejmy nadzieję, dożywotnią przyjaciółkę.

Matthew podszedł, by poprosić o drugi taniec, a Clara przyjęła to z radosnym uśmiechem i pełnym sercem, podczas gdy Persephone i Lord Debney ruszyli na parkiet obok nich.

Mały Sezon nie był dokładnie tym, czego się spodziewała, a jednak — mimo wszystkiego, co się wydarzyło — jej Plan się powiódł. Zdecydowana większość tonu przyjęła ją, z nieślubnym pochodzeniem i wszystkim, dokładnie taką, jaka jest. Clara nie była na tyle nierozsądna, by sądzić, że mogłoby to spotkać każdą młodą damę; wpływy jej ojca otworzyły drzwi, które dla niemal wszystkich innych pozostałyby zamknięte. Ale ona, Clara Bell, nieślubna córka lokaja, którego imienia nigdy nie poznała, stała tu, w Almacks, tańcząc z markizem, podczas gdy patronki spoglądały z aprobatą i uśmiechem.

Rozdział piętnasty

List Anny leżał otwarty na kolanach Clary, a znajome pętle i kąty jej charakteru pisma ożywiały w wyobraźni Belle Haven. Były w nim wszystkie zwykłe wieści: które konie dobrze posuwają się w treningu, jak jesienna pogoda przemieniła wzgórza w olśniewające złoto i — co najważniejsze — jak bardzo Anna nie może się doczekać, aż Clara i rodzice wrócą do domu na Boże Narodzenie. Najstarsza przyjaciółka Theresy, Helen, wraz z mężem, panem Fallonem, miejscowym wikarym w Belle Haven, mieszkali w domu, by młodsze siostry Clary miały dorosły nadzór, ale Clara była pewna, że brakowało im rodziców. Theresa przynajmniej nie wyjeżdżała z Belle Haven na dłużej niż tydzień, odkąd tylko Clara pamiętała.

— Źrebakowa klacz Guinevere urosła o kolejną dłoń, przysięgam — napisała Anna. — Ledwie ją poznasz, gdy wrócisz. Eliza, Laura i Charlotte pytają codziennie, kiedy będziesz w domu, a ja im mówię, że Święta przyjdą szybciej, niż myślą. Całe Belle Haven czeka na twój triumfalny powrót po podbiciu londyńskiego towarzystwa.

Clara uśmiechnęła się na figlarny ton siostry. Anna ucieszy się, gdy usłyszy o ostatecznym triumfie Clary nad machinacjami Lady Virginie, choć Clara celowo oszczędzała takich szczegółów w listach, nie chcąc niepokoić sióstr. Przejechała opuszkiem palca po papierze, czując, jak ogarnia ją znajoma tęsknota za domem, a jednak pod spodem czaiło się zupełnie inne uczucie, które ściskało jej serce na samą myśl o wyjeździe z Londynu. A właściwie — o rozstaniu z pewną konkretną osobą w Londynie.

Uświadomienie przyszło z uderzającą jasnością: będzie strasznie tęsknić za Matthew, kiedy wróci do Belle Haven. Mało tego — poczuje jego nieobecność jak fizyczny ból. Myśl, że nie będzie go widywać codziennie, że nie podzieli się z nim spostrzeżeniami ani nie usłyszy jego błyskotliwych ripost, że zabraknie tego szczególnego ciepła, które rozlewało się w niej, ilekroć ich spojrzenia spotykały się ponad tłumem — była niemal nie do zniesienia.

Łapała się na tym, że chce mu opowiadać o wszystkim — o każdym zabawnym spostrzeżeniu i o każdej poważniejszej myśli. Tego ranka zauważyła w kwadracie szczególnie pięknego konia ciągnącego jednokółkę i natychmiast pomyślała: „Muszę powiedzieć Matthew o tej znakomitej kasztance". Drobiazg, a jednak odruchowo zapragnęła się nim z nim podzielić.

Czy to jest miłość? To pytanie krążyło w jej głowie od kilku dni, z każdym porannym przejazdem wypełnionym swobodną rozmową, z każdym przedłużającym się spojrzeniem i z każdą chwilą spędzoną w jego towarzystwie narastało, domagając się odpowiedzi. Potrzebowała wskazówki kogoś, kto zrozumie, kogo osądowi ufa bez zastrzeżeń.

Wstając od biurka, Clara zeszła na dół do saloniku, gdzie wiedziała, że Theresa będzie siedzieć z haftem. Listopadowe popołudnie było chłodne i rzeczywiście, matka usadowiła się blisko ognia, a jej pulchne palce zręcznie prowadziły kolorowe jedwabne nici, tworząc na rozpiętym płótnie wzór jesiennych liści.

Theresa podniosła wzrok, gdy Clara weszła, a jej życzliwa twarz rozjaśniła się uśmiechem powitania. — A jesteś, kochanie. Masz jakieś wieści z domu? Widziałam, jak Phillips przyniósł pocztę wcześniej.

— Tak, list od Anny — odparła Clara, siadając w fotelu naprzeciwko Theresy. Ogień trzaskał kojąco, kładąc złocisty blask na przytulny pokój. — Wszyscy mają się dobrze i najwyraźniej odliczają dni do naszego powrotu.

Theresa skinęła głową, a igła na moment zawisła w pół ruchu. — Przyznam, że sama też już tęsknię za Belle Haven. Brakuje mi waszych sióstr, a Londyn okazał się bardziej... *obfitujący w wydarzenia*, niż się spodziewałam.

Clara uśmiechnęła się na to niedopowiedzenie. Między jej publicznym upadkiem, odkryciem zdrady Lady Virginie a epizodem ze szpilką do kapelusza w Hyde Parku

„obfitujący w wydarzenia" ledwie oddawało dramatyzm tego sezonu.

— Mamo — zaczęła Clara niepewnie, splatając nerwowo palce na kolanach. — Mogę zadać ci dość osobiste pytanie?

Na twarzy Theresy pojawiła się łagodna ciekawość. — Oczywiście, kochanie. Pytaj o wszystko.

Clara nabrała głęboko powietrza, zbierając odwagę. — Skąd wiedziałaś, że kochasz Ojca?

Brwi Theresy nieco się uniosły, ale szybko rozpłynęły się w świadomym uśmiechu. Ostrożnie odłożyła haft, poświęcając Clarze całą uwagę. — No cóż — powiedziała miękko. — Pytanie istotnie osobiste, choć nie nieoczekiwane, biorąc pod uwagę ostatnie wydarzenia.

Clara poczuła, jak policzki jej płoną, ale nie uciekła przed spojrzeniem Theresy. — Jestem... zdezorientowana pewnymi uczuciami. Pomyślałam, że pomożesz mi je lepiej zrozumieć.

— Mogę tylko spróbować. Wiesz, że są różne rodzaje miłości — zaczęła Theresa, zamyślonym tonem. — Ta dzika, pełna namiętności, o której piszą poeci, płonie jasno, ale często gaśnie równie szybko. Myślę, że właśnie taką czuła twoja matka biologiczna do swojego lokaja. A potem jest ta głębsza, spokojniejsza, która rośnie z czasem. — Uśmiechnęła się, a w jej oczach zabłysło zamyślenie. — Z twoim ojcem była ta druga. Czułam się... spokojna w jego towarzystwie, nawet na początku, kiedy byłam tylko guwernantką w jego domu.

Clara skinęła głową, zachęcając, by mówiła dalej.

— Wiedziałam, że go kocham, kiedy zrozumiałam, że jego obecność rozjaśnia każdy pokój, a każdą pracę czyni lżejszą — ciągnęła Theresa. — Kiedy wyjeżdżał, dom wydawał się jakiś pustszy, jakby brakowało w nim czegoś niezbędnego. I łapałam się na tym, że pragnę podzielić się z nim wszystkim: każdą myślą, każdą radością i każdym smutkiem. — Sięgnęła, by ująć dłoń Clary. — Gdy chcesz dzielić z kimś każdy drobny sukces i rozczarowanie, a ich nieobecność zostawia w piersi bolesną pustkę... to jest miłość, kochanie.

Serce Clary zabiło szybciej, gdy słowa Theresy zabrzmiały zgodnie z jej własnymi uczuciami. — Tak — wyszeptała. — Dokładnie tak.

Theresa lekko ścisnęła jej dłoń. — Lord Whitmore stał się dla ciebie bardzo ważny, prawda?

— Aż tak to widać? — zapytała Clara, półśmiejąc się, półzawstydzona.

— Tylko dla kogoś, kto dobrze cię zna — zapewniła ją Theresa. — I kto sam przeżywał podobne uczucia. — Zawahała się, a jej twarz przybrała zamyślony wyraz. — Wiesz, Clara, nic nie stoi na przeszkodzie, byśmy zaprosili Whitmore'a i jego ojca do Belle Haven na Boże Narodzenie.

Clara wstrzymała oddech. — Myślisz, że przyjadą?

— Skoro księżna odeszła, nic temu nie przeszkadza — odparła rzeczowo Theresa. — A książę zawsze lubił swoje letnie wizyty u bliźniąt. Czemu nie i Boże Narodzenie? Myślę, że wszystkim nam byłoby bardzo miło.

Ta propozycja wywołała w Clarze falę zachwytu. Święta w Belle Haven były zawsze magiczne: dom przystrojony zielenią i czerwonymi wstążkami, w powietrzu unosił się zapach grzanego wina i pierników, a rodzina gromadziła się przy ogniu, opowiadając do późna historie. Sama myśl, by dzielić te zwyczaje z Matthew, pokazać mu dom, który tak kochała, napełniała ją radosnym oczekiwaniem.

— Naprawdę myślisz, że Ojciec się zgodzi? — zapytała, a w jej głosie zabrzmiała nadzieja.

— Wierzę, że pomysł bardzo mu się spodoba — odparła Theresa z uśmiechem sugerującym, że wie więcej, niż mówi. — Zaproponujemy mu to, gdy wróci?

Clara skinęła gorliwie, a jej serce stało się lżejsze niż przez cały dzień. Perspektywa, że Matthew spędzi Boże Narodzenie w Belle Haven, zdawała się przerzucać most między jej dwoma światami, dając przedsmak przyszłości, w której może nie będzie musiała wybierać między ukochanym domem a mężczyzną, który tak szybko zdobywał jej serce.

Kliknięcie drzwi saloniku oznajmiło przybycie Sir Richarda, zanim Clara czy Theresa zdołały kontynuować rozmowę. Wszedł z lekkim znużeniem, ale i zadowoleniem człowieka, który zamknął owocny dzień interesów, a jego wysoka sylwetka na moment zarysowała się w progu, nim wszedł do pokoju. Clara zauważyła pewną zadumę w jego wyrazie twarzy, gdy jasnoniebieskie oczy przesuwały się między nią a Theresą, jakby i on miał do omówienia sprawy wagi.

— A, tu jesteście — powiedział, a uśmiech ogrzał mu rysy, kiedy podszedł, by musnąć policzek Theresy pocałunkiem, po czym zasiadł w ulubionym skórzanym fotelu przy kominku. — Przerwałem coś ważnego? Powagą bije od was obydwu.

— Wcale nie — odparła Theresa, znów sięgając po haft. — Właśnie rozważałyśmy możliwość zaproszenia księcia Allanworth i lorda Whitmore'a do Belle Haven na Boże Narodzenie.

Sir Richard uniósł brwi. — Doprawdy? Uważam, że to znakomity pomysł. William zawsze lubi swoje wizyty, a śmiem twierdzić, że jego syn także doceniłby Belle Haven. — Zawiesił głos, a jego spojrzenie niespodziewanie spoważniało, gdy spoczęło na Clarze. — Właściwie to doskonały moment, bo dziś miałem gościa, który skłonił mnie do rozważań nad pewnymi kwestiami twojej przyszłości, moja droga.

Clara poczuła ukłucie niepokoju. — Jakiego gościa, Ojcze?

Sir Richard odchylił się w fotelu, splatając opuszki palców pod brodą — gestem charakterystycznym dla zamyślenia. — Rano odwiedził mnie lord Carroway — powiedział, uważnie obserwując twarz Clary. — Przyszedł prosić o pozwolenie na formalne składanie ci starań.

Usta Clary rozchyliły się ze zdziwienia. Choć lord Carroway okazywał jej w tym sezonie uwagę, nie dawał dotąd do zrozumienia, że jego zainteresowanie przybrało tak poważny obrót.

— Na razie go odwieść — ciągnął Sir Richard. — Powiedziałem, że doceniam jego zamiary, ale planujemy wrócić na Boże Narodzenie do Hampshire, i zasugerowałem, by ponowił prośbę na wiosnę, jeśli jego uczucia się nie zmienią. — Przerwał, utrzymując spokojne spojrzenie na twarzy Clary. — Uznałem, że tak będzie uczciwie: dać ci czas, byś rozważyła jego propozycję bez presji. A może i byś określiła, gdzie naprawdę leżą twoje uczucia.

Ogień zatrzaskał w ciszy, która zapadła po tych słowach, rzucając tańczące cienie na ściany saloniku. Clara była boleśnie świadoma, że oboje rodzice patrzą na nią, czekając na odpowiedź. Splotła mocniej palce, nagle w pełni świadoma wagi tej rozmowy.

— To bardzo troskliwe z twojej strony, Ojcze — powiedziała w końcu. — Lord Carroway jest... z pewnością bardzo sympatyczny.

— Sympatyczny, owszem — przytaknął Sir Richard z lekkim uśmiechem. — Do tego zamożny, świetnie usosunkowany i całkiem przystojny. Ale to nie odpowiada na moje pytanie, Claro. Co mam zrobić? Mam zachęcić go, by odnowił starania, gdy wrócimy do miasta? Czy też — dodał łagodniej — powinienem raczej spodziewać się podobnej wizyty ze strony lorda Whitmore'a?

Ta bezpośredniość zaskoczyła Clarę, choć zdała sobie sprawę, że nie powinna. Ojciec zawsze był przenikliwy, zwłaszcza gdy chodziło o szczęście jego córek. Poczuła, jak policzki jej płoną, ale nie odwróciła spojrzenia, rozważając odpowiedź.

Lord Carroway był dokładnie tym, co opisał ojciec: zamożny, przystojny, obdarzony łatwym urokiem, przez co miło spędzało się w jego towarzystwie czas. Każda młoda dama mogłaby poczuć się zaszczycona jego uwagą, zwłaszcza tak nietypowego pochodzenia jak Clara. Zapewniłby jej bezpieczeństwo, szacunek i wygodne życie. A jednak, gdy próbowała wyobrazić sobie z nim przyszłość, czuła tylko łagodne, zdystansowane zainteresowanie, jakby rozważała postać z powieści, a nie potencjalnego męża.

Przeciwnie — sama myśl o Matthew przynosiła ciepło w piersi, niezwiązane z żarem kominka. Nie miała pojęcia, czy zamierza się jej oświadczyć, mimo widocznego zainteresowania i starań. Ich relacja od początku była skomplikowana, pełna nieporozumień i zewnętrznych przeszkód. A jednak wiedziała teraz, z nagłą i ostrą jak błysk klarownością, że woli stawić czoła niepewności z możliwością Matthew niż pewności z gwarancją Carrowaya.

— To bez znaczenia — powiedziała wreszcie, a słowa zabrzmiały z nowo nabytą stanowczością. — Nie żywię uczuć do lorda Carrowaya, a niezależnie od tego, czy lord Whitmore złoży mi ofertę, wiem już, że nie mogę wyjść za mąż bez tych uczuć. — Spojrzała na rodziców, a jej głos nabierał siły. — Wolę pozostać niezamężna, niż zawrzeć związek bez prawdziwego uczucia, choćby był korzystny pod każdym innym względem.

Twarz Sir Richarda złagodniała, a uśmiech aprobaty ogrzał mu rysy. — Pięknie powiedziane, moja droga. Naprawdę pięknie. — Spojrzał na Theresę, której wyraz twarzy odbijał jego własny. — Zatem sprawa postanowiona. Wyślemy zaproszenie do Allanwortha i jego syna i zobaczymy, co z tego wyniknie.

— Nie jesteś rozczarowany? — zapytała Clara, odrobinę zdumiona jego gotową akceptacją.

— Rozczarowany? — Sir Richard pokręcił głową. — Moja droga, jakże mógłbym być rozczarowany córką, która ceni własne serce na tyle, by mówić o nim szczerze? Sam ożeniłem się z miłości — dodał, spoglądając czule na Theresę — wbrew niemałym oczekiwaniom towarzyskim. Nigdy nie odmówiłbym ci tej samej szansy na szczęście.

— Chcemy tylko tego, co da ci prawdziwe szczęście, Claro — dodała łagodnie Theresa. — A jeśli to oznacza czekanie na właściwy związek, albo nawet jego brak, niech tak będzie.

Clara poczuła przypływ wdzięczności za zrozumienie rodziców. Wiedziała, że ją wesprą, ale ich niezachwiana akceptacja mimo to poruszyła ją do głębi. — Dziękuję — powiedziała po prostu, niezdolna ubrać w słowa pełni swych uczuć.

— A teraz w kwestii tego bożonarodzeniowego zaproszenia — podjął Sir Richard, wracając do pierwotnego tematu z praktycznym pogodnym nastawieniem. — Wyślemy je formalnie, czy wolisz, żebym wspomniał o nim Williamowi, gdy będziemy dziś wieczorem jeść u Allanworth House?

— Jemy tam dziś wieczorem? — zapytała Clara, a serce zabiło jej szybciej na nagłą perspektywę zobaczenia Matthew.

— Owszem — potwierdziła matka. — Małe przyjęcie, zaledwie dwadzieścia osób przy stole, o ile wiem. Zaproszenie przyszło wczoraj, kiedy byłaś u Lady Persephone. I właściwie... — Theresa spojrzała na zegar na kominku i odłożyła haft — Claro, musimy już zacząć się ubierać.

Gdy matka uwinęła się z pokoju, wołając swoją pokojówkę, Clara została przy ogniu, z myślami w miłym rozgardiaszu. Rozmowa z rodzicami zdjęła z niej ciężar, którego nie uświadamiała sobie, dopóki nie zniknął. Tak otwarte wypowiedzenie tego, co czuje, było wyzwalające — pozwoliło jej uznać uczucia do Matthew, choćby tylko przed samą sobą.

A jednak pod ulgą kryło się trzepotliwe napięcie. Kolacja w Allanworth House, bożonarodzeniowe zaproszenie, rosnąca pewność własnego serca — wszystko to były kroki ku przyszłości, której nie potrafiła przewidzieć. Co, jeśli Matthew nie odwzajemnia jej uczuć? Co, jeśli to połączenie, które czuje, istnieje tylko w jej wyobraźni?

— Nie marszcz się tak, Claro — powiedział łagodnie ojciec, wyrywając ją z zamyślenia. — Niezależnie od tego, co się wydarzy albo nie wydarzy z młodym Whitmore'em, podjęłaś decyzję, by być wierną sobie. A tego nigdy nie żałuje się.

Clara uśmiechnęła się, po raz kolejny wdzięczna za przenikliwość ojca. — Masz rację, oczywiście — zgodziła się, wstając z fotela. — A w każdym razie Boże Narodzenie w Belle Haven będzie wspaniałe, prawda?

— Zawsze jest — odparł Sir Richard, a jego jasnoniebieskie oczy błysnęły figlarnie. — Choć podejrzewam, że w tym roku może być szczególnie pamiętne.

Allanworth House wyłonił się przed nimi, gdy powóz podjeżdżał pod dom, a jego okazałą fasadę łagodnie rozświetlał ciepły blask lamp wzdłuż kolistego podjazdu. Clara poczuła trzepot w brzuchu, gdy kareta zatrzymała się u stóp szerokich marmurowych schodów. To nie była jej pierwsza wizyta w londyńskiej rezydencji księcia, ale tego wieczoru wszystko zdawało się inne, naznaczone nowym znaczeniem po rozmowie z rodzicami. Gdy Sir Richard pomagał jej i Theresie wysiąść, Clara wygładziła spódnice swojej szałwiowozielonej wieczornej sukni, świadoma jej prostej elegancji na tle wyszukanych mód ulubionych przez wiele pań w towarzystwie.

Lokaj, który powitał ich u drzwi, poprowadził przez hol wejściowy z wysokim sklepieniem i imponującymi dziełami sztuki, aż do miejsca, gdzie książę Allanworth witał gości. Oficjalny wyraz twarzy księcia widocznie się rozjaśnił na ich widok.

— Sir Richard, Lady Bell, panna Bell — powitał ich serdecznie, ujmując dłoń Theresy w obie swoje. — Jakże miło was widzieć. Dziś małe grono, tylko najbliżsi przyjaciele.

Clara dygnęła, zauważając, że spojrzenie księcia zatrzymało się na niej z wyjątkowym ciepłem. Czy to tylko wyobraźnia, czy w jego oczach błysnął jakiś znający uśmiech? Nim zdążyła się nad tym zastanowić, dostrzegła za ramieniem księcia Matthew, zajętego rozmową z lordem Debneyem i Lady Persephone.

Jakby wyczuwając jej obecność, Matthew uniósł wzrok, urywając wypowiedź w pół zdania. Uśmiech, który rozlał mu się po twarzy na jej widok, posłał przez pierś Clary falę ciepła. Natychmiast się usprawiedliwił i podszedł do nich, najpierw grzecznie pozdrawiając jej rodziców, a potem zwracając się do Clary.

— Panno Bell — powiedział, a choć forma była oficjalna, głos miał niski. — Wygląda pani dziś szczególnie uroczo. Ten odcień zieleni wyjątkowo pani służy.

— Dziękuję, lordzie Whitmore — odparła, czując, jak na policzki wypływa rumieniec. — Miło mi znów pana widzieć.

Zanim mogli ciągnąć rozmowę, lokaj ogłosił, że podano do stołu, i goście zaczęli kierować się do jadalni. Ku radości Clary usadzono ją między Matthew a lordem Debneyem, z Persephone naprzeciwko. Lady Pemberton siedziała na drugim końcu stołu, w cienkiej sylwetce spowitej w bogatą suknię z głębokiego bordo, z miną, jakby poczuła nieprzyjemny zapach.

Kolacja okazała się dokładnie taka, jakiej Clara mogła pragnąć. Jedzenie było znakomite, rozmowy żywe, a obecność Matthew u boku — stałym źródłem przyjemności. Często śmiała się z błyskotliwych uwag lorda Debneya, wymieniała ciepłe spojrzenia z Persephone, a czasem łapała wzrok Matthew w chwilach wspólnego rozbawienia.

— Rozumiem, że młodsze siostry czekają z niecierpliwością na pani powrót do Hampshire, panno Bell — zauważył książę z końca stołu tonem swobodnym, ale o życzliwych oczach.

— Owszem, Wasza Książęca Mość — odparła Clara. — Listy Anny są pełne ich oczekiwania na Boże Narodzenie. Są w wieku, w którym ten czas ma w sobie szczególną magię.

— Ach, Boże Narodzenie w Belle Haven — zamyślił się książę, a w głosie zabrzmiała nuta nostalgii. — Wiele słyszałem o waszych rodzinnych zwyczajach. Ten wyjazd konny w drugi dzień Świąt brzmi szczególnie uroczo.

Clara uśmiechnęła się, rozpoznając idealną okazję do złożenia zaproszenia, ale wiedząc, że środek posiłku nie jest na to porą właściwą. Na moment złapała spojrzenie ojca i dostrzegła ledwo dostrzegalny skin, który sugerował, że on również czeka na odpowiedni moment.

Po posiłku towarzystwo przeniosło się do salonu na herbatę i kawę. Clara na chwilę oddzieliła się od Matthew, gdy książę zagadnął go przy kominku. Przyjęła filiżankę herbaty od Lady Pemberton, która pełniła rolę gospodyni wieczoru, i dołączyła do Persephone siedzącej na niewielkiej kanapie, przy której uwijał się uważnie lord Debney.

— Wyglądasz dziś wyjątkowo szczęśliwie — zauważyła cicho Persephone. — Oczy ci się aż iskrzą.

Clara uśmiechnęła się, nie próbując temu zaprzeczać. — Chyba tak. Jest coś kojącego w tym, gdy człowiek zna własne serce.

— I znasz je, Claro? — zapytała Persephone, a jej zwykle nieśmiała maniera ustąpiła łagodnej stanowczości.

— Wierzę, że tak — odparła Clara, a jej wzrok mimowolnie powędrował ku Matthew.

Lord Debney podążył za jej spojrzeniem i uśmiechnął się porozumiewawczo. — Zdaje mi się, że mój przyjaciel Whitmore bywa ostatnio podobnie zamyślony — rzucił mimochodem. — Wprost nieobecny, gdy próbowaliśmy grać w bilard w White's. Patrzył w dal z najdziwniejszą miną i zapominał, że jego kolej na uderzenie.

Clara poczuła, że policzki jej płoną, lecz nim zdołała odpowiedzieć, zauważyła, że książę i Matthew zakończyli rozmowę. Wstając z miejsca, nabrała głęboko tchu, zbierając odwagę. Teraz był moment, by wystosować zaproszenie, zanim zabraknie jej śmiałości.

Podeszła do kominka, gdzie Matthew stał sam. — Mam nadzieję, że wieczór przypadł panu do gustu, lordzie Whitmore — zaczęła, świadoma potrzeby zachowania należytej oficjalności w takim otoczeniu.

— Ogromnie — odparł, a jego ciemne oczy spłonęły ciepłem, gdy spotkały jej spojrzenie. — Choć każdy wieczór w pani towarzystwie jest przyjemnością, panno Bell.

Clara uśmiechnęła się, ośmielona jego słowami. — Moi rodzice i ja mieliśmy nadzieję... to znaczy, chcieliśmy zaprosić pana i Jego Książęcą Mość do spędzenia Bożego Narodzenia w Belle Haven. Wuj... to znaczy, książę zawsze lubi swoje letnie wizyty, pomyśleliśmy więc, że zimowa mogłaby być równie miła.

Twarz Matthew rozjaśniła się szczerym zadowoleniem. — Cudowny pomysł — powiedział z przekonaniem. —

Tyle już słyszałem o Belle Haven, że muszę wyznać, iż bardzo pragnę zobaczyć je na własne oczy.

Książę dołączył do nich, napełniwszy filiżankę kawą, i wychwycił koniec rozmowy. — Cóż to o Belle Haven? — zapytał uprzejmie.

— Panna Bell właśnie zaprosiła nas, by spędzić tam Boże Narodzenie, Ojcze — wyjaśnił Matthew tonem, który dobitnie wyrażał jego entuzjazm.

Na twarzy księcia rozlał się szeroki uśmiech. — Doprawdy? Toż to niezwykle uprzejme.

— Chyba pani żartuje — rozległ się chłodny głos Lady Pemberton za ich plecami. Clara nie zauważyła, kiedy podeszła; odwróciła się i ujrzała starszą damę przyglądającą się jej z ledwie skrywaną pogardą. — Jego Książęca Mość i lord Whitmore mają w czasie Świąt znacznie bardziej naglące zobowiązania towarzyskie niż wiejski wypad.

Zapadł moment krępującej ciszy, gdy wzrok Lady Pemberton pobiegł z lekceważeniem po prostej sukni Clary i pojedynczym sznurku drobnych pereł na jej szyi, po czym hrabina wdowa ostentacyjnie poprawiła diamentowe bransolety zdobiące pełne cztery cale każdego z nadgarstków z miną samozadowolenia. Aluzja była jasna: Clara może i przetrwała londyński sezon, ale w ocenie Lady Pemberton nadal była ubogą wiejską nikim — z pewnością nie kimś, kogo zaproszenie mogłoby mieć pierwszeństwo przed bardziej prestiżowymi zobowiązaniami.

Clara poczuła, jak pewność siebie kruszeje pod lodowatym spojrzeniem tej kobiety, lecz zanim zdołała odpowiedzieć, twarz Matthew stężała, gdy spotkał wzrok ciotki.

— Wprost przeciwnie, ciotko Mary — powiedział stanowczo, dość głośno, by wszyscy w pobliżu usłyszeli — nie wyobrażam sobie milszego sposobu spędzenia Świąt niż w Belle Haven.

Książę skinął z aprobatą, a w jego oczach zamigotało coś jak rozbawienie z zakłopotania szwagierki. — Istotnie, nic nie sprawiłoby mi większej przyjemności, niż spędzić Boże Narodzenie w Belle Haven, tak jak letnie wizyty. Od lat powtarzam Matthew, że tamtejsze jazdy konne są znakomite, a gościnność rodziny Bell — serdeczna.

Usta Lady Pemberton zwęziły się z niezadowolenia, ale nie mogła powiedzieć nic więcej, skoro książę zabrał głos. Ze sztywnym skinieniem odeszła do innej rozmowy, zostawiając Clarę, Matthew i księcia samych przy kominku.

— Proszę wybaczyć mojej szwagierce — powiedział książę cicho do Clary. — Mary ma dość sztywne poglądy na układ kalendarza towarzyskiego. Zapewniam jednak, panno Bell, że będzie dla nas zaszczytem przyjąć zaproszenie państwa rodziny.

— Dziękuję, Wasza Książęca Mość — odparła Clara, a fala ulgi i radości przelała się przez nią. — Będziemy się tego ogromnie wyczekiwać.

Książę taktownie oddalił się, by porozmawiać z Theresą, zostawiając Clarę i Matthew w relatywnej prywatności mimo tłumu w pokoju. Matthew przesunął się nieco bliżej, a jego głos stłumił się, by ich rozmowa pozostała między nimi.

— Muszę pani wyznać, panno Bell, że perspektywa spędzenia Świąt w pani towarzystwie czyni ten czas nieskończenie bardziej pociągającym — powiedział cicho.

Clara uniosła na niego wzrok, odnajdując w jego wyrazie ciepło i czułość, które przyspieszyły jej serce. — Bardzo się cieszę, że to słyszę, lordzie Whitmore — odparła. — Belle Haven nigdy nie bywa piękniejsze niż w Boże Narodzenie i... i ogromnie się cieszę, że będę mogła dzielić je z panem.

Ich spojrzenia zatrzymały się na sobie o ułamek chwili dłużej, niż nakazywała ścisła etykieta — przemykające między nimi ciche porozumienie. Cokolwiek wyniknie z ich uczuć, Boże Narodzenie w Belle Haven da sposobność, by je zgłębić z dala od czujnych oczu Londynu i jego towarzyskich ograniczeń.

Lady Pemberton może i będzie kręcić nosem, towarzystwo może szeptać, ale w tej chwili, z przyjętym zaproszeniem i uśmiechem Matthew skierowanym tylko do niej, Clara Bell czuła się absolutnie, całkowicie szczęśliwa.

Rozdział szesnasty

STYCZEŃ, 1813

MATTHEW Z TRUDEM PRZYPOMINAŁ sobie piękniejszy zimowy poranek. Styczniowe słońce wisiało nisko na bezchmurnym niebie, rzucając długie, błękitne cienie na przysypane śniegiem tereny Belle Haven. Obok niego Clara jechała na Guinevere z bezwysiłkową gracją; mroźny chłód zaróżowił jej policzki, a spod kapelusza wymykały się kosmyki jasnych włosów, które chwytały światło niczym złote nitki. Małe pudełeczko w kieszeni surduta Matthew zdawało się z każdym susem Ajaxa ciążyć coraz bardziej, namacalnie przypominając o pytaniu, które zamierzał zadać, zanim wrócą do domu. Gdyby tylko potrafił znaleźć właściwą chwilę, idealne słowa, by wyrazić to, co przez ostatnie miesiące tak spokojnie, lecz nieubłaganie w nim rosło.

— Zawsze uważałam, że Belle Haven jest najpiękniejsze zimą — zauważyła Clara, a jej oddech tworzył obłoczki pary, które mieszały się z tymi unoszącymi się z chrap Guinevere. — Śnieg wszystko upraszcza, czy nie sądzisz? Odsłania prawdziwą konstrukcję pod całą ozdobnością.

Matthew skinął głową, podziwiając, jak naturalnie siedzi w siodle, jakby ona i klacz stanowiły jedność. — Trochę jak architektura klasyczna — podsunął. — Albo dobry charakter. Gdy zdejmiesz wszelkie ozdobniki, zostaje istota prawdy.

Clara odwróciła się do niego z takim zachwytem w oczach, że Matthew poczuł, jak serce chce mu wyskoczyć z piersi. — Właśnie! Za to kocham także klasyczną ujeżdżenię. Nie chodzi o ornament czy widowisko, lecz o doskonalenie naturalnych ruchów konia poprzez precyzję i cierpliwość.

Świąteczna wizyta w Belle Haven dawno przeciągnęła się poza święto Trzech Króli, a jednak Matthew coraz mniej miał ochoty wracać do Londynu. Przytulne ciepło domu Bellów, szczera czułość, która swobodnie krążyła między wszystkimi domownikami, otuliły go jak ulubiony płaszcz. Nawet jego ojciec jakby się tu odmienił: wieczorami grał w szachy z Anną, w ciągu dnia pomagał sir Richardowi, brudził sobie ręce w stajniach i lepił bałwany z siostrzenicami, Laurą Jane i Charlotte Grace, których poznanie sprawiło Matthew prawdziwą radość.

A potem była Clara. Z dala od londyńskich salonów rozkwitła jak kwiat zwrócony do słońca. Matthew łapał się na tym, że chodzi za nią po majątku jak zakochany po uszy szkolniak, chłonąc każde słowo, gdy wyjaśniała programy treningowe dla różnych koni lub demonstrowała precyzyjne ruchy haute école, której oddała serce.

— Widzisz — mówiła właśnie teraz, gestykulując w rękawiczkach, gdy prowadzili konie ścieżką między obciążonymi śniegiem sosnami — Airs Above the Ground to nie sztuczki. To sztuka, która honoruje naturalne zdolności konia, wynosząc je na najwyższy poziom. Capriola, courbette, levada; wszystkie wywodzą się z ruchów, które koń mógłby wykonać na wolności, udoskonalanych przez stulecia uważnego treningu.

— I chcesz wprowadzić więcej takiego szkolenia w Belle Haven? — zapytał Matthew, choć znał już odpowiedź. Przez ostatnie tygodnie rzadko mówiła o czymś innym, a jej zielone oczy rozświetlały się pasją za każdym razem, gdy ten temat wypływał.

— Och, tak — odparła, z czułością klepiąc szyję Guinevere. — Armia jest całkiem entuzjastyczna na myśl o wierzchowcach kawalerii, które potrafią walczyć ramię w ramię ze swymi jeźdźcami! Ale to wymaga ogromu cierpliwej pracy, wiesz, czasu, którego nam niestety brakuje, by poświęcić go młodym koniom przeznaczonym na wojnę. — Westchnęła, a jej twarz na moment przybrała tęskny wyraz. — Kiedyś chciałabym zobaczyć Hiszpańską Szkołę Jazdy w Wiedniu, gdzie doprowadzili tę sztukę do perfekcji. Ale skoro Bonaparte robi z Kontynentu pobojowisko, któż wie, kiedy będzie to możliwe.

Matthew patrzył na jej oblicze, zdumiony przemianą, jaka ją ogarniała, gdy mówiła o swojej pasji. W Londynie także widywał jej przebłyski, oczywiście, lecz tu, w Belle Haven, pośród ukochanych koni i z wolnością mówienia bez lęku przed oceną salonów, Clara jaśniała blaskiem, który zapierał mu dech.

Kilka minut jechali w zgodnej ciszy, przerywanej jedynie chrzęstem śniegu pod kopytami i sporadycznym zawołaniem zimowego ptaka. Dziwny spokój osiadał w Matthew, wypierając nerwową energię, która jeszcze przed świtem wygnała go z łóżka, by krążył po pokoju, ćwicząc słowa, które teraz wydawały się zbyt blade wobec głębi uczuć.

— Tam — powiedziała nagle Clara, wskazując miejsce, gdzie ścieżka zakręcała wokół zasypanego śniegiem wyniesienia. — Już prawie jesteśmy w moim ulubionym zakątku całego majątku. Zimą widok jest szczególnie piękny.

Wyjechali z zakrętu na mały płaskowyż. Matthew zatrzymał Ajaxa, na moment oszołomiony rozciągającą się przed nimi panoramą. Belle Haven leżało u stóp niczym obraz jednego z wielkich mistrzów: elegancki georgiański dom zatopiony pośród przysypanych ogrodów, za nim ciągnęły się stajnie i padoki, a dalej falujące wzgórza aż po horyzont, wszystko skąpane w krystalicznym świetle zimowego poranka.

— Zapiera dech — powiedział cicho.

— Tu przychodzę, kiedy muszę pomyśleć — odparła Clara, a jej głos zmiękł czułością, gdy spoglądała na dom. — Kiedy byłam dziewczynką, przyjeżdżałam tu za każdym razem, gdy czułam się zagubiona albo strapiona. Widok Belle Haven z tej perspektywy zawsze pomaga mi poukładać sprawy.

Matthew spojrzał na jej profil, uderzony doskonałą symetrią chwili. Tu, ponad ukochanym domem, z zimowym słońcem na jej twarzy i końmi, które oboje kochali, cierpliwie stojącymi pod nimi — tu właśnie powinno się to stać.

— Zejdziemy na chwilę? — zaproponował, już przerzucając nogę przez grzbiet Ajaxa. — Temu widokowi należy się porządne podziwianie.

Przywiązał wodze Ajaxa luźno do pobliskiej gałęzi, po czym podszedł, by pomóc Clarze zsiąść z Guinevere, choć wiedział, że doskonale poradziłaby sobie sama. Uśmiechnęła się i przyjęła pomoc bez protestu. Objął jej talię, gdy ją podnosił; ich spojrzenia na moment się spotkały, nim postawił ją delikatnie na ubitym śniegu. Nawet przez warstwy zimowych ubrań ten kontakt rozlał po nim ciepło.

— Dziękuję — wyszeptała, odchodząc, by przywiązać Guinevere obok Ajaxa.

Matthew patrzył na nią, nagle boleśnie świadom łomoczącego serca i ciężaru małego pudełeczka w kieszeni. Nosił je przy sobie każdego dnia od przyjazdu do Belle Haven, czekając na tę właśnie chwilę, a jednak teraz, gdy nadeszła, słowa jakby go opuściły.

Clara odwróciła się z pytającymi, zielonymi oczami. — Matthew? Coś się stało?

Wziął głęboki oddech, wypełniając płuca zapachem sosen i śniegu. — Wcale nie — wydusił, podchodząc bliżej.

— Po prostu... to znaczy... Claro, muszę z tobą porozmawiać o czymś bardzo ważnym.

Jej brwi lekko się uniosły, ale nie odwróciła wzroku. — Słucham.

Matthew ujął jej dłonie w swoje. Nawet przez rękawiczki czuł ciepło jej skóry i lekkie drżenie, które podpowiadało, że może nie jest tak opanowana, jak wygląda.

— Ostatnie miesiące były niezwykłe — zaczął, a jego głos stawał się coraz pewniejszy, gdy skupiał się na prawdzie słów, nie na lęku przed ich wypowiedzeniem. — Od naszego pierwszego spotkania nad rzeką, przez wszystkie nieporozumienia i komplikacje, aż po te tygodnie tutaj, w Belle Haven... Poznałem cię w sposób, w jaki nie sądziłem, że kiedykolwiek kogoś poznam. A poznając ciebie, pokochałem cię tak głęboko, że czasem mnie to przeraża.

Clara słyszalnie wciągnęła powietrze, jej usta lekko się rozchyliły, lecz milczała, pozwalając mu mówić dalej.

— Kocham twoją inteligencję, odwagę, współczucie — mówił, a słowa płynęły teraz swobodniej. — Kocham twoją determinację i twój kunszt przy koniach. Kocham to, że mówisz, co myślisz, bez lęku, a jednocześnie pozostajesz życzliwa nawet wobec tych, którzy cię skrzywdzili. Krótko mówiąc, Clara Bell, kocham w tobie wszystko i nie wyobrażam sobie życia bez ciebie.

Wypuścił jedną z jej dłoni, by sięgnąć do kieszeni i wydobyć małe aksamitne pudełko, które przez ostatnie tygodnie było jego stałym towarzyszem. Oczy Clary rozszerzyły się, gdy otworzył je, ukazując pierścionek: idealny szmaragd otoczony drobnymi diamentami, oprawiony w delikatne złoto.

— To pamiątka z rodowego skarbca Allanworthów — wyjaśnił miękko. — Ale wybrałem go dla ciebie spośród wszystkich, bo przypominał mi barwę twoich oczu. I dlatego, że zieleń to kolor wiosny, nowych początków, życia i wzrastania — wszystkiego, co, mam nadzieję, będzie w naszej przyszłości.

Serce biło mu tak głośno, że zastanawiał się, czy ona je słyszy. — Wiem, że masz marzenia, Claro. O twojej szkole ujeżdżenia. Nigdy nie poprosiłbym cię, byś je porzuciła. — Wziął kolejny głęboki oddech. — Przeciwnie, chcę pomóc ci je spełnić. Moglibyśmy założyć szkołę w Allanworth — miejsca jest pod dostatkiem, a i znakomite stado hodowlane już czeka — choć z radością kupię ci każdego konia, jakiego zapragnie twoje serce, by poszerzyć twoją wizję. A kiedy ta przeklęta wojna wreszcie się skończy, obiecuję zabrać cię do Wiednia, żebyś zobaczyła te słynne tańczące konie, o których mówisz z taką pasją.

Ścisnął delikatnie jej dłonie, nabierając odwagi na widok łez zbierających się w jej oczach. — Nie mogę ci obiecać życia bez skazy, Claro. Jestem pewien, że nadal będę popełniał błędy, może nawet dopatrywał się gotyckich scenariuszy tam, gdzie ich nie ma. — Uśmiech przez łzy, który od niej dostał, dodał mu otuchy. — Ale mogę ci obiecać, że będę cię kochał, szanował i wspierał twoje marzenia równie gorąco jak własne. I mogę obiecać, że każdy dzień z tobą będzie przygodą, którą będę cenił.

Powoli uklęknął na jedno kolano w śniegu, nie czując chłodu, który wsiąkał w bryczesy, nie odrywając wzroku od jej twarzy. — Clara Bell, czy obdarzysz mnie niezwykłym zaszczytem i zostaniesz moją żoną?

Przez chwilę, która zdawała się trwać całą wieczność, Clara stała zupełnie nieruchomo, a po jej zaróżowionych policzkach płynęły łzy. Potem, z okrzykiem na pół śmiechu, na pół szlochu, rzuciła mu się w ramiona, o mało nie przewracając go w śnieg.

— Tak — wyszeptała przy jego szyi, obejmując go mocno. — Tak, Matthew. Tysiąc razy tak.

Radość wezbrała w nim tak potężna i czysta, że przez moment nie mógł mówić ani się poruszyć; mógł tylko trzymać ją przy sobie, jakby mogła zniknąć, gdyby poluzował uścisk. Kiedy wreszcie odważył się odezwać, cofnął się na tyle, by spojrzeć w jej oczy.

— Uczyniłaś mnie najszczęśliwszym z mężczyzn — powiedział łagodnie, muskając kciukiem łzę na jej policzku.

— A ja jestem najszczęśliwszą z kobiet — odparła, uśmiechając się promiennie mimo łez.

Drżącymi nieznacznie dłońmi Matthew wyjął pierścionek z pudełeczka i wsunął go na jej palec; zielony kamień chwycił zimowe słońce i rozsypał je w iskrzących refleksach.

Nieopodal Ajax cicho zarżał, jakby składał własne gratulacje. Clara roześmiała się, a jej śmiech rozbrzmiał jasno w nieruchomym porannym powietrzu. — Nawet konie aprobują — powiedziała, zerkając na Guinevere i Ajaxa, którzy cierpliwie przyglądali się dziwnym zachowaniom swoich ludzi.

— Oczywiście — odparł Matthew, podnosząc się i pociągając Clarę do góry. — One lepiej niż ktokolwiek wiedzą, jak idealnie do siebie pasujemy.

Przyciągnął ją do siebie raz jeszcze, zdumiony, jak naturalnie jest trzymać ją w ramionach, i jak jego lęki całkowicie ustąpiły miejsca pewności jej miłości. Pod nimi Belle Haven trwało w zimowym uśpieniu, nieświadome, że jego ukochana córka właśnie przyjęła przyszłość, która zabierze ją daleko poza granice majątku, lecz nigdy poza jego serce.

Wiosna odmieniła Belle Haven nie do poznania. Tam, gdzie w styczniu rozciągały się ośnieżone połacie i uśpione ogrody, teraz szmaragdowe trawniki biegły ku rabatom eksplodującym tulipanami i żonkilami, wiśnie strząsały na łagodny wietrzyk delikatne różowe płatki niczym naturalne konfetti, a porodówki były wypełnione po brzegi długonogimi maluchami ssącymi matczyne boki. Za Kanałem wojna z Francją toczyła się swoim bezlitosnym rytmem, ale tu, w ten doskonały kwietniowy poranek, panował absolutny spokój, gdy ostatnie przygotowania do ceremonii ślubnej dobiegały końca. Matthew stał przy oknie gościnnej komnaty, która przez ostatnie dni była jego domem, poprawiając fular niespokojnymi palcami i nie mogąc uwierzyć, że za mniej niż godzinę Clara Bell zostanie jego żoną.

— Nadal szarpiesz ten fular, widzę — rozległ się z progu głos jego ojca. — Twój kamerdyner będzie bardzo niepocieszony, jeśli zniweczysz całą jego pracę.

Matthew odwrócił się i ujrzał księcia patrzącego na niego bez cienia dystansu, z rzadką u niego łagodnością rysującą się na zwykle oficjalnej twarzy. — Nie mogę ustać w miejscu — przyznał. — Czy Pan czuł się tak samo, Ojcze? Kiedy poślubił Pan Matkę?

Oblicze księcia spoważniało. — Pod pewnymi względami tak. Choć nasz związek był... innej natury. — Przeszedł przez pokój i stanął obok Matthew, kładąc mu uspokajająco dłoń na ramieniu. — To, co ty i Clara znaleźliście, jest znacznie cenniejsze niż to, co łączyło mnie z twoją matką. Pielęgnuj to, Matthew. Takie więzi zdarzają się naprawdę rzadko.

— Zamierzam — odparł Matthew, poruszony szczerością ojca. Od Bożego Narodzenia w Belle Haven ich relacja pogłębiła się w sposób, którego Matthew nigdy się nie spodziewał; stary formalizm ustąpił miejsca prawdziwemu zrozumieniu.

Dyskretny puk w drzwi oznajmił przybycie sir Richarda, promieniejącego w najlepszym surducie. — Prawie czas, panowie — obwieścił, a jego jasnoniebieskie oczy błyszczały szczęściem. — Karetę macie już pod drzwiami.

Matthew podążył za ojcem na dół do czekającej książęcej karety. — Zdenerwowany? — zapytał książę, gdy powóz potoczył się wiejską drogą.

— Co dziwne, wcale nie — odparł Matthew, patrząc, jak wieś wyłania się z zieleni, a kościelna wieża wznosi się ponad strzechami.

Kareta zatrzymała się przed starożytnym kamiennym kościołem, gdzie Matthew i jego ojciec wysiedli, by przywitać się przy bramie z panem Fallonem, życzliwym wikarym Belle Haven.

— Dzień w sam raz na ślub — stwierdził pan Fallon, a jego oczy błysnęły figlarnie, gdy prowadził ich do środka.

Na ceremonię przybyło już blisko sto osób. Ławy udekorowano pastelowymi wstążkami i wiosennymi kwiatami, tworząc urokliwą alejkę ku ołtarzowi. Światło wpadające przez witraże rzucało barwne plamy na kamienną posadzkę, gdy Matthew zajął miejsce, a jego ojciec stanął u boku w roli świadka.

Przeskanował zgromadzonych, dostrzegając znajome twarze londyńskiej socjety wymieszane z lokalnym ziemiaństwem i dzierżawcami z Belle Haven i Allanworth. Lady Pemberton siedziała w pierwszej ławie z miną, która sugerowała, że pogodziła się z tym związkiem, choć raczej bez entuzjazmu. Obok niej Lady Persephone i Lord Debney, niedawno sami poślubieni, promienieli szczerą radością. Wzrok Matthew powędrował do młodszych sióstr Clary, siedzących w rzędzie i z trudem hamujących podekscytowanie, a potem do Lady Bell, której oczy lśniły dumą, gdy z aprobatą skinęła Matthew.

Z chóru rozbrzmiały smyczki, dając znak, że kolejna kareta zatrzymała się przed kościołem. Wszystkie głowy zwróciły się ku wejściu.

Oddech Matthew uwiązł mu w gardle, gdy w progu ukazała się Clara, opierając lekko dłoń na ramieniu ojca. Jej suknia była skromniejsza niż te, które gustują londyńskie panny młode; elegancka linia bez nadmiaru koronek i falban. Blade złote jedwabie zdawały się połyskiwać, gdy sunęła w dół nawy. Jasne włosy upięto w koronę z drobnych wiosennych kwiatów, a w dłoniach trzymała skromny bukiet konwalii. Lecz to twarz przykuła Matthew bez reszty: zielone oczy promieniały szczęściem, a uśmiech tak olśniewająco radosny sam wywołał na jego twarzy odpowiedź bez udziału woli.

Zdawała się płynąć w jego stronę; stawiała kroki pewne, niewzruszone spojrzeniami. Gdy sir Richard złożył jej dłoń w dłoni Matthew na stopniach ołtarza, ciepło przenikające przez rękawiczki przeszyło jego pierś niemal bolesną falą szczęścia.

— Jesteś olśniewająca — szepnął tuż przed tym, jak odwrócili się do pana Fallona, który z prawdziwą serdecznością uśmiechał się do pary, szykując się, by połączyć ich pod sklepieniem ukochanego kościoła Belle Haven.

Sama ceremonia minęła w mgnieniu oka — pełna dawnych słów i uroczystych przyrzeczeń. Matthew wypowiedział swoje śluby wyraźnie, głosem pewnym mimo wzruszenia ściskającego gardło. Gdy przyszła kolej na wymianę obrączek, wsunął prostą złotą obrączkę na palec Clary dłońmi drżącymi tylko odrobinę, patrząc, jak osiada obok jej szmaragdowego pierścionka zaręczynowego, jakby od zawsze tam była.

— Ogłaszam was mężem i żoną — oznajmił wreszcie wikary, a jego głos rozszedł się po uciszonym zgromadzeniu. — Mój panie, może pan pocałować swoją małżonkę.

Matthew ujął twarz Clary delikatnie w dłonie, przytłoczony świadomością, że ta niezwykła kobieta jest teraz jego żoną. Jej oczy — tak zielone, przejrzyste i pełne miłości — spoglądały na niego bez cienia wahania. Gdy ich usta się spotkały, reszta świata przestała istnieć; zostali tylko oni w doskonałej chwili połączenia.

Theresa spisała się na medal przy weselnym śniadaniu; stoły w Belle Haven uginały się pod ciężarem półmisków wspaniałej uczty. Nawet Lady Pemberton zmiękła na tyle, by ją pochwalić, zauważył Matthew, gdy z Clarą przyjmowali kolejne gratulacje.

Kiedy posiłek dobiegał końca, Matthew pochylił się, by szepnąć Clarze do ucha. — Mam dla ciebie coś — powiedział. — Prezent, którego nie mogłem wręczyć przed ceremonią.

Ciekawość rozświetliła jej oczy. — Jestem pewna, że zdołamy wymknąć się na kilka minut.

— Istotnie, masz wprawę w skradaniu się — droczył się, oboje zaśmiali się na wspomnienie nocy, gdy razem zakradli się do stajni Westbourne. Splótłszy dłonie, wymknęli się z sali, a choć sir Richard zauważył ich zniknięcie, nic nie powiedział — tylko się uśmiechnął i udał, że ich nie widział.

Spódnice Clary zaszeleściły po żwirowej ścieżce, jej dłoń była ciepła w jego dłoni, gdy prowadził ją ku stajniom.

— Matthew, co ty knujesz? — zapytała z rozbawieniem w głosie. — Jeśli uknułeś jakiś wymyślny figiel z lordem Debneyem, ostrzegam, bardzo się pogniewam w dniu własnego ślubu.

— Żadnych figli — obiecał, zatrzymując się przed drzwiami stajni ogierów. — Coś znacznie trwalszego, mam nadzieję.

Pchnął drzwi i wprowadził ją do środka; przywitały ich znajome zapachy siana i koni. Clara aż wstrzymała oddech, gdy spostrzegła coś niezwykłego: duży narożny boks, zwykle przeznaczony dla ogierów gościnnych, udekorowano wiosennymi kwiatami wplecionymi w drewniane szczeble.

— Co ty zrobiłeś? — wyszeptała, mocniej ściskając jego ramię.

Matthew uśmiechnął się i skinął na stajennego, który czekał nieopodal. Mężczyzna zniknął w boksie i po chwili wyprowadził konia, na którego widok Clara wydała z siebie okrzyk zachwytu.

Przed nimi stanął ogier lipicański, tak biały, że zdawał się lśnić w przefiltrowanym świetle padającym przez okna stajni. Łukowata szyja i potężny zad mówiły o pokoleniach uważnej hodowli, a inteligentne oczy z arystokratycznym zainteresowaniem lustrowały przybyszy.

— To Maestro — powiedział Matthew, patrząc, jak twarz Clary rozjaśnia się zachwytem. — Pochodzi z najlepszych austriackich linii. Ojciec i ja musieliśmy wykorzystać kilka dyplomatycznych przysług, by zapewnić mu bezpieczną podróż do Anglii, zważywszy na obecną nieprzyjemną sytuację z Bonapartem.

Clara podeszła jak w transie, wyciągając dłonie w stronę wspaniałego zwierzęcia. — On jest... on jest doskonały — wyszeptała, z trudem panując nad głosem. — Matthew, nie mogę uwierzyć, że to zrobiłeś.

Ogier opuścił szlachetną głowę, by ją zbadać, chrapy zadrżały, gdy wciągał jej zapach. Po chwili namysłu delikatnie trącił czołem jej ramię — koński gest aprobaty, który nabrał Clarie łez.

— Skoro podarowałaś Snowstorma księciu regentowi — powiedział Matthew, nawiązując do siwego, którego wyszkoliła na dar dla królewskiej osoby — pomyślałem, że Maestro może być odpowiednim następcą. Śmiem twierdzić, że będzie jeszcze lepiej pasował do twojej szkoły ujeżdżenia.

Clara odwróciła się do niego, a łzy bez wstydu płynęły jej po policzkach. — To najwspanialszy dar, jaki kiedykolwiek otrzymałam — powiedziała, a głos jej się załamał. — Jak tego dokonałeś?

Matthew uniósł rękę, by otrzeć jej łzę. — Powiedzmy, że bycie synem księcia ma czasem swoje zalety, zwłaszcza gdy trzeba przekonać pewnych austriackich dyplomatów, iż ogier czempion lepiej będzie miał w Anglii niż wpaść przypadkiem w ręce Francuzów. Odbył tu niezłą podróż, zapewniam cię, ale wygląda, jakby zniósł ją znakomicie. A przynajmniej tak mnie zapewnił twój ojciec — sir Richard obejrzał go bardzo dokładnie.

Clara zaśmiała się przez łzy, a czysty dźwięk jej radości poniósł się po stajni. Znów zwróciła się do Maestro, z czcią przesuwając dłonie po jego potężnej szyi. Ogier stał bez ruchu pod jej dotykiem, już akceptując ją jako swoją panią. Matthew patrzył na nich z poczuciem głębokiej satysfakcji, że znalazł dar tak doskonale odpowiadający pasjom jego żony.

— Ma zaledwie pięć lat, ale ma już solidne szkolenie — ciągnął Matthew, podchodząc, by pogładzić lśniący zad konia. — Austriak, który go sprzedał, zapewniał mnie, że potrafi wykonać lewadę i courbette, choć nad capriolą trzeba jeszcze popracować.

— Ledwie mogę uwierzyć, że on jest prawdziwy — mruknęła Clara, opierając czoło o szyję Maestro. — Że jest mój.

— Tak prawdziwy jak moja miłość do ciebie — odparł łagodnie Matthew. — I, mam nadzieję, równie trwały.

Clara odwróciła się do niego, twarz rozpromieniona szczęściem, mimo że na rzęsach wciąż błyszczały łzy. — Matthew Whitmore — powiedziała już pewnym głosem — wierzę, że rozumiesz mnie lepiej niż ktokolwiek kiedykolwiek.

Sięgnęła wtedy do niego, oplatając rękami jego szyję. — Dziękuję — wyszeptała mu do ucha. — Nie tylko za Maestro, ale za wszystko. Za to, że mnie widzisz. Naprawdę widzisz.

Gdy Matthew obejmował swoją żonę, a wspaniały lipican spoglądał na nich inteligentnymi oczami, poczuł tak pełnię szczęścia, że niemal trudno ją było unieść. Droga, która ich tu przyprowadziła, naznaczona była nieporozumieniami i przeszkodami, a jednak właśnie one doprowadziły do tej doskonałej chwili.

— Powinniśmy wrócić do gości — powiedziała wreszcie Clara, choć nie kwapiła się, by go puścić. — Będą się zastanawiać, gdzie zniknęliśmy.

— Niech się jeszcze chwilę zastanawiają — odparł Matthew, przyciągając ją bliżej. — Nie jestem jeszcze gotów się tobą dzielić, Lady Whitmore.

Nowy tytuł wywołał u Clary miękki śmiech. — Będzie mi się do niego ciężko przyzwyczaić — przyznała. — Niemal tak, jak do myśli, że ten wspaniały stworzenie jest częścią naszej rodziny.

Matthew uśmiechnął się, myśląc o przyszłości, która rozciągała się przed nimi, pełna obietnic i możliwości. — Oboje będziemy mieli do wielu rzeczy się przyzwyczaić — powiedział. — I nie mogę się doczekać, by zacząć.

— No proszę, cóż za wspaniały egzemplarz! — rozległ się od wejścia do stajni głos Molly Blair-Fortescue, przerywając prywatną chwilę Matthew i jego żony. Szedła ku nim pewnym krokiem kobiety, która całe życie spędziła wśród koni; prosta niebieska suknia ostro kontrastowała z paradnymi strojami większości weselnych gości na zewnątrz. Za nią podążał mąż, Lord Timothy Blair-Fortescue, z pobłażliwym uśmiechem na widok wybryków żony, który jednak szybko zmienił się w zachwyt, gdy ujrzał wspaniałego lipicana. Matthew poczuł uśmiech Clary na ramieniu, zanim odwróciła się, wciąż obejmowana jego ramieniem, by spojrzeć na najstarszą adopcyjną siostrę.

— Molly! Zastanawiałam się, kiedy dowiesz się o tym jegomościu — powiedziała Clara ciepło.

Molly wyszczerzyła zęby w uśmiechu, a jej ciemne oczy błyszczały psotą. — Najdroższa, wiedziałam o nim od miesięcy. Tim i ja uczestniczyliśmy w sprowadzeniu go tutaj.

— Naprawdę? — Clara spojrzała na Matthew zaskoczona. Uśmiechnął się do niej. Poznał Blair-Fortescue'ów w Boże Narodzenie i wyczuł w nich sojuszników; Tim, były major kawalerii, był w jego planach nieoceniony.

— To powiedziane, nie widziałam go jeszcze. Wielkie nieba, co za olśniewające stworzenie!

Matthew patrzył, jak Molly podchodzi do ogiera z zawodowym zainteresowaniem, doświadczonym okiem oceniając jego budowę. Choć Molly była w pełni pochodzenia indyjskiego i trafiła do Belle Haven dopiero we wczesnych nastoletnich latach, by zostać adoptowana, poruszała się z absolutną pewnością osoby, która jest dokładnie tam, gdzie powinna — cechą, którą Matthew podziwiał u wszystkich kobiet z rodu Bellów.

— Jest wspaniały — orzekła Molly, przesuwając łagodnie dłonią po muskularnym łopatce konia. — Popatrz na tę szyję, Claro. I osadzenie kłębu! Będzie się pięknie niósł w zebraniach. — Cofnęła się, z miną pełną aprobaty. — Dar ślubny godny córki Belle Haven. Gratuluję, lordzie Whitmore!

Tim przeszedł do oględzin nóg ogiera; doświadczone dłonie z uwagą muskały potężne ścięgna. — Twarde jak żelazo — skomentował. — Ani skazy. Posłuży ci też świetnie w rozrodzie, kiedy przyjdzie pora.

— Czy był już stawiany do słupów? — zapytała Molly, całkiem już przechodząc na zawodowy ton, gdy okrążała konia. — Do treningu lewady?

Matthew oparł się o słup stajni, zadowolony, że może po prostu patrzeć, jak troje miłośników koni rozmawia o programie szkoleniowym Maestro w coraz bardziej technicznych szczegółach. Było w tym coś głęboko kojącego: widzieć Clarę całkowicie w jej świecie, z jej wiedzą szanowaną i docenianą przez tych, którzy dzielili jej pasję. To była ta kobieta, w której się zakochał — równie pewna siebie w londyńskich salach balowych, jak i na stajennym podwórzu.

— Chyba powinniśmy wrócić do gości — powiedziała w końcu Clara, chwytając spojrzenie Matthew i uśmiechając się tak, jakby pamiętała o szerszych obowiązkach. — Choć przyznam, że najchętniej zostałabym tu całe popołudnie.

— Twoja mama nigdy mi nie wybaczy, jeśli cię zatrzymam z dala od weselnego śniadania — odparł Matthew, podając jej ramię. — Poza tym czeka nas sprawa krojenia tortu, a twoje najmłodsze siostry zapewniały mnie, że nie można jej przegapić.

Molly roześmiała się, klepiąc Maestro na pożegnanie. — Kręcą się po kuchni od dni, próbując wykradać lukier. Kucharka jest o krok od rozpaczy, usiłując je przegonić. — Skinęła na Tima. — My zajmiemy się Maestro. Wy dwoje idźcie i cieszcie się świętowaniem.

Gdy wracali w stronę domu, Clara oparła się na ramieniu Matthew, unosząc twarz ku wiosennemu słońcu. — Dziękuję — powiedziała cicho. — Nie tylko za Maestro, ale za to, że rozumiesz, co on dla mnie znaczy. Większość mężczyzn dałaby klejnoty albo futra.

— Większość mężczyzn nie ma szczęścia poślubić Clary Bell — odparł Matthew, przykrywając jej dłoń swoją. — Poza tym mam nieodparte wrażenie, że parura diamentów wzbudziłaby znacznie mniejszy entuzjazm niż dobrze wyszkolony lipican.

Śmiech Clary potwierdził jego przypuszczenie; dźwięk tak radosny i swobodny, że kilku gości odwróciło się z uśmiechem, gdy znów dołączyli do przyjęcia.

— A wszystkie klejnoty ze skarbca Allanworthów i tak należą ci się z prawa — dodał Matthew.

Odwróciła głowę i spojrzała na niego z uniesionymi brwiami. — Jakie wszystkie klejnoty?

Uśmiechnął się szeroko. — Myślałaś, że ten mały szmaragdowy pierścionek to wszystko? Do niego jest jeszcze naszyjnik, tiara i z pół tuzina innych sztuk, a poza tym więcej diamentów, rubinów i szafirów, niż jedna kobieta zdołałaby założyć przez szereg niedziel.

Wyraz jej twarzy był bezcenny, lecz niewiele miał czasu, by się nim nacieszyć, bo jego ojciec nadciągnął w doskonałym humorze, domagając się tańca z nową synową, i porwał Clarę.

— Co to za skarbiec pełen klejnotów, wujku Williamie? — usłyszał, jak wypytuje, i roześmiał się.

Epilog

WSPANIAŁY OGIER PEŁNEJ KRWI angielskiej przemierzał padok z płynną gracją zwierzęcia stworzonego do biegu, a jego kasztanowata sierść połyskiwała miedzią w popołudniowym słońcu. Matthew opierał się o drewniany płot obok lorda Ashburtona, przyjaciela jeszcze z czasów Cambridge, który studiował konia ze znawstwem zapalonego miłośnika. Za ich plecami przy głównym domu trwało wesele; przyjemny gwar rozmów i śmiechu niosło wiosenne powietrze, ale Ashburton uparł się, by obejrzeć najcenniejsze ogiery Belle Haven, a Matthew z radością skorzystał z chwili wytchnienia od tłumu składających życzenia.

— Niezwykłe zwierzę — zauważył Ashburton, spoglądając na konia z autentycznym podziwem. — Spójrz tylko na głębię klaty i kąt ustawienia łopatki. Stworzone do szybkości.

Matthew skinął głową, choć jego wiedza o budowie koni była zaledwie podstawowa w porównaniu z tą, jaką dysponował przyjaciel. W czasach uniwersyteckich Ashburton słynął z zadziwiającej umiejętności wyłuskiwania zwycięzców na wyścigach. Z biegiem lat jego pasja do końskiego mięsa rosła, podczas gdy zainteresowania Matthew skłaniały się raczej ku zarządzaniu majątkiem i unowocześnianiu rolnictwa.

— Sir Richard hoduje znakomite konie — przyznał Matthew, a jego spojrzenie powędrowało ku domowi, gdzie na tarasie, wśród grupki gości, dostrzegł złocistą głowę Clary. Nawet z tej odległości jej widok wywołał uśmiech na jego ustach. *Jego żona.* Nowość tego słowa wciąż wywoływała w nim miłe dreszcze.

— Więcej niż znakomite — ciągnął Ashburton, nie dostrzegając chwilowego rozproszenia Matthew. — Zobacz na zad tego jegomościa, Whitmore! Ile tam mocy... i te czyste linie od łopatki po pęcinę. Marzenie każdego wyścigowca. — Wykonał szeroki gest odzianą w rękawiczkę dłonią. — Przy właściwym treningu mógłby na torze przynieść fortunę.

— Zdaje się, że nazywają go Hercules — podpowiedział Matthew, przypominając sobie rozmowę z Sir Richardem sprzed tygodnia. Skierował znów uwagę na ogiera, który zatrzymał się, by im się przyjrzeć bystrymi oczami, z wysoko wzniesioną głową i lekko drgającymi chrapami, gdy łapał ich zapach.

— Trafnie ochrzczony. Jego linia musi być bez skazy. Założę się, że w rodowodzie ma Eclipse'a albo Highflyera. — Ashburton wyprostował i tak już nienagannie ułożoną kamizelkę, mówiąc z łatwą pewnością człowieka, który zwykł być autorytetem w każdej sprawie. — Dałbym niemałą sumę, żeby włączyć go do mojego programu hodowlanego. Źrebięta po moich najlepszych klaczach osiągałyby astronomiczne ceny.

Matthew mruknął coś wymijająco, bo znów przyciągnął go widok domu. Clara przesunęła się na skraj tarasu, a jej złota suknia mignęła w słońcu, kiedy roześmiała się z czegoś, co powiedziała Lady Persephone. Bijące z niej szczęście było widoczne nawet z tej odległości i Matthew poczuł, jak ciepło rozlewa mu się po piersi.

— Ty mnie w ogóle słuchasz, Whitmore? — zapytał Ashburton, bardziej rozbawiony niż poirytowany. — Czy już małżeństwo kompletnie ci pomieszało w głowie?

— Po prostu rozprasza mnie widok mojej małżonki — przyznał z uśmiechem Matthew. — Ale mów dalej. Wyjaśniałeś, jak ten koń zrobi ci fortunę?

Ashburton roześmiał się i klepnął go w ramię. — Przepadłeś na amen! Ale tak, przy takiej budowie ten ogier mógłby dawać całe pokolenia zwycięzców. Spójrz, jak się rusza — równowaga, sprężystość kroku. Idealna akcja na tor w Newmarket albo Ascot. — Pochylił się, opierając przedramiona na górnej belce płotu, i dalej oceniał konia. — Sir Richard wystawia go w wyścigach?

— Chyba nie — odparł Matthew, próbując sobie przypomnieć, czy Clara wspominała o przeznaczeniu ogiera w ich programie hodowlanym. — Zdaje mi się, że on...

— My tutaj nie hodujemy koni na wyścigi.

Wyraźny kobiecy głos za nimi sprawił, że obaj mężczyźni się odwrócili. Kilka kroków dalej stała Anna Bell, drobna, w skromnej sukni w kolorze bladego błękitu; przyglądała się Ashburtonowi z wyraźnym chłodem. Matthew nie usłyszał jej kroków, zbyt pochłonięty wypatrywaniem Clary przy domu.

— Nasz program hodowlany dostarcza konie kawaleryjskie — podjęła Anna, podchodząc do płotu. — Krzyżujemy ogiery pełnej krwi z wybranymi klaczami pociągowymi, by uzyskać konie o gabarycie, szybkości i wytrzymałości potrzebnych w wojsku.

Matthew zauważył zdumienie, które przemknęło po twarzy Ashburtona, szybko przygaszone uprzejmym zainteresowaniem. Najwyraźniej nie spodziewał się takiej kompetencji po młodej kobiecie, zwłaszcza po tak delikatnej z wyglądu, który mylnie obiecywał łagodność, a krył bystry umysł i bezpośredni sposób bycia.

— Panno Anno — przywitał ją serdecznie Matthew. — Przedstawię ci lorda Ashburtona, przyjaciela z Cambridge. Ashburtonie, to panna Anna Bell, moja szwagierka.

Ashburton wykonał nienaganny ukłon, choć Matthew dostrzegł cień rezerwy w jego uśmiechu. — To przyjemność, panno Bell. Wygląda na to, że świetnie zna się pani na rodzinnym programie hodowlanym.

— Prowadzę wszystkie księgi hodowlane i obliczenia — odparła Anna tonem rzeczowym, pozbawionym chełpliwości. Jej ciemne oczy, o lekko skośnym kształcie, który zdradzał jej chińskie korzenie ze strony matki, bezceremonialnie lustrowały Ashburtona. — Hercules to jeden z naszych najlepszych ogierów do uzyskiwania koni kawaleryjskich. Jego potomstwo dziedziczy mocny kościec i dużą wydolność serca, cechy kluczowe dla koni, które muszą dźwigać uzbrojonych mężczyzn na długich dystansach, często w trudnym terenie.

Ashburton znów spojrzał na ogiera, a jego wyraz twarzy przesunął się ku lekkiego rozczarowaniu. — Zdaje się, że to marnowanie dobrych rodowodów — mruknął krytycznie lustrując konia. — Ogier takiej klasy mógłby wygrywać wyścigi i dawać czempionów, zamiast produkować pospolite wierzchowce dla wojska.

Matthew w duchu skrzywił się na ten protekcjonalny ton. W krótkim czasie, odkąd poznał Annę Bell, zdążył się nauczyć, że podważanie jej kompetencji w sprawach koni lub matematyki to pewna droga do sprowadzenia na siebie jej niełaski. I rzeczywiście, dostrzegł, jak usztywniła się jej sylwetka i stwardniał wyraz twarzy — przejście od uprzejmego przedstawienia do słusznego oburzenia zajęło u niej mgnienie oka.

— Pospolite wierzchowce dla wojska? — powtórzyła Anna głosem niebezpiecznie cichym. Pomiędzy brwiami pojawiła się drobna zmarszczka, gdy wyraźnie szykowała się do rozbicia założeń Ashburtona w pył. — Czyżby był pan nieświadomy, mój lordzie, gospodarczego i strategicznego znaczenia dobrze wyhodowanych koni kawaleryjskich w obecnym konflikcie? Albo wskaźników śmiertelności gorszych koni w warunkach pola bitwy?

Albo premii cenowej, jaką Belle Haven uzyskuje za nasze rumaki?

Matthew rozpoznał nadciągającą burzę. Błyskotliwy umysł Anny już składał w całość bezlitosną ripostę, z liczbami, procentami i historycznymi przykładami. Widział, jak potrafiła zredukować innych nieszczęśników do bełkotliwych przeprosin właśnie taką argumentacją, podaną z matematyczną precyzją i niezachwianą pewnością siebie.

Ashburton jednak pozostawał błogo nieświadomy uczonego pogromu, który miał na niego spaść. Tylko uniósł brew, jakby jej zapał bawił go bardziej, niż onieśmielał. — Jestem pewien, że to całkiem szacowne zajęcie, panno Bell. Ja po prostu uważam, że wyjątkowym zwierzętom należy się wyjątkowa szansa. Wyścigi są przecież prawdziwą próbą jakości koni pełnej krwi.

Matthew patrzył, jak Anna prostuje się na pełną wysokość, wciąż sporo mniejszą niż wzrost Ashburtona, i mruży oczy, zbierając siły do intelektualnego ataku. Wciągnęła głębiej powietrze, a on przygotował się na pojedynek na słowa, zastanawiając się, czy powinien interweniować, czy raczej z przyjemnością popatrzeć, jak przyjaciel dostaje zasłużoną lekcję pokory.

— Widzę, że poznałeś moją genialną siostrę. — Głos Clary, ciepły od czułości, lecz z nutką rozbawionej przestrogi, przeciął narastające napięcie, zanim Anna zdołała spuścić na lorda Ashburtona ciężar swojej potężnej inteligencji. Matthew odwrócił się i zobaczył, jak jego świeżo poślubiona żona do nich podchodzi. Stanęła u boku Anny z płynną gracją, kładąc delikatną dłoń na jej ramieniu — gestem, który jednocześnie powściągał i dawał wsparcie.

— Lady Whitmore — powitał ją Ashburton ukłonem wyraźnie bardziej pełnym szacunku niż ten, którym obdarzył Annę. — W istocie właśnie rozmawiałem z pani siostrą o koniach. Zdaje się, że jest w tym temacie... bardzo zaangażowana.

Clara roześmiała się lekko. — Anna prowadzi wszystkie nasze księgi hodowlane i potrafi w pamięci obliczyć dzienne dawki paszy dla pięćdziesięciu koni — powiedziała Ashburtonowi z oczywistą dumą. — Jej zdolności matematyczne są doprawdy niezwykłe.

Matthew dostrzegł, jak po twarzy Ashburtona przemknęło zaskoczenie, szybko ustępując miejsca nowej ocenie młodej kobiety. Delikatne, częściowo chińskie rysy Anny i skromny ubiór sprawiły, że ją zlekceważył — błąd, który Matthew widział już u innych przy pierwszym spotkaniu z siostrami Bell, i który sam kiedyś popełnił.

— Nie przyszłoby mi do głowy... — zaczął Ashburton, po czym najwyraźniej rozważył słowa. — To znaczy, tak złożone obliczenia muszą wymagać solidnego przygotowania.

— Jestem samoukiem — odparła chłodno Anna, choć Matthew zauważył, że pod dotykiem Clary nieco spokorniała. — Oczywiście ojciec zapewnił mi dostęp do biblioteki i dorywczych korepetytorów.

Clara zwróciła się do siostry z udawaną surowością. — Masz nie wdawać się w spory z żadnym z moich weselnych gości — zganiła łagodnie. — Nawet z tymi, którzy wypowiadają niefortunne uwagi o naszym programie hodowlanym.

Usta Anny drgnęły, jakby z trudem tłumiła uśmiech. — Nie wdawałam się w spór — zaprotestowała łagodnie. — Po prostu szykowałam się, żeby uświadomić lordowi Ashburtonowi realia ekonomiczne hodowli koni w czasie wojny.

— Co z pewnością byłoby fascynujące — odparła dyplomatycznie Clara — ale może lepiej zostawić to na inną okazję? Molly pytała o ciebie. Coś o twoim zdaniu na temat właściwych proporcji nowych stajni, które planują z Timem zbudować w Willowbrook.

Matthew rozpoznał tę subtelną manewrę: elegancką drogę odwrotu, która pozwalała Annie wycofać się, nie sprawiając wrażenia, że ustępuje. Jego podziw dla Clary jeszcze się pogłębił. Doskonale rozumiała siostrę — dawała jej zajęcie, które przemawiało do jej analitycznego umysłu, a jednocześnie delikatnie odciągała ją od konfliktu.

Anna zawahała się, wyraźnie ważąc chęć skorygowania błędnych wyobrażeń Ashburtona z lojalnością wobec Clary. W końcu skinęła głową, choć wciąż chłodno spojrzała na Ashburtona. — Innym razem, mój lordzie. Życzę panu miłej dalszej zabawy.

Krótko dygnęła — poprawnie w formie, choć może nieco zbyt pobieżnie — po czym ruszyła z powrotem w stronę domu, a jej drobną sylwetkę szybko pochłonął tłum weselników rozproszonych po trawnikach.

— Przepraszam, jeśli kogoś uraziłem — odezwał się Ashburton, gdy już nie mogła ich usłyszeć, choć w jego tonie Matthew wychwycił raczej ciekawość niż skruchę.

— Nie zdawałem sobie sprawy, że hodowla koni to taki drażliwy temat.

— Konie Belle Haven to dla rodziny Bellów coś więcej niż zwierzęta — wyjaśnił Matthew. — Na nich opiera się tu wszystko. Sir Richard zbudował fortunę i renomę na jakości swoich rumaków kawaleryjskich.

Clara skinęła. — A Anna w ostatnich latach była kluczowa dla naszych sukcesów. Jej modele matematyczne do przewidywania pożądanych cech znacznie poprawiły wyniki. — Uśmiechnęła się do Ashburtona, pełna łaskawości mimo jego wcześniejszego lekceważenia. — Może zechciałby pan przed wyjazdem zobaczyć stajnie dokładniej? Jestem pewna, że mój ojciec chętnie opowie panu szczegółowo o naszej filozofii hodowlanej, choć sądzę, że przekona się pan, iż żadna cena nie skusi go do sprzedania Herculesa.

Matthew dostrzegł zmaganie malujące się na twarzy przyjaciela: szczere zainteresowanie końmi walczyło z niechęcią do przyznania, że mógł zbyt pochopnie osądzić sytuację. W końcu ciekawość zwyciężyła. — Bardzo chętnie, lady Whitmore. Dziękuję.

— Wspaniale. Wracamy do gości? Zdaje się, że zaraz podadzą tort weselny.

Gdy ruszyli w stronę domu, Matthew podał Clarze ramię, dostosowując krok do jej tempa, podczas gdy Ashburton utrzymywał przed nimi ostrożny dystans. — Mistrzowsko to rozegrałaś — szepnął Matthew, nie kryjąc dumy, gdy niespiesznie szli żwirową alejką. — Już szykowałem się, żeby oglądać, jak Anna bezlitośnie masakruje słowami jednego z moich najstarszych przyjaciół.

Clara zachichotała cicho, jej dłoń ciepło zacisnęła się na jego ramieniu. — I zrobiłaby to bardzo dokładnie. Anna nigdy nie wchodzi w spór bez pełnego panowania nad faktami. Biedny lord Ashburton nie wiedziałby, co go trafiło.

— Zasłużył sobie — przyznał Matthew. — Bywa dość uparty w swoich poglądach. Ale i tak dziękuję za interwencję. Dyplomatyczny incydent na naszym weselu dałby Lady Pemberton zbyt wiele satysfakcji.

— Tego nie możemy dopuścić — zgodziła się Clara z konspiracyjnym uśmiechem. — Choć sądzę, że rozsądnie byłoby w przyszłości trzymać Annę i lorda Ashburtona od siebie na dystans. Działają na siebie dość... natychmiastowo.

Matthew parsknął śmiechem. — To nie powinno być trudne. Ashburton zaraz wyjeżdża za granicę z misją dyplomatyczną. Pracuje w Foreign Office i podobno ma zostać wysłany do Wiednia, by pomóc w negocjacjach, kiedy ta paskudna wojna wreszcie się skończy.

— Wiedeń? — oczy Clary rozszerzyły się z zainteresowaniem. — Tam mieści się Hiszpańska Szkoła Jazdy? Miejsce, o którym zawsze marzyłam, żeby je odwiedzić?

— Właśnie tam — potwierdził Matthew, nagle uświadamiając sobie konsekwencje. — Może powinniśmy jednak przemyśleć strategię trzymania ich z daleka od siebie?

Clara roześmiała się dźwięcznie i radośnie. — Tę konkretną intrygę swatowską zostawmy na inny dzień. Dziś z przyjemnością skupię się na własnym małżeństwie, zamiast aranżować siostrze przyszłość, a poza tym Anna nie ma jeszcze nawet osiemnastu lat. Może za to nam dwojgu uda się odwiedzić lorda Ashburtona podczas jego pobytu w Austrii.

Weselnicy zaczęli gromadzić się na tarasie, by kroić tort; twarze mieli rozpromienione świętowaniem i życzliwością. Scena tchnęła doskonałą sielanką: rodziny połączone, przyszłości rozpoczynające się na nowo, wszystko skąpane w złotym świetle wiosennego popołudnia.

— Idziemy? — zapytała Clara, a jej zielone oczy spotkały się z jego spojrzeniem, w którym wciąż zapierało mu dech.

— Zawsze — odparł po prostu Matthew, kładąc dłoń na jej dłoni, gdy dołączali do gości, razem wkraczając w przyszłość, którą mieli zbudować ramię w ramię.

KONIEC

Nie przegap historii Anny w ***Pomyłka panny Anny***, już wkrótce!

Inne książki autorki Catherine Bilson

Rumieniące się panny

Hrabia dla Ellen
Markiz dla Marianne
Książę dla Diany
Kapitan dla Clarissy

Panny z Belle Haven

Narzeczona z Belle Haven
  Panna Molly i uparty major
  Panna Clara i markiz
  Pomyłka panny Anny
  Panna Eliza przejmuje ster
  Kłopoty z panną Charlotte
  Zakochana panna Laura
  Wścibska panna Louise

St. George i Potwór z Rzeki (tylko dla subskrybentów newslettera)

Poznaj wszystkie publikacje Shenanigans Press, odwiedzając naszą stronę internetową, https://www.shenaniganspress.com/pl!

Możesz też obserwować nas w mediach społecznościowych – jesteśmy na Facebooku i Instagramie (@ShenanigansPressPolska)

I nie zapomnij zapisać się do naszego newslettera, aby otrzymywać informacje o nowościach, promocjach, konkursach i wiele więcej!

www.ingramcontent.com/pod-product-compliance
Lightning Source LLC
Chambersburg PA
CBHW030600170726
48283CB00002B/407